# 辉煌的裂变

## 卡尔维诺的艺术生存

残雪 著

CNS PUBLISHING & MEDIA

湖南文艺出版社

# 目录

## 读《宇宙连环画》

## 读《零时间》



## 读《看不见的城市》

## 读《假如一位旅行者在冬夜》



## 读《困难的爱》

# 读《宇宙连环画》

## 美、距离及结构

### ——读《月亮的距离》

在这个青色的、莫测的天穹里，“她”的出现总是在我们人类的心灵里激起情感的波涛。“她”有时像金钩，有时像银盘，既遥不可及又夜夜入梦。诗人们将她称之为“美”。她来自人类的创造，同人类有数不清的情感瓜葛，却又扬着她那苍白的脸义无反顾地远离了人群。而这远离，又给地球上的人们带来更强烈的美感。这一夜又一夜的绵绵无尽的思念，这说不清道不明的献身的冲动，这随她临近而生出的激荡，随她远去而留下的绝望，究竟是怎么回事？又是受什么东西操纵的？卡尔维诺以诗解诗，其激情的饱满与高昂无人能超越。

从前，月亮同地球离得非常近，是海潮将她一点一点地推向了远方。[①]

一开篇诗人就描述了创造中的结构，即，地球吸引着月球，月球激起海潮，而海潮又迫使月球同地球不断拉开距离。这就是从古到今人类精神追求的基本结构。由此便揭开了这个几千年的精神之谜：渴望同距离成正比。

大海上小船里的每一个人都渴望着月亮，因为她是美与自由的化身，也因为她身上储藏着丰富的精神养料。可是对于每一个人来说，这种渴望并不是呈现同样的形式。

聋表弟的渴望以最直接的、充满美感的形式表现出来。他，这个听不见世俗噪声的最纯粹的人，遵循心的召唤，第一个登上月球，进行了天才的自由的表演。但他还不满足，他想“将全身印在月球的肉身上”。② 也就是说，将月亮变成属于他的月亮。他的奔放的活力，他的天才的灵感，他对于理念的狂热，无不让读者想起现实中的艺术家。他必定在月球的隐蔽处见到过真正的光，所以他同世人格格不入，唯有月亮的临近，才能给他带来生活的激情。这位聋表弟，似乎就是为这每月一次的生命涨潮而活着。并且他在最后，当真正的绝望降临之际，以他无比高超的技艺和永恒不破的决心，向人们全面展示了人性之美、理想之永存。

那由几百根竹竿连接，依仗奇异的力量伸向遥远缥缈的月球的感应器，本身也传递着如电流般强烈的自由渴望。受到刺激的月球立刻加入了这场游戏，距离的障碍于一瞬间彻底消失。高难度的追求的写真画面，再现了艺术和艺术家在当今的生存状况，即，绝境正是无限希望的所在。

那么船长夫人的渴望又是什么样的呢？这位夫人的爱情梦想过于高贵，从一开始就注定了是无法通过世俗的途径来实现的——聋表弟根本就听不见一切世俗意义上的表白。在经历了无数次徒劳的努力之后，夫人渐渐窥破了谜底。谜底就是只有抛弃世俗，让自己成为那遥远的月亮上的“色彩”，也就是成为“美”本身，她才能将这无望的爱情进行到底。诗人卡尔维诺通过这个人物的描述将爱情与艺术的追求完全等同起来了。距离如此之遥远的月球，正是艺术与爱情的居住之地，而月球与地球上的“我们”之间的关系，是大自然奥秘的核心。

> 船长的夫人弹着竖琴。在夜里，她那长长的手臂如同鳗鱼一样闪着银光。她的腋窝既黑暗又神秘，如同刺海胆。琴声甜蜜却又刺耳……[③]

这位夫人还生着钻石般的眼睛，既光芒四射、热情似火，又坚贞、决绝，呈现出透明的冷静。她的琴声就是她的舌头，唱出集柔媚与尖锐于一体的矛盾之爱。而她的决心，也是在这心灵的尖叫中逐渐形成的。这位爱情高手无师自通地就懂得了自己的唯一出路，即，分裂自身，让距离来制造奇迹。恋爱的人，在爱情中都会成为月亮。或者说，是他们使月亮成了月亮。因为惨烈的分裂，爱人们的痛苦同幸福同样巨大。

那么船长夫人对聋表弟的爱是虚幻的吗？掩卷深思便会明白，没有任何纯粹的肉体之爱可以同这种太空中的渴望抗衡。夫人在使月亮成为月亮的同时，也使人类的爱情同永生相连。是那遥远神秘的倩影，使得地球上的生物的欲望涨潮。

描述者“我”，是一个更有人间烟火味的、表层一点的人物。我爱船长夫人，我如同世俗中的创作者一样，半是清醒半是盲目，依仗体内的原始欲望的冲撞来开拓自己的精神生活。我的认识往往比我的行动慢半拍，我时刻处于致命的矛盾中。

我渴望握住夫人丰满坚挺的乳房，我也想抱紧她的臀部，对我来说，她身上的引力比月亮还要强大。可是我很快就陷入了痛苦，因为夫人爱的是聋表弟。月亮赋予了表弟无穷的魅力，夫人虽有美丽的肉身，但她更爱表弟身上散发的灵魂之美。我悲哀地唱道：

> 每条发光的鱼儿漂浮啊，漂浮；每条黑暗的鱼儿啊，在海底，在海底……④

这正是我那无望的爱的写照。我、夫人、聋表弟三人构成奇特的三角恋。我从夫人的眼中看出她对表弟的爱，我又由这“看”而生出更强烈的对于夫人的爱。每当我对他们之间的关系的认识加深一层，我对夫人的爱的程度也更强烈。这递进的情感关系便是写作者灵魂各部分之间的关系，看上去难以理解，其实是在制约中发展的图像。

我终于既偶然又必然地脱离了世俗，到达了夫人所在的巅峰之地，让爱情进入了一个陌生的新纪元。然而在这个高寒纯粹的月球上，我的爱忽然停滞了，面对朝思暮想的爱人也不再心潮澎湃了。这时我才悟到了，爱情只能发生在两个星球的恩恩怨怨中，发生在矛盾的摩擦中。离开了人间烟火，再热烈的爱情也要变冷。并且爱的基础是生命力，离开了产生生命力的地球，爱就无法维系——活着，才有爱。

> ……一种自然力驱使着我，命令我回到地球。于是我忘却了将我带往此地的那个动机。也许可以说，我比任何时候都更加意识到了这个动机，以及它那不幸的后果……[⑤]

是爱的动机将我带往月球；为了重新获得生命力，以延续这爱，我又离开了月球。也许我命中注定了只能在两个星球之间往返？难道我不是正在经历爱情吗？

爱情使人成为人。人一旦独立，就面临分裂。我们这些地球上的人们啊，都在月圆的夜晚经历着爱情的高潮。

船长是一个暧昧的人物。但分析了以上诸人物之后，他那阴影中的形象便显示出来了。他是艺术家身上的理性和睿智。他深深地懂得，艺术要通过压榨才有可能诞生。所以当我要跟随夫人上月球之际，我就遭到了呵斥，他说地球上还有工作要我做。那是什么样的工作呢？那是令我焦心如焚的思念，还有火一般的渴望。就是这种“工作”，这种情感的快速积累导致了我的大爆发，我终于不顾一切地向着月球突围了。而这，正合船长的“安排”。

船长早就知道夫人终将去月球，他也知道他对妻子的爱必须拉开距离才能维持——一起在世俗中纠缠，这爱必定窒息。

> ……至于船长，他最盼望的是摆脱他的妻子。其实，她刚一被隔离在月球上面，他就开始放任自己，恢复了往日的那些劣习。[6]

在地球上犯罪，向月球忏悔；在世俗中沉沦，向着月亮升华——典型的“艺术生活”。我们每一个读者，只要自己想要，就可以过这样的生活。

这位面无表情，脸上盐渍重重、满是焦油般的皱纹的船长，深谙人生的处境与爱的真谛，他坚韧地、从容地展示着困境中的爱情。

## 创造

### ——读《黎明前》

在这一篇里诗人描述了一次创造，一次“无中生有”的心灵运动。

创造开始之前，人必须在那个悬置的中间地带耐心地等待。人睡在寒冷的星云里，排除了一切杂念，仅仅弄出点声响来表示存在——因为时间和方位都不可靠。然而在悬置中，创造者并不是无所作为的：

> 她（我的姐姐）总是凝视着黑暗，一边摆弄小小瀑布里头的尘埃微粒，一边自言自语，还爆发出如同小小尘埃瀑布一样的轻轻笑声。无论是醒着还是睡着，她始终在做梦……（此处略去一句）她梦见（我们可以从她的梦呓中领悟到）那些比黑暗更深一百倍的黑暗。它们更为多样化，也更光滑柔软。[7]

简言之，这位女孩梦到的就是当年浮士德为了创造而钻入地底见到的那种东西——无形无色却又无比宜人的东西。当人将自己置身于精神的宇宙，做好了身体上的准备之后，人就开始摆弄自己里面的那些东西了。那里面的东西虽黑却有层次，深不见底却又给人以质感，无法言传却可以意会。当然，那就是诗。姐姐是最纯粹的诗人，她总在创造，每时每刻执着于那些最黑最深的东西。

“我”所处的这个有与无之间的黑暗宇宙其实也是我内部的宇宙。那个时候，还没有感觉得到的物质。然后忽然就有了一些兆头——父亲“碰到”了某种东西；母亲睡觉的星云被她的体重压出了痕迹；小弟则在那里玩一个“东西”。这是语言成形的前奏，一种暧昧的交合，其氛围有点令人恶心。一切都还意义不明，但绝不是没有意义。

> 当时我不知道自己是在睡觉还是醒着，我听到父亲在喊：“我们碰到了一个东西！”这是一句没有意义的话（因为那以前没有任何东西碰到另外的东西，肯定如此），但一旦这句话被说出来，它就具有了意义……[8]

说出第一个词或第一句话便是创造的开端。这时，质的变化即将到来，意义呈现出来。我记起了奶奶扔向太空的那些垃圾——被理念所排斥掉的世俗物重又聚集拢来构成了理念的基础。精神上的洁癖使人感到恶心。然而这就是创造，这就是意义。

人要获取语言就必须战胜自己的恶心感。

奶奶这个旧时的理想主义者经历过创造，所以她是知情人。她总是抛开一切世俗物，具有无比纯净的境界，可是她却随身带着一只“粗俗”的圆垫子，并吩咐我好好帮她看守这只垫子。我不以为然，所以圆垫子就丢失了。大变革到来之前她始终在寻找圆垫子——她得以安身立命的世俗之物。置身于这一片均匀的、类似于“无”的境界里，却带着一个粗俗的垫子，那垫子的意义又暧昧不明，这就是艺术家的矛盾形象。没过多久我就发现了圆垫子的用途：孪生小兄弟将其作为玩具藏起来，躲在星云的深处玩它呢！这两个充满活力的小家伙的“玩”，不就是以世俗做道具，来进行艺术的交合的魔术吗？那种交合只能在星云深处进行，所以我一旦将他们和垫子拔出来，垫子就融解了——艺术作品中不容许世俗直接现身，这是个原则。但人的努力不会白费，一切应该成形的，终于开始成形了——像是天意，其实是由于人的意志。

明与暗、角色与角色之间的分野正在发生，“无”正在不知不觉中变成“有”。这一切变化当中最最感人的便是诗人的表演——

> 她沉入了地球那些渐渐浓缩的物质里头；她正在这个星球的深处努力为自己开出一条路来。她看上去就像一只金银蝴蝶，进入了那个仍旧被照亮着的透明的区域，或者说，消失在变得越来越宽广的阴影里面了。[9]

什么是诗意？那是明暗之交、生死之交的瞬间呈现出来的轻盈与灵动。在创造的大欢喜中，姐姐表演了诗的极致，我们每一个人也进行了自己的表演。宇宙的创造行为并不是简单地返回到奶奶所描述的、从前的那种光明与均匀的状态，而是在喷发中渐渐分裂，将处在有与无之间的黑暗的星云运用矛盾法使之旋转成形，变成一个一个的星球。

也许，当星球冷却时，一切便成了陈旧之物，生活重又回归到世俗的令人放心的状态中。可是经历过喷发和分裂的洗礼的人，他们已具有了另外一种生活，一种宇宙的生活。在那种生活里，唯有悬置，不安，微微的恶心，隐隐的绝望。当然也有疯狂的搜寻，英勇的奋起，光的笼罩，爱的拥抱。

宇宙的脉搏就是我们自己的脉搏，我们移动星云，造出太阳，在火海中跳舞。

# 溯源的焦虑

## ——读《空间里的标记》

创造是一种充满了焦虑不安的活动——艺术家既害怕他做出的东西太虚幻而无法存在，也害怕那东西太实在而随时遭人（首先是自己）否定。他的精神在有与无之间无限制地挣扎，他过着暗无天日的生活。

首先，“我”要做的东西是宇宙间的第一个东西。我在做它时既没有样板可复制，我也排斥做它的工具或手。也就是说，这个“标记”必须是纯意念的、冥想的产物。我完成了它，它身上充满了矛盾的属性。比如说，人看不见它（做它时还没有眼睛），它却又是可辨认的（因为它太独特了）。它无法用任何其他标记来证实它是一个标记，但它又的确是我在空间里的特定的一点通过冥想做出的标记。

标记成了我的最大安慰，因为它是“无”中的“有”，它启动了我的思维，并使得冥想成了可能。而它，就是冥想本身。

> 于是情况就成了这样：这个标记既标志着一个地点，同时它又表明在那个地点有一个标记（这一点更重要，因为有许许多多地点，标记则仅仅只有一个）。它同时还表明它是我的标记，它标志着我。因为它是我做过的唯一的标记，我是唯一的做标记的人。[10]

这就是艺术家同艺术的关系：艺术将艺术家提升为大写的人，创世者；与此同时，艺术又抽去了艺术家的世俗根基，使他成为一个纯粹的存在（一个做标记的人）。由于我只以“做标记”这种方式存在，其他一切全是虚无，于是我无时无刻不想着那个标记。我还用想象标记细节的方法来加强我的存在感。即便这样，我还是免不了掉进虚无的深渊（我的标记被人擦掉了）。

> 然而在我的怀旧的想象中，只有那被KGWGK先生粗暴地擦掉了的第一个标记，才能免受时间和时间的变化的侵袭。这个标记曾经造成了形式的开端，而这个开端里头包含了某个比一切形式更为持久的东西，即这个事实：它是标记的开端，而不是任何别的东西。[11]

无论怎么样努力，我也无法再返回那第一个标记。那只手抹掉了我的一切希望。既然希望已失落了，那么现在，即使是为了同那只手赌气，我也要采取权宜之计——继续做标记，哪怕这标记是伪标记——我怎能停止？我是“做标记的人”啊！

就在进行这种无望劳动之际，新的希望又出现了。那只无情的手在空间里留下的擦痕正在消失，擦痕下面我的伪标记正在显现！我又燃起了希望，我希望我的第一个标记也因此显露出来。我终于等到了那一刻，来到了那个地点。但是那里已经有了五个标记，我再也分辨不出我的那一个了。没有了独创，没有了精神支柱，我的生活完全失去了意义。我随银河在宇宙间旋转，满眼全是人所做的标记，啊，那么多！我接连不断地在这些标记上面看见我自己的那个标记，我通过这种连续的确认发现了标记的普遍性，这种普遍性又反过来证实了我先前做出的第一个标记的独特性。我还有什么不满足的呢？我不是发现了最重要的事吗？

我通过做标记的活动发现了空间和时间的无限性——原来空间和时间就是由人所做的标记构成的，标记无处不在，无始无终。只要我使自己处在辨认之中，每一个标记就都属于我，我也与永恒的空间和时间同在。这是种欣慰，也是种缓解。当然，我知道只要自己投身于我的事业，一切焦虑又会卷土重来。我将承受一切，我时刻准备着，因为只有做标记才是我存在的方式。

## 爱的开创

### ——读《全在一点之中》

从前，当“爱”还没有产生，也没有被说出来的时候，空间不存在，时间也不存在。宇宙间的万物都混混沌沌地挤在一处生存着，完全区分不开来，想象力也无法展开。人所具有的，只是那种低级的动物本能——说人坏话，挤对别人。那么爱又是什么呢？她就是艺术的境界，她就是人类的最高理念，她也是每个人的共性。在这个故事里，她化身为名叫 Ph(i)NKo 的一位夫人，她一直就在“我们”当中，受到我们的爱戴。谁能不爱夫人呢？那是想都没法想的事，因为她就是我们自己啊。我们这些俗人，即使已分散到世界的各个角落多年，即使劣根性难改，但只要一提起她，仍然充满了神往。

对于我们所有的人来说，回到那一点的希望首先意味着同 Ph(i)NKo 夫人再一次团聚的希望。[12]

当然那种向原始的回归在世俗中是不可能的，因为我们已经历过爱欲的大爆炸，早就各自成人了。但是我们仍然可以在想象中回归到她身边。在想象中，在那里，有真正的博爱——既能满足欲望，又不引起麻烦的爱。而且我们也能很好地保留自己的个性。夫人用一次大爆炸将我们送到世界各地，正是为了让我们以这种遥远的缅怀方式来培育发挥自己天生的爱的能力，让我们这些彼此隔膜的个人在那种古老的境界里变得热心肠起来。

“男孩子们，我要擀面条给你们吃！”[13]

这一声爱的呼喊开创了一切：空间的观念，空间，时间，宇宙的万有引力，宇宙自身，太阳，星球，麦地，还有数不清的 Ph(i)NKo 夫人。它还使得我们的缅怀成了可能。

最后，艺术是什么？不就是这种开天辟地的呼喊吗？

## 两难

### ——读《无色》

艺术上的“元境界”就是月球，也是表面形成大气之前的地球。

> 在地球的大气和海洋形成之前，它曾经类似于一个在太空中旋转的灰色的球……[14]

那是一个混沌的灰色世界，既没有强烈的光照，又不是彻底的黑暗，当然也没有世俗人间的五光十色。美神 AYL 就是这个世界的女儿。她是完美无缺、自满自足的，她住在分野还未发生的地方。就像浮士德没法描写地底的“母亲们”一样，卡尔维诺在这里也没法描写 AYL。她是灰色王国里的一道淡淡的光，一个飘动的幽灵，仅此而已。也许任何具象的描绘都是对她的亵渎——她属于无色无形的纯粹境界。“我”是那么爱她，因为她是我追求了一生的理想，我的本质。但人如果要生活，就必须脱离纯粹，进入世俗的五光十色。而世俗，又是 AYL 绝对不能容忍片刻之物，因为她会在那里面彻底消失。

我想送给 AYL 许许多多礼物，但我又觉得似乎没有任何东西配得上她。[15]

我感觉到了这个灰色世界的缺陷——没有配得上我的女神的礼物。因而我也难以表达我心中因为她而产生的激情。苦恼中终于盼来了美丽的流星，那既是一次闯入也是一次分裂，既是一次碰撞也是一次交合。于是“不纯”的、最最丰富的美诞生了。我胸中激情高涨，立刻就想到了 AYL。我要将这另一种美作为礼物献给她！因为她，是为这美丽的景色而存在的——我凭本能感到了这一点，我冲口而出地说出了这一点。

然而 AYL 立刻消失了。也许，统一只能存在于我的渴望之中，而美的两极永远各自为政。我，就是在两极之间寻找的实践者。我既爱人间的色彩，也爱理念的纯粹。然而理念在色彩到来时消失，缺少理念的色彩变得索然无味，我陷入惶惑。

我们怎能相互理解呢？这个世界上没有任何我们看得见的东西足以表达我们相互对于对方的感觉。当我狂暴地想要从事物中弄出未知的震响之际，她却要让所有的事物处于超出它们终极本质的无色状态之中。[16]

我寻找着 AYL，我只能不断地寻找她。因为我，不就是因为她而存在于这世界上吗？这个矛盾，这个死结得不到解决，五光十色的世界不属于她。然而我又找到了她——在大变动的前夜。我心中幻想统一的渴望比什么时候都要强烈，我要抓住美，将其变为实实在在的、鲜明的、一眼便可看见的东西!

大自然的分野终于完成了，到处是色彩，到处沸腾着生命的欲望！阳光带来的色彩多么悦目，大气传递的声响多么动听！我陶醉在这美景之中，并深深地感到，只有 AYL，才能将意义赋予这美景。于是我设法将她从地底骗了出来。我的孤注一掷的做法终于导致了我同她永久的分离。

> ……AYL 的完美的世界是永远失去了，我甚至连想象它都没法想象了。如今也许除了那堵冷冷的、灰色的石头墙，已没有任何东西留下来使我能够哪怕是模糊地联想到它了。[17]

然而她存在于我的渴望之中。只要这渴望存在，AYL 便与我同在，谁又说得准我的星球不会再次崩裂，地心的美神不会再次飞升到地面来游荡？千万重岩石和泥沙阻断了我们的接触，但这思念绵绵不断、永无终止。从前，在那远古的沙丘之间，我见过她了；今天，我在创造中一次又一次与她重逢。至今我也说不出她的完美，但我还在不知疲倦地努力，创造出各种各样的词汇来接近那个最大的谜。

# 内部机制揭秘

——读《玩不完的游戏》

一般来说，艺术家在创作中总是既高度亢奋，又“暗无天日”。极少有人能像卡尔维诺这样在经历了创造之后又将创造中的对立面、机制与方法一层一层地揭示给读者看。这样的作家，其实也是自己作品的最佳读者。他通过对于“看”这一行为本身的分析，抵达了更为深层的自我。也可以说，他看清了自己的“看”。

> 以这种方式，我们的游戏总不会结束，也不会令人厌倦。因为我们每一次发现新原子，就好像游戏也成了新的，好像我们是第一次玩这个游戏。[18]

想象力是奇妙的东西，在这个曲折的、难以捉摸和预料的空间里，有时运用一点新材料可以彻底改变视野，给人以全新的感觉。当然最最奇妙的是新材料本身——发光的、带露水的原子，出自某种蛮荒时代的、尚未探明的潜力的体现，实在是不可思议。

最初，“我”和 PFWFP 两人不知疲倦地玩着这种弹子游戏，但不久我们就厌倦了，因为不满足是我们的天性。我同 PFWFP

的区别在于，我更精于分析和算计；他更灵活多变，更冲动。在二人游戏中，我们的野心同样大，同样为制服对方不择手段。我和 PFWFP 多么像创作中由作者自身一分为二的那个对立的双方啊。当我发现他的野心是要建立自己的宇宙时，我立刻产生了决心，要摧毁他的计划——我用假原子来取代他的真原子。这就是创造时的画面——无意识的原始之力要任意妄为、无中生有；清醒强硬的理性则不断逼迫对方、动摇对方，使得对方的创造物看上去虚假过时。这一场竞赛微妙而又执着，参赛双方共同推动创造向深入发展，弦也绷得越来越紧。

> 他试着弹了三次，但他的原子三次都破碎了，就好像在空中被什么压碎了一样。于是 PFWFP 找了一个又一个的借口，想要取消比赛。[19]

看来我达到了目的。可 PFWFP 是那么容易服输的人吗？于是游戏进入一个更高的阶段，我们要玩一种能量更大的游戏——飞星云。

星云一旦飞起来，我就发现不是我操纵它，而是它在带着我飞。那是多么自由的运动啊——不是我顺应太空，而是我开辟空间！我悬在太空里，成了太空的中心！理性的旗帜高高飘扬，我将 PFWFP 踩在了脚下。我是年轻无畏的星云，趾高气扬地飞翔在太空，我所遇见的一概为我让路。

然而他追上来了，不知道他采用了什么材料制造出了那么轻灵的新款式。似乎是自然而然地，我们的游戏变成了相互追逐。

对，就仅仅只是我们骑着两团星云在这太空里追逐。我绕大弯，他绕小弯；我咬住他的尾部不放，在没有空间的地方用飞翔来创造空间。我们俩都为占上风竭尽了全力！

就在这种激烈的追逐中事情发生了质变：我向后看，看见他正追上来；我向前看，也看见他的背影，他正在追我。这就是说，我们的轨道是一个圆圈，我俩既是追赶者也是被追者。我们都憋着一口气要占上风，但谁也占不了上风。尽管如此，在这种竞技中还是有另外一个质变发生了，一个难以想象的质变。这就是，我在看 PFWFP 的时候看见了自己。是的，我看见了“我”。正在追逐他的这个我看见了正在逃开他的追逐的那个“我”。多么奇妙，也许这种没有结果的追逐游戏的最终目的就在这里？

为什么我要偷走 PFWFP 的原子，而代之以我制造的假原子？原来在文学艺术的创造活动中，任何灵感都只能是一次性的，所有的意象的储藏都毫无意义。所以他不断发现，我则不断偷走他的灵感的光辉，使他进一步地激发自己去寻找新的光源。是我的“阴险”导致了我的伙伴能够青春常驻。发生在艺术家内心的竞赛暧昧、深邃而又无比紧张。当然，我摄取了他的灵感，我也因此获得新生——星云将我沉重的身躯向上提升，我由此得以将竞赛推向新的阶段。

## 永恒诗意地生活

### ——读《水中的舅外公》

艺术就是返回，返回大海，返回我们的发源地。然而在浩瀚的大海的岸边那浅浅的环礁湖的水中，诗意地居住着我的舅外公。他是一位经验丰富的老艺术家，他在陆地和大海之间这块被遗忘的野湖里坚守着自己的理念。我是不理解我舅外公的，以我的世俗的标准来看，他完全是固执己见，自找苦吃。因为时代已经变了，水中已经完全不适合于我们居住了。再说终日蛰伏在那种浅水湖中，不但不气派，反而显得尴尬狼狈。舅外公到底是为了什么而那么自豪呢？他又不是在大海中！我早就看出了他的狼狈，他却似乎浑然不知，他沉浸在自己的意境中，极为高傲。

然而，他的意见对我们大家来说总是具有权威性。到头来，我们什么事都要征求他的意见，哪怕在那些他一点都不了解的事情上，哪怕我们知道他的意见大错特错。也许他的权威来自于他是一位过去时代的遗老这个事实吧，或者还来自于他总是使用古老的修辞法，比如像这种话：“年轻人，垂下你的鳍！”话里的意思我们是不能清楚地理解的。[20]

这就是说，隐隐约约地，我们感到了他同古老的大海之间的联系，而大海，是我们已经回不去了的、永远要敬畏的地方。他死守在那种地方，虽然滑稽，毕竟他是古老理想的一个象征。是因为这个，我们才不能撇开他，怠慢他。而在舅外公的眼里，我们舒适的陆地生活是他绝对不能忍受的苦役，他在那种干燥的地方不能呼吸。他宁愿伏在浅浅的泥水之中，沉重地呼吸着，梦想着广大无边的海洋。他认为那才是他想要的生活，谁也别想改变他，所以他对我们这些陆地上的居民充满了怜悯。我们的这种生活他一天也过不下去，因为没有对于大海的崇高的向往，就等于是行尸走肉!

舅外公外表原始，说话语气粗鲁落伍，成天在那浅水湖中拱来拱去，自得其乐。在我看来，他是被时代抛弃的老顽固。但他的确在过着一种自由的生活，那种生活具有无穷的魅力，从那个王国里头出来的他，也明显地高于周围的同胞。于是我的女友LII 立刻就被他吸引过去了，就像在她身上发生了返祖现象一样。观念的转变是短时间内发生的，但在那之前，迷人的 LII 身上已经具备了转变的条件——闪电般的敏捷的反应，冒险精神，对现实的不满足。最根本的是，她无意中发现了自己对于大海的渴求。也就是说，吸引她的正是舅外公身上那种来自深水区的原始记忆。舅外公言传身教地告诉她，要想进入那个记忆王国，就必须使自己变成鱼，并日日在环礁湖中操练。他说：

> 同陆地和空气的不稳定性相比较，环礁湖，海，还有大洋代表着未来和安全。那下面变化非常少，却拥有无限制的空间和食物，温度总是那么稳定。简言之，在那里的生活将如同它一直延续至今的那样，再以它完美成熟的形式延续下去，并且不会变形，也不会让结果可疑的事物加入进来。而作为个体，每一个都能发展他们自己的个性，从而去抵达所有事物和它们自身的本质。[21]

老鱼在这里描绘的就是王国的风景。实际上，并不是谁都能适应那个王国的制约的，所以陆地的居民仍然占绝大多数，而他孤零零地待在野湖里。可是希望不是已经出现了吗？

我终于意识到了，老鱼，也就是我的舅外公，他才是属于未来的。这个未来不属于陆地上的普通居民，只同那些身上呈现出远古的记号的居民有关。比如鸭嘴兽，比如恐龙和鳄鱼。他们身上才具有那种高贵的风度，因为他们同我们的原始记忆相连。老鱼是高贵的典范，所以 LII 才爱上了他，不顾一切地加入到他的事业中去，自己也获得了真正的幸福。

原来艺术上的追求、突进，在某种更深的意义上却是倒退和回归。回到大海，回到世界混沌初开的时间。当然，现实中的倒退是不可能的，艺术的事业只能在冥想中发展。那么，住在环礁湖里，坚持水中的生活，日日思索、操练，并日日幻想着大海，便成了艺术家的现实生活。

# 赌出自己内部的精神来

——读《打赌》

在无边无际的真空中，除了一些孤立的粒子外，什么都没有。我和我的朋友 (K)YK 就是从这样的虚无中开始打赌的。我们一开始赌，电子就开始绕质子旋转，并发出嗡嗡响声，一团巨大的氢云在空间凝结。这就是艺术创世的情景。

那么，我们为什么要打赌呢？当然是因为虚无感的折磨，因为我们要存在。不赌的话，就连我们自己也只是一个无，而这是最不能忍受的。又因为要打赌，艺术家的自我便分裂成“我”和 (K)YK，即创作中的灵感与理性。这两个方面总在创作过程中竞争着，轮番占上风，相互抽空对方的基础。

“我将赌你所说的任何事。”——(K)YK 说。[22]

也就是说，只要我说出一个念头，他就要反对这个念头，于是我就会同他打赌，而他自己是没有能力主动“说出”任何事的。他的能力就是他否定我的能力，我呢，不知为什么永远要依赖于他的判断。他越否定我，我的思路越活跃，越能够异想天开。而他呢，也在这种否定的活动中变得越来越强大。他就像吸血鬼一样，从我的创造中吸收能量。可是我是多么依赖于他的否定啊，他每否定一次我，我设赌的技巧就上升一层，构思也变得更为精微，神算的能力也变得更了不起。我成了个高超的寓言家，在我的狂想之中，我无所不知、无处不达。我说出一件事，那件事就成了现实……何等的痛快淋漓。那么，想得更深更远吧，去构想那些最最不可能的事吧。如果连那些都已经赌完，我还有一招——

> 我一头扎进了一种新的可能性的领域，即，来赌我先前赢过的那些事物。[23]

就在我踌躇满志的时候，事情发生了转机，(K)YK 开始占上风。他的怀疑一切的态度感染了我。虚无的阴风向我吹来，啊，我到底赢过一些什么呢？我赢得的事物是真实的吗？它们经过了证实吗？我又是谁？看看我同他所供职的机构，看看我们在其中担当的虚幻的、无意义的职位吧。实际上，这样的职位就同自封差不多，而我，就在幻觉中活到了今天。

> 他对静态的偏爱越来越厉害，他装扮成一个行动不便

的病人，坐在轮椅里面出现在这里。[24]

当我惶惑之际，(K)YK 便以他静态的逻辑推理来对我施加压力了。他要摧毁我辛辛苦苦建立起来的大厦，他不遗余力地指出我的种种不合理和谬误之处。于是我被他手中挥舞的报纸(文字的泥石流）所淹没，所摧垮。我，如果不是虚无的话，我的意义又在哪里呢？在所有的事物都粘连在一起的今天，区分仍然是可能的吗？我感到了灭顶之灾的临近，然而 (K)YK 刺耳的叫声还在走廊里回荡。

可是这只是暂时的消沉！进行艺术创造的人，谁没有经历过这种阴沉的日子呢？但生命的活力涌动却不是那么容易镇压得下去的。也许就在明天，大地的上空出现第一线晨曦之际，灵感又会在艺术家的心中蠢蠢欲动，而老 (K)YK，又会以新的兴趣全身心地投入这场追逐的游戏。

“QFWFQ，我们现在的比分是多少了啊？”[25]

## 艺术之旅

### ——读《恐龙》

谁都知道恐龙是庞然大物，它们曾称霸过地球，建立过伟业，它们的事迹成了古老的歌谣。然而这样一个光荣的种族突然就从地球上消失了，只将一些模糊的传说留在地球新住民的记忆中。

“我”是消失的种族中的遗民，一名真正的恐龙。多少年里头，我对于自己被留下来的使命是不清楚的，我疲于躲藏，脑子里装着活命的念头。尽管如此，我还是多么的想交流，想同地球上的新住民发生实实在在的关系啊——我厌倦了漫长世纪里的流放生活。可是我从前那个高贵的强大的种族同这些住民是格格不入的，虽然事过境迁，新住民关于我们的记忆还是那种完全的陌生夹杂着恐怖。他们认为恐龙会杀死他们。

“你为什么跑开？你看上去好像你见到了……一只恐龙！”[26]

我这个遗民深深地体会到了他们心底的恐惧，但我并不死心，还想再次同他们遭遇。为什么会这样？也许是因为我不想成为幽灵（不同这个世界发生任何实质性的关系，只作为某种古老的光荣的符号存在，不就是幽灵吗？），因为我向往人间的生活，哪怕这生活十分庸俗，根本不符合我的种族的理念。

于是，我在春天里遇到了蕨花，我们一同在泉水旁饮水，她朴实地向我述说了他们种族对于恐龙的畏惧。她的畏惧是有道理的，本来，我们就是这样缺乏灵活性的种族，我们目空一切，强有力，不能适应别人，却要求别人一定要适应我们。这样一个种族的灭亡是必然的。然而即使已经灭亡了，我们的余威仍然在统治着这个世界，既威慑着地球新住民，也支撑着他们的幻想世界。

> 我很快就弄清楚了，他们所有的人都早已经知道了这些故事。[27]

他们的精神生活就是关于恐龙的故事。多么奇怪啊，把我们看作死敌，怕我们怕得要死，即使见了面也绝对认不出我们的这些新住民，居然将我们当作他们的全部精神生活！他们将那些故事讲了又讲，越恐怖，越离奇，越能够满足他们。而我呢，在这之前我从未想过自己的种族对于新住民会是什么印象，现在他们一讲述，我就通过他们的眼睛看到了恐龙所引起的恐怖，我自己也自然而然地为我引起的恐怖颤抖起来。这个交流的过程神秘而又曲折，简直不可思议。

女友蕨花这样表达她对我的朦胧的爱（其实是误会的成分多）：

> 昨天夜里我见到了这只巨大的恐龙，他的鼻子里喷着气，他那么令人恐怖。他向我走来，抓住了我的后颈窝，然后将我带走了。他想要吃活的啊。这梦真糟糕，糟糕死了。可是多么奇怪啊，我一点儿也不害怕！啊，不，我不知道怎样说这件事……我喜欢他……[28]

我的心情同蕨花也有类似之处：我为她所吸引，想要拥抱她，可又觉得自己同她想象的爱人太不一致了。实际上，我同她不是格格不入吗？她又怎么能理解我呢？要是理解了我，她是不会再爱我了的……我犹豫来犹豫去的，把机会都失去了。她的哥哥回来了，我不能再同蕨花公开交往。

同蕨花的哥哥 Zahn 的最初交往发生了暴力，见多识广而又精力充沛的他对于我有种本能的反感——我不是他们一族的。转化来得尤其突然。我依仗自己强大的体格和凶暴的动作，不仅征服了他的肉体，而且也征服了他的精神。也许我正好体现了他梦想中渴望的恐龙精神？原来他和他妹妹渴望的正是同一件事！还有周围这些看客，他们是多么欣赏我的暴力啊。

我从此赢得了大伙的尊敬，Zahn 将我看作英雄，众人也莫名其妙地改变了对恐龙的态度。是因为我吗？可他们又并不将我看作恐龙啊。再说关于恐龙，他们也确实一无所知啊。这里头的情绪太微妙了。我对我自己的种族的看法并不像他们那么乐观，是的，我有点阴沉，我知道恐龙精神同世俗之间的巨大鸿沟，这鸿沟就是恐龙灭亡的原因。那么我是谁？古老种族在世上的代表吗？

> 也许这是说实话的时候了。我喊道："我的确看见过他们！如果你们想听，我可以向你们说明他们是什么样子！"[29]

但是这种事又怎么能向他们说明？我一开口，就觉得自己没有底气，因为我的话没法证实。唯一的证人是我自己，而他们根本不相信我这个与他们朝夕相处的人会是恐龙。现在他们只愿意怀着崇敬的心情幻想古老的恐龙，一去不复返的恐龙。这个时候我明白了，这些新住民同我那灭亡的种族是无法面对面地、直接地沟通的，因为两方面都有自己的狭隘和局限之处，以及专横之处。也许沟通只能间接地进行？我茫然，我也对他们两方面都感到厌倦。这个时候的我，还不完全知道自己正是那个沟通的媒介，是伟大使命的承担者。但也许某种程度上，我已经隐隐约约地感觉到了？误解还得持续下去……

> 蕨花对我说："他是一只了不起的恐龙，也许是恐龙的国王，也许是王子。我打扮起来，在头上佩戴了一条缎带，我从窗户那里探出身去，竭力吸引他的注意力。我向他鞠躬，可是他似乎没有注意我，甚至都没屈尊瞟我一眼……[30]

蕨花是在说她梦里的恐龙，但她又像在说我。真是天大的误会，无法飞跃的鸿沟。她对我和我的种族的美化毫无道理！于是我道出真相，我需要她的理解和爱。但她对我的爱产生于她那种偏狭的理解，她无论如何也不能照我的方式来理解我。她不喜欢从我口里说出的这个有关恐龙的真相，她只愿意沉浸在遐想之中，因为她的梦、她的遐想，是她唯一的精神生活。我与她之间的裂缝就这样产生了。我没来得及弥合，因为信使说大队的恐龙来了。

我对恐龙即将到来这个消息的反应是矛盾的，我既盼望重返旧日的生活，又决不愿意重返。因为重返就意味着结束我在村庄的平静生活，返回那没有尽头的地狱般的煎熬。也许现在的我早已不再是从前的恐龙了。

新住民的反应同样是矛盾的。他们想逃跑，想战胜恐龙，但不知为什么又觉得他们自己一定会被恐龙战胜。而被恐龙们战胜，却又似乎是符合他们心底的愿望的。我深入到他们当中之后，才逐渐弄清楚了他们的这种奇特的情绪。可是我自己，我该怎么办？我两边都不愿背叛，但我也有些讨厌他们双方。于是我独自出逃了。然而我又放心不下，我躲在一个地方观看。啊，来的不是恐龙，是犀牛！我跳出来宣布实情，但新住民已不再信任我。

> “我们先前也许没有弄清他们是不是恐龙，但我们已经知道了夜里你不在这里。”[31]

啊，难道我，不是也已经认清了这些俗物们的卑劣吗？这是些苟且偷生的家伙，永远是匍匐的，永远学不会像英雄那样站立。伟大的恐龙精神已经死了，再也不能复活了，地球上只剩下了这些内心曲里拐弯的家伙……这一刻，我终于清楚地感觉到了自己的使命：我们的种族必然消亡。这是我们的选择，但是这个种族将我作为代表留在新住民当中了。我将在这些可怜虫当中见证恐龙精神的巨大威力。是的，我看到这些地球住民对于恐龙的误解一个阶段有一个阶段的不同形式。从最初的纯粹恐惧，到后来的崇敬，再到如今的略带嘲弄或者幽默。他们情绪的变化是因为我吗？既然他们认不出我来，他们关于我的种族的看法，为什么又因我而变？

当大家嘲笑恐龙时，蕨花陷入了伤感，她对我诉说她的伤感的梦，她为恐龙的不被理解而悲哀。她不知道，我，作为恐龙，最忌讳的就是伤感情绪。她的怜悯令我暴怒，因为我的种族完全不需要怜悯，我的先辈是在庄严的氛围中自行选择灭亡的。但这一切又如何能向蕨花解释呢？我又气又急，又没法做出解释，就用粗言粗语伤害了她，大家都对我的举动感到愤怒。

事情在戏剧性地发展着。新住民们见到恐龙的骨架之后，全都开始怜悯恐龙了。这更引起了我无比的愤怒！我血管里流着英雄的血，我不允许他们用廉价的伤感来亵渎恐龙。所以，我趁他们熟睡之际将那副骨架拖走掩埋了。

除了我们的种族之外，什么时候还有过别的种族有过这么丰富、这么充分的进化，有过这么漫长、这么快乐的统治吗？我们的灭亡是一篇庄严的闭幕词，完全配得上我们的过去。这些傻瓜们又怎能懂得这一点。[32]

一切全成了秘密，深藏于我的心中。我无法将这个秘密传达给他们，我只能用我的存在来暗示他们，日复一日地暗示下去，别无他途。啊，这是一种多么阴暗的生活啊！我产生了报复心，我要用我的举动来给傻乎乎的蕨花上一课。当然，即使是报复，也是出于高度的理性，因为我是恐龙啊。简单地说，我所干的就是当着蕨花的面抢走她哥哥的情人，然后同她在岸边交媾。我想以此举来告诉她和她哥哥，恐龙不是幽灵，他们曾是鲜活的生命，是生命本身成就了他们的伟大，并且这种伟大还将延续下去。我的出轨的举动一定令他们百思不得其解吧，至少也是打破了他们的思维定式。

我的恶行给了这些新住民（包括蕨花）很大的打击。他们不能理解这种行为，他们陷入了沉默。也许我给蕨花带来了空前的绝望，但她仍在思索，在竭力地理解我。她终于这样对我说：

> “我梦见在一个洞里有某个种族的唯一幸存者，谁也不记得他的名字了。我去问他他叫什么名字。里面很黑，我知道他在那里，可我看不见他。我完全知道他是谁，他长得什么样子，我只是表达不出来。我不知道他是不是正在回答我的问题，我也不知道我是不是正在回答他……”[33]

蕨花在痛苦和绝望中终于朦胧地感觉到了我们的精神境界！而我认为，只有这，才是爱情的开始，才是我所渴望的精神上的结合。坚冰正在被打破……也许误解还将不断产生，但我们双方的追求都已有了正确的方向。我们相信，那种说不清道不明的东西是存在的。我用我的行动向她做了暗示，而她感到了，沟通就这样实现了。这就是我，一条恐龙的爱。在精神上，她已属于我，我也已属于她了。

我终于完全看清了，是恐龙精神赋予这大地上的一切事物意义。我的种族通过消亡来获得永生，获得控制。他们留下了我，正是为了让我通过奇异的方式来再现、来演绎他们曾经有过的辉煌。也许我在这些新住民当中的生活阴沉而单调，但沟通的可能性不是一直存在着吗？历史就是这样延续下来的，我的种族也因此获得不朽。我将永久地在这地球上流浪，去实现我的使命。

**备注："我"——理念的具体化身**

**新住民——世俗生活中的人类**

## 摆不脱的自我纠缠

——读《空间的形式》

写作或艺术生活是一种空无所傍，充满渴望、希望，却又令人绝望的自由落体的运动。从外面看，这种运动垂直、孤立、方向感明确，是一种最为超脱的空间运动。只有进入到了运动的内部才会发现，运动者的内心一点也不超脱，时时刻刻为世俗的蝇营狗苟所占据，为着自己的欲望得以实现不惜伤害他人，搞诡计，设陷阱，无所不为。然而在这个茫茫太空里，在这个空无一人的崇高处所，运动者并不能够伤害到任何人。他那套世俗的把戏搬到这里来之后，只能用于分裂自身，让其各个部分进行那种殊死的扭斗，以此来上演艺术生活的好戏。

于是自由落体的直线只有从外部看才是直线，作为当事者来说，那是纠缠不清的螺旋曲线，时而绷紧时而松弛，时而交错时而隔离，简直让他眼花缭乱。

经历创造的艺术家将自己分裂为三个独立体：我，中尉，美女。我的生活就是追逐美女 Ursula H’x，中尉的生活则是作为情敌来干扰我的追求，使我不能得逞，或使我的成功化为乌有。美女在我的眼中是这个样子：

> 她看起来非常美丽，在下坠中，她的姿态安详而放松。我希望她有时注意到我，可是当她坠落时，她要么专心致志地修她的指甲，上指甲油，要么用梳子梳理她那一头长长的、光洁的秀发。她从不朝我瞥一眼。[34]

人在真空中下坠就是顺应体内那股原始之力来运动，这种创造运动一旦开展起来，就必然包含了美。美是情欲的对象，也是理想。因此我的一举一动，所有的念头，都是为了一个目的，即同美合二为一。我一定要同美女 Ursula H’x 结合，只要我还处在这个运动系统之中，她就是我渴望的对象，我进行这种运动的全部意义。然而美又是难以接近的，于是我的活动变成了想象她的白日梦，以及为捕获她而进行的一轮又一轮的阴谋操练。在这些时光里，我不断地体验着失败的沮丧、成功的狂喜和幻灭之后的绝望。而在情感体验的同时，我的目光凝视着太空的深处，企图辨认出那个宇宙的形状。

有一个强力而横蛮的人夹在我与 Ursula H’x 之间，这就是中尉。中尉是谁？当然，他就是艺术家的世俗形象，只不过是被艺术家意识到了的世俗形象而已。正因为意识到了，他才显得如此的俗不可耐，才被这个“我”，即作者的自我恨之入骨。

可是人的世俗存在是抹杀不掉的，于是中尉贯穿了我追求过程的始终。这个过程的初衷是直奔主题的（直线的），现在却变成了这样一幅画面：

> 在我们分开的瞬间，我们的喊叫融化在一体化的欢乐的抽搐之中。然后我便为一种预感惊呆了，因为从我们发出的这些声音里又爆发出她的刺耳的叫喊。我愤恨地想道，她被人从后面施暴了。与此同时我听到了中尉那粗俗的获胜的叫喊。但也许（想到这个我就嫉妒得发狂）他们的叫喊——她的和他的——同我们的并没有什么不同，也不是那么不协调。那叫喊也可能达到了一体化，融合成了充满下坠的欢乐的一个声音。而这时从我嘴里则爆发出另外一种声音——啜泣，绝望的呻吟。[35]

这是最真实的创造画面。创造就是由几股情绪的杂交、几个部分的纠缠所上演的戏，紧张的搏斗体现出整体自我的张力。无法占有的美和甩不脱的丑都是我的本质，从我上路的那一瞬间起，我就注定了要在大喜大悲中不断转换，度过我的艺术生涯。我就是在这种一点也不崇高的纠缠中发现崇高的宇宙的。但宇宙是那么的捉摸不定，我无法确认。奇怪的是那么粗俗的中尉，他也同样发现了宇宙！那么，崇高与下贱之间一定有暗道相通，抑或是我同中尉有着同样的信仰与追求？这的确是一个深奥的问题。然而，我们发现的这个宇宙的捉摸不定的性质又加强了我的悬置的感觉——这一发现也没法消除我的虚无感。于是自然而然地，我仍然要投身于当下的运动，从这些无穷无尽的、纠结的感觉中去获取存在感，因为我从本能上是排除虚无的。

啊，Ursula H’x, 只有这位美女能给我存在感。我没完没了地做出同她有关的设想，只有这类设想，才是我的真正的生活，才是我的下坠直线的内面图像。是对她的观察，导致了我的内部的分裂，也导致了空间的变化。现在的空间，是已经复杂得不可理喻了，而我们的下坠线，哪里还是什么直线?！

我同中尉之间的战斗也变得激烈了，他射出的子弹没有打中我，因为突然升起的真空（死亡）挡开了子弹。我扑到他身上，想用双手扼死他。结果我也没能成功，我的双手啪的一声响，他不见了。太空里没有死，只有死亡演习。我俩又回到各自的平行线上，心里继续怀着对对方的怨恨运动下去。当然，对立面是不能消灭掉的，消灭掉了，就不存在这种特殊的运动了。只能恨恨地，继续想象出各种阴谋来杀死对方。奇怪，这个中尉，既抹杀我的存在，又是我存在的根基。要是没有他，我对Ursula H’x 的爱会不会日益变得苍白而最后消失呢？他的恶俗衬托出她的清高，他的丑恶衬托出她的美，她因为他的存在而显得格外生动、飘逸，奥妙无穷！所以，让他存在吧，我们的运动，还将如同一行又一行的文字曲线那样进行下去，而这些曲线，又随时可以拉直，呈现出其本质的意义，让人一目了然。因为我们的一切阴谋和扭斗，一切引诱与俘获，都是为了那同一个崇高的事业。

## 太空里的煎熬

### ——读《光年》

在茫茫的太空里，自由的我内心却并不自由。我是一个囚徒，受到遥远的处所某个机制的制约。我看不见那个机制，但我的一举一动都同它相连。

我是从望远镜里观察太空（高超的艺术活动）时，发现那个监督机制的，那个机制的操纵者通过暗示性的标志促使我进行彻底的反省。当我进入反省之际，我就体会到了，操纵者们是些极为冷酷的人，我所做过的一切不好的事，他们永远都不会放过。最初我同他们进行沟通时，我是抱着希望的。

> 如果与此同时，他们没有掌握到很多信息来反对我，那像“那又怎么样呢”这种模糊的表达，就可以成为有用的试探手段，用来试探当我看待他们那个断言（“我看见你

了”）时应该认真到什么程度。[36]

我企图通过对往事模糊化让对方放弃追究，从而获得自己内心的宁静。我又想，也许自己后来的较好的形象会改变他们的最初印象，毕竟那是两亿年前的印象了，时间应当会冲淡一切。不知为什么，尽管抱着希望，我的烦恼一点都没有减轻。我做出种种的推理，得出了糟糕的结论，即，写着“我看见你了”的那块标牌已经被其他天体上的居民看到了，我给全宇宙的人都留下了坏印象，因为人们只习惯于相信最坏的事。还有更糟糕的，我无法否认自己的那件事，对于这些只看见标牌，没有看见那件事本身的人来说，谁知道他们会得出什么样的结论来呢？我连从哪里开始为自己辩护，如何结束也不知道。我什么都做不了，只好回去继续观测。我看到的吓人景象令我不得不采取行动了，我可不是懦夫！

对于每个“我看见你了”的标牌，我都用我的标牌来回答，上面写着傲慢而冷淡的句子，比如：“真的吗？”“真好啊！”“我才不在乎呢！”要不就是挑衅的嘲弄的话，比如：“活该！”“看，这就是我！”但我还是保持着我的克制。[37]

我这种给自己壮胆的做法并不能消除我的焦虑，一想到几乎所有天体上的人都同时看见了我那件丑事，我就如坐针毡。更糟糕的是这些天体正在以光速离我远去，我追不上它们，事情几乎要绝望了。可我还是给自己留下了希望，我想，补救是可能的。我记起了某个以“Y”标志的瞬间，我在Y瞬间的表现是那么的合理，并且令自己满意，我完全可以设想所有星球上的居民都看到了我的举动，并将那当作我唯一的真实形象。既然有Y这个形象存在，以前那第一个糟糕的形象就会渐渐被淡忘。当然我还有很多不那么本质的、以“X”为标志的瞬间，这些瞬间也被人看见了，但它们算不了什么，因为Y瞬间太引人注目了，压倒一切!

这种看与被看的纠缠，就是艺术家在自己灵魂内部（宇宙）上演的自审的戏。一名处在创作中的艺术家，永远是不自在的。总想藏起一些什么却又无处可藏；每时每刻都期望自己的形象变得美好，在绝望与希望的交替中无限期地等待。还有怀疑，那是一道致命的坎，一次次将人绊倒，但人还得站起来重新开始搏斗。太空和天体都是透明的，处于众目睽睽之下的个人，生活起来是多么艰难！将宇宙变成审判庭，然后自己来协调各方的关系，让审判持续下去，这样的现代戏的确是艺术家的独创。

我在太空里等待人们对于Y瞬间的好评，可我等来了什么？他们全都没有看见我在Y瞬间的表现！也许他们只看见了X瞬间。

> 我的最初的冲动是挥舞一块上面写着“这是我！”的标牌，但我又打消了这个念头——那又有什么用呢？要等X瞬间过去，再过一亿年以上他们才能看到啊。现在我们正在接近五亿年的那个路标了。再说，如果要有把握地表达自己的意思，我就得做出详细说明，于是又得将那件旧事挖出来，而这，正是我最想避免的。[38]

他们不肯证实我。所有我收到的那些反馈都不是我从心底想要的那种。而我真正想要的是：抹杀我最初的错误，凸现我的本质。谁会这样来证实我呢？没有人！一切都是含糊不清的。太空啊，难道你的功能就是将人搞得神魂颠倒？她什么也不允诺，什么也不抹杀，如同另一位诗人卡夫卡那讳莫如深的城堡。

既然我在观察的同时也被它观察，我就必须小心自己的一举一动。我做了两个标牌。一个标牌的作用是，当我对自己满意时，使太空居民看到我；另一个标牌的作用是，当我对自己不满意，或疏忽了自己时，使太空居民看不到我。这种办法实行起来适得其反，也可以说是歪打正着。为什么呢？因为在艺术创造中，只有那些没被完全意识到的、朦胧的感觉才是高级的。意识到了的美永远只是表层的、靠不住的。我的创造的经验一次又一次地证明了这个。

我还不服气，又尝试第三块，甚至想到第四块牌子，用它们去纠正前面的错误。但我终于明白自己改变不了宇宙的铁的规律，只能耐心等待。那些星系的速度是多么的快，我又是多么的无奈！它们带着对我不利的判断远去了，那判断将永远没法改变了！我看见一个又一个的星球消失在那条路上了。

## 诞生和发展

### ——读《螺》

啊，精神的诞生实在是一件奇妙的事！这生命的高级属性是从原始本体里头发展出来的，非常直接，却又有点神秘，似乎同繁殖的欲望有关。本篇描述的就是这个神奇的过程。这也是艺术家创造艺术品的过程。

> 我有一些细胞，它们或多或少有些相似，并履行着大致相同的工作。由于我没有形状，所以我能够感觉到我里面所有的形状，我也能感觉到我所有的行为，所有的表达，所有制造噪声的可能性——哪怕粗鲁的噪声。总之，我的思想没有限制。其实那不是思想，因为我没有去想它们的大脑。真实情况是，每个细胞同时各自在想着每种可能的事物，但不是通过意象来想，因为我们没有我们可以掌握

的任何意象。我们仅仅以不确定的方式感觉到自己在那里，当然我们同样也可以以其他的方式感觉到自己在那里。[39]

必须回到原始的状态才有可能创造出艺术来，那种状态既不是无也不是有，而是在有与无之间。那是感觉的天地，排除了世俗，在纯净中蔓延。在这种活动中，思想不能直接起作用，只能在场外间接履行职责。感觉就是一切，让生命之潮来得更猛烈些吧，我这个不确定的存在会在潮水中一次次短暂地获得对自己的确定感！我在想什么呢？我在想自己的可能性，这种关于自己的想象可以称之为“异想天开”。又由于没有任何参照物，于是我想出的任何东西都是，也只能是第一个东西。我想出来的那些个不确定的事物啊，也许正因为不确定，才散发出原始的，也就是未来的气息？它们是从我那一张一弛的本能运动中被挤压出来的。它们属于我，但又同这个意识得到的“我”无关。我操纵不了它们，我只能操纵自己的身体。那么，在岩石上贴得更紧些吧，更细致地感受海浪带来的信息吧。就在这时我感到了“美”。可是要让“美”也感到我，我就得将自己从背景中区分开来啊。要区分自己，光是感受还不行，还得“做”。做，就是改变自己，让这个身体具有精神的标记——那美丽的螺壳。“美”是一位女性，即“她”。

我将所有对她的思念放在这种自我表达之中。我将自己对她的愤怒，对她的热情的想念，为她而存在的决心，让自己成为自己、让她成为她的愿望，还有体现在对她的爱当中的对自己的爱——将所有这一切做进贝壳里的东西绕成了一个螺。[40]

我为追求美而存在了，与此同时美也为我而存在了。创造艺术品就是这样一种恋爱，如此的生动，有活力，日日翻新，让人不得不从一而终。在丰饶的大海之中，人除了从事这种美的事业，难道还会想去干别的？我这个软体动物，就是在那充满了生殖气息的海涛的冲击之下，直接地悟到了真理。真理其实在我内部——我要存在。阳光，还有荷尔蒙唤醒了我体内沉睡了几万年的东西。可是真理是说不出来的，我要表现她就只能做一个东西，于是我就做了螺壳，而在做的过程中，对于美的想象是我的动力。她是谁？她就是我，我身上最显眼的那个部分啊——我于空无所有中纯粹凭想象分泌出来的那个部分。当然，这个过程充满了不确定性给我造成的煎熬，我必须集中意念去想她，因为稍有懈怠就会前功尽弃。每一次的分泌、每一圈的缠绕都要一丝不苟……在冥想中敞开，在冥想中让本能运动向“那里”延伸、坚持……这就是一切。

啊，我终于在劳动中看到了她在宇宙间的普遍性！她无处不在，但每一个她都同我的手工劳动相连！也就是说，我做的东西里头包含了宇宙之美，并且正是这种终极之美使得我的作品具有了独一无二的形式。

……然而，贝壳首先是贝壳，这是最重要的。贝壳有着它的特殊形式，它也只能具有我赋予它的那种形式；那也是我能够、我愿意给它的唯一的形式。既然贝壳具有了形式，世界的形式也因此改变了。是这样改变的：贝壳如今包含了这个世界的形式，而世界的形式已成了新形式，因为以前没有贝壳，现在有了。[41]

我在改变自身的同时也改变了世界，这是我没有料到的。我不是为了身体的需要做贝壳，也不是为了改变外界，我的初衷仅仅是出于对于一种朦胧的美的向往，那种向往导致了我将自己从环境中区分开来的冲动。

过程仍然是神秘的，最初是先有眼睛还是先有那种有可能造成美丽视觉意象的光波？我认为是先有光波。顺序是这样的：我从内部挤压出那种波，外部的那些器官接受了我的波，才逐渐发展出视力来的。也就是说，决定的因素是我内部的欲望，没有它，世界便不存在。所谓外部器官（眼睛等等）指的是直觉。直觉同艺术品发生交流，艺术品又激发出直觉，认识由此深化，艺术品也在这个过程当中呈现出起先没被注意到的目的性。原来，尽管没被自己意识到，我的存在从一开始就预示了后来的一切，宇宙在我心中。

我住在这些眼睛的最深处；也可以说是另一个我，我的意象之一住在那里。我的意象同她的最忠实的意象在那里遭遇。那边是一个开放地带，我们穿过虹状物的半液体的领域；我们在瞳仁深处的黑暗里，在视网膜的镜子大厅里；在我们的真实的元素里。这些元素延伸到无边无际的远方。[42]

虽然艺术家在创造的瞬间是盲目的，虽然那个时候，他无法“看见”自己的作品的美丽，创造的过程却是一个大欢喜的过程。我和她（美）在一起，我也和真理在一起，还有什么是比这更大的幸福呢?

注：这辑文章分别参考了《宇宙连环图》的中文版与英文版。中文版是译林出版社 2001 年版的《宇宙奇趣》，张宓译，吕同六、张洁主编。

注释：

①《宇宙连环画》第 3 页，由美国哈考特•布锐斯出版公司 1976 年出版，卡尔维诺著，威廉•维弗英译。引文由本文作者转译。以下同。

② 同上，第 7 页。

③ 同上，第 7 页。

④ 同上，第 10 页。

⑤ 同上，第 16 页。

⑥ 同上，第 11 页。

⑦ 同上，第 20 页。

⑧ 同上，第 21 页。

⑨ 同上，第 27 页。

⑩ 同上，第 32—33 页。

⑪ 同上，第 37 页。

⑫ 同上，第 45 页。

⑬ 同上，第 47 页。

⑭ 同上，第 51 页。

⑮ 同上，第 54 页。

⑯ 同上，第 55 页。

⑰ 同上，第 60 页。

⑱ 同上，第 64 页。

⑲ 同上，第 66 页。

⑳ 同上，第 73 页。
㉑ 同上，第 79 页。
㉒ 同上，第 85 页。
㉓ 同上，第 91 页。
㉔ 同上，第 92 页。
㉕ 同上，第 93 页。
㉖ 同上，第 98 页。
㉗ 同上，第 98 页。
㉘ 同上，第 101 页。
㉙ 同上，第 103—104 页。
㉚ 同上，第 104 页。
㉛ 同上，第 107 页。
㉜ 同上，第 109 页。
㉝ 同上，第 111 页。
㉞ 同上，第 115 页。
㉟ 同上，第 117 页。
㊱ 同上，第 128 页。
㊲ 同上，第 130 页。
㊳ 同上，第 135 页。
㊴ 同上，第 142 页。
㊵ 同上，第 146 页。
㊶ 同上，第 149—150 页。
㊷ 同上，第 153 页。

# 读《零时间》

# 回归生命

## ——《软月亮》读后感

站在地球上看太空，我们看见的天体是一些发光体，一些光源。这些美丽的光装饰着太空，使得宇宙令人神往。最亮最强的大光是太阳，我们的地球绕着太阳转，还有火星、金星……秩序井然。可是这一切，是否仅仅是一种表象，是否有巨大的欺骗性呢？该发生的终于发生了，我（QFWFQ）经历了这痛苦的大变迁。

月亮要成形，她不甘于仅仅只做悬挂于太空的光，她要站出来生存。而她的变化的起因，居然是地球本身——地球的引力太强大了。

……我看见她正在脱离天空里所有其他的光，也脱离这些街道发出的光。她从黑暗的凹陷的天体图里显现出来，真正变成了太空的一部分。也就是说，她不再占据原先那个点了。在火星和金星的等级里那也许是很大的一个点，就如一个洞，光从那个洞里向外铺展开来。她正在成形，还不那么清晰可辨，因为眼睛还没有习惯于辨别她，也因为她的轮廓还不够精确，不能描出一个规则的形象。然而，我看见她正在变成一个东西。①

这个我无以名状的异物，她要干什么？她不同于地球上的一切东西，但她令人害怕，因为她使得地球的地壳在微微战栗。我知道她是痛苦的，她的意志也许是邪恶的？我不能预测，我在等待中煎熬。这个变形的异物，为什么她要接近地球？啊，她越来越近了。

我在 SIBYL 的天文台望远镜里看到了月球的真实形象——令我微微感到恶心的形象。那种毛茸茸、皱巴巴的表皮，密密的孔，又似腮，绿色的脉络，实在不怎么雅观，更不高级。谁知道那表面的隆起是由内部的什么可怕变化引起的呢？她现在失去了她的光，她给我的感觉不佳，大概她自己也很痛苦。她企图与地球建立起一种什么关系?

SIBYL 冷静而自信（因为对地球有信心），充满了期待。她陶醉于地球的控制力当中。然而即使是日日观察月亮的她，也没有料到欲火中烧的月亮会干出什么来。

“你似乎觉得，它应当像我们一样绕着太阳转才是对的?”SIBYL 说，“地球要强大得多。到头来，地球会使月亮脱离它的轨道，让它绕着我们转。我们会要有一个卫星了。”[②]

SIBYL 没有清晰地料到月亮的欲望与阴谋。这就如同发生在人类身上的事一样，谁又能料到自己的欲望会是什么形式？但人一定会有朦胧的感觉。

我们在追随，我们在预测。而月亮，由于越来越靠近地球，她表层的那些物质就脱离了她，飞向太空，朝我们飞来。我真为我们的地球担忧！

> ……月亮正好在我们头顶。在我看来，像蛛网一样悬在空中的我们的城市似乎是脆弱的。那些小小的窗玻璃叮当作响，光线形成线状装饰物，而头顶这个肿胀的家伙，如同将天空挤得隆起来的一个瘤子。——QFWFQ[③]

> “月亮真掉下来又怎么样呢？让它来吧，它也会在一定的时间里停下的。地球的重力场具有这种力量：当它将月亮吸引到我们的头顶上之后，它会突然阻止月亮往下掉，使它回到恰当的距离，让它待在那里，并使它绕着我们转，将它压成一个结实的球。是因为有我们地球，月亮才没有全部解体！——SIBYL[④]

这是关于地球的两种看法，悲观的和乐观的。

交锋终于到来了。当然并不是真正的碰撞，而只是擦身而过，双方给对方造成一次陨石雨。然而后果却是多么可怕啊，我就是从那后果中一点一点地体会到月亮的意志的。那也许可以称为两败俱伤吧。月亮是有机的，充满了生命之水，她的功能是渗透、覆盖、包容、吸收。她是感觉型的。的确，生命给人的感觉并不都是愉快，人如果近距离去观察生命，是会有恶心感的。那么作为理性象征的地球又怎么样呢？他那精致的、充满心机的结构在月球的引力中散了架，纷纷落到了月球的表面，变成一大片废墟了。

这就是这两个天体的意志，从 QFWFQ 的描述来看，结果似乎令人沮丧。但这只不过是一次交锋，宇宙的历程漫长，恢复期会到来。因为他们二者，一直就是以对方为存在依据的。月球上的生命汁液一点点渗透地壳，而地球材料的坚实结构，也在月球上划出了深深的痕迹。SIBYL 的认识很快就跟上了形势的变化。

> “果真是软的陨石啊，谁见过这种东西？这些东西配得上月亮，……真有趣。虽然它的做法……”——SIBYL[⑤]

> “当然，我也发现它有点恶心。但是当你想到地球是绝对不同的，优越的，我们住在地球上，而这个事实又是最终确定了的，那么我相信，我们甚至会很高兴短时间里头沉浸在月球物质当中呢。因为不管怎样，在那之后……”我转过身面对她，她张嘴笑着。那是我从未见过的笑容：湿漉漉的，有点像动物……[⑥]

SIBYL，这个长年观察太空的女巫，她已经通晓了生命的奥秘！两个星球的物质发生了交换、混合，一切都变得难以分辨了……脏与干净，黏糊糊与轮廓分明，黑黝黝与亮闪闪。我是怀旧的，我对星球的变化深深地失望，可又知道返回是不可能的。从前的好世界已经失去了，今天的一切都充满了虚假和无奈。然而人类还得努力，多少个世纪，我们一直在笨拙而绝望地重建我们的理性。我们的材料是劣质的，也许抵抗不了月亮物质的腐蚀性，我们的技术也并不那么高明。但我们的意志，也就是地球的意志，是永远不会动摇的。因为正是我们，正是地球，在给予、在维持月亮的生命力啊。在满月之际，也许又会发生那种擦身而过的灾难？月亮的野性难以预测，其实，那不就是SIBYL的微笑吗？啊，我生活在一个危机四伏的世界里，我时刻在怀疑中倾听……

## 自觉的蒙昧

### ——读《鸟的起源》

鸟的起源就是文学意识的觉醒，是人类对文学艺术自身本质的认识的开始。如卡尔维诺描述的那样，这个认识并不是同文学艺术本身的发展同步的。在文学上，一直到了很晚，也就是二十世纪初，这种认识才由卡夫卡这样的作家将其大大地向前推进了。在那之前的莎士比亚、但丁、塞万提斯等人都不自觉地做过这方面的工作，而最早自觉地进行这方面开拓的作品应该是歌德的《浮士德》。毫无疑问，卡尔维诺是这方面的大师。他将被众多文学家忽视的这个深层领域揭示出来，他的作品呈现出惊心动魄的陌生美感，让读者的心魂在其间久久地回荡。

同时，卡尔维诺在这里揭示的，也是这种新型文学创作的过程。一边创作一边将创作的状态写成文学，这种特异功能确实少见。

在故事的开头，我们看见了奇迹——一只美丽的鸟儿在歌唱。在从未出现过鸟儿的世界里，谁会相信这种奇迹呢？没人相信，我也无法用文字来表达。

最好你自己来想象一下这个卡通系列，将那些小小的角色的形象画出来，并且将背景也生动地画出来。可是在同时，你必须努力做到不去想象那些形象，也不要去想象那个背景。⑦

奇迹没法复述，再现也很困难，唯一的办法就是使自己的精神处于一种特殊状态，即，将自身变成奇迹的媒介，让从未有过的事物的可能性得到实现。这是现代主义创作和现实主义创作的分水岭。作为卡尔维诺从事的这种新写作，通常现实主义意义上的“形象”不应出现在作品里。这种创造物应该是看与不看之间的冥想产物，人物和背景都被雾蒙着。它们不是由“构思”产生的，而是从某个深渊里飘出来的。在作者本身，这个过程有“欢乐的惊讶”，有“歌唱的欲望”，也许还有种推翻一切的惊恐（或痛快？）。

然而就在这个直觉显神通的瞬间，理性以常识的面目出来干扰了。可是谁又识得破这个老 U(h) 的意图？也许他只是以遮蔽、抹杀的方法来突出奇迹？于是这场直觉与常识判断的争斗在第一回合陷入混沌。不过奇迹已经出现过了，她给我留下了磨灭不掉的印象，我再也不能安于常识性的解释了。我决心从零开始，也就是从“不可能”这个前提开始我的无限的可能性。这样的异想天开的确令人振奋，“凭空”建立的推理装置不但炸掉了生存结构中的障碍物，还促使我踏上了追寻奇迹的历程。

> 并不是我想向你描述那边的生命的形式，你当然可以尽量去想象它们，或多或少往奇怪的方面想，这没关系。对于我来说重要的是，当时我周围出现了世界在变形中本来可以呈现的所有形式，它们由于某种偶然的或从根本上不能被容忍的原因，一直没有呈现出来。这些被拒绝的形式就那样成了无用之物，丧失了。[8]

我追随神鸟越过真空来到了鸟的大陆，可能性的王国。我在慢慢适应，我的观念在渐渐发生颠倒——因为我被这里吸引了，一切都是那样新奇，甚至让我感到美的光华。我迷失在鸟的王国了，那么多的鸟！它们围绕着我，推着我去同鸟后见面。然后我就见到了她——鸟后。我没法描述她的美丽，无论用语言还是用画面都没有用。我只能放弃描述，用几个象征性的词语来暗示她。就在这时，我又看见死亡在黑暗里张着大口。我的本能当然是逃离此处，可是我误解了鸟后，我以为她也要逃离。我让她带我离开。我们在天上飞，我的故乡正在临近，然而象征死亡的食肉猛禽也临近了。死亡的氛围包围了我们，我多么希望我的鸟后逃开这些死亡鸟，返回我家乡！结果却是，她将我从空中抛下，她自己与她的同伴飞得更高!

这个误解有多大？原来鸟后是属于死亡鸟群的，她知道我达不到他们的高度，所以才抛下我，让我回去反思。我会怎样反思呢？除了无穷无尽的渴望和思念，我已经见过世界上最不可能的奇迹了，我说不出我的经历，我更无法描述我所见到的“美”。但我今后再不会用陈词滥调去描述其他的东西了。作者在此处写到的情况仍然可以看作创造过程中发生的情况，当然也同样可以将其看作艺术生活。除了渴望和思念，现在只有返回的行动可以拯救我了。我必须返回，用我的创造行动返回！我回到了家乡。

周围的一切都在向我暗示这一点：“他们在任何时候看起来都好像是在期待某件事……”⑨ 同胞们就像我。我不再描述已有的、过时的事物，而要去描述将有的、希望中的，甚至没料到的。鸟后不就是那种事物吗？是为了这种奇特的事业，她才自愿囚禁自己的啊。还有老U (h)，他现在已经整天待在山上，将自己过去否认的那种事物当作唯一的精神寄托了。他用鸟群来打赌，预测无穷无尽的可能性。我主动出击，通过连环画的想象又一次突进到“美”的核心所在。

> “我想要弄明白。”
>
> “什么？”
>
> “每一件事，一切。”我向周围做了一个手势。
>
> “当你将以前弄懂了的事物全忘记时，你就会弄懂现在的事了。”⑩

于是我遵照鸟后的方法去做。我使自己进入悬浮状态，排除了一切杂念。我忘记一切了吗？不，我处在忘记与不忘记之间的状态了。在这种状态中，我毫不费力地就看见了事物的整体，我发现我们的世界同鸟类的世界原来竟是一个世界，只不过我们以前没能懂得这一点罢了。鸟后的惊人的非世俗的美，以及我们称之为怪物的种类，这两个东西也是一个！多么让人兴奋的发现，我一定要将这个发现告诉鸟后，也告诉我的每一个同胞！但很奇怪，鸟后不让我说，坚决不让我说。其他那些鸟儿也赶来拆毁我们的婚床。可我觉得一定要说，觉得这对我来说是生死攸关的事——我透过无数翅膀看见了家乡。

我就说了，我一开口鸟后就飞走了。我失去了她。真理是不能说出来的，我用世俗的语言玷污了她。其他鸟用嘴撕破连环画，衔着碎片飞走了。

> 太晚了。我看见鸟们正聚精会神地用嘴将两个世界分开，而此前我的揭示曾经将这两个世界连在一起。“等一等，不要走，我要和你在一起，ＯＲ……你在哪里？”我在太空里滚动，到处是纸片和羽毛。[11]

她飞走了，我的鸟后ＯＲ，我很快忘了发生过的一切，我无法重建当时的情景。留给我的，只有对于她的无尽的渴望。但是我知道了鸟类的真实存在——一种抓不住的存在。正如创作中，你可以朦胧地感觉到美，但不能意识到。一旦你意识到你笔下的东西的美，你就不能再写下去了。你必须转换意念，向另外的方向突围。然而我只能生活在鸟的境界里。那么，如果我要返回，我就得再次主动出击，在半蒙昧半清醒的状态中解放我的直觉，让理性在场外起作用，通过一种异想天开的操作再次重返奇境。

## 向往纯粹

### ——读《晶体》

这是一篇关于理想追求的挽歌。虽然是挽歌，又是真相的揭示。

> ……我如此坚定地相信应该出现的那个晶体世界，所以我至今仍不能随波逐流地在这个世界里生活——这样一个乱糟糟的、粘连的、正在崩溃的世界。然而在这里生活却又是我们的命运。[12]

我的理想世界是透明的、对称的、有序的晶体世界，但现实世界正好相反，到处是廉价的玻璃，到处是赝品。我对如今现实中的一切都是否定的，我认为一切都曾有可能是另外一种样子。不过如果有人认为我要缅怀过去，那就错了。过去是什么样子？理念还未产生之前的那个世界欲望横流，惨不忍睹。到处是烟雾、气体；天上下着金属雨，地上滚动着金属波涛；物体没有形状，认识找不到参照物。最重要的是还未产生有序的原子排列，所以时间的划分也变得不可能（只不过是从一个无序的状态过渡到另一个无序的状态）。

> 当然，从前更糟，那时这个世界是各种物质的溶体。每一种东西都溶化在另外的东西里头，或者溶化在各种东西混杂的溶液里头。[13]

那时自我还未诞生，我和女朋友VUG都无法将自己同这个混沌的世界区分开来。我们漠然地寻找。仿佛是无意中，有一天，我们看到了岩浆中出现的晶体。晶体是那么的引人注目，我们从未见过那种对称和比例。更令我们终生难忘的是光在晶体内的活动：光可以穿透它，被它折射。接下去又有无数形状不一的晶体在岩浆中出现了，就如同地球上开满了坚硬的、透明的花朵。VUG激动地将这种景象称之为春天，我和她在春天里接吻了。这就是我理想中的晶体——大自然的自然地绽放，不受干扰的第一冲动，具有爱神厄洛斯的张力。当然，它也有点像VUG。但我终究误解了VUG，或者说，我把她想得太简单了。我因为自己的过于简单而失去了她。

我在写她，她已经不在了，可是她又还在我里面。也许她的消失就是她为了让我认识她、为了让我自己的认识深化而采取的策略？那些没完没了的争论，究竟是怎么回事？

晶体的奇观就是原子的网络，那些原子在网络中不停地重复自己。VUG 不愿理解这种事。我很快认识到了，她所喜欢的是在晶体中发现哪怕最小的不同，发现不规则和瑕疵。[14]

同样喜欢晶体的 VUG 更注重的不是大的观念，而是细小的、活生生的、无孔不入的感觉。因为深入到了质感的细微差别里头，她对生活的感受比我更深更丰富。阴和阳，美和丑，混浊与透明，等等，她对这些矛盾的洞悉使得她能自如地在精神生活的网络中穿梭，将过去和未来集于一身。她知道艺术的世界只能是人造的世界，这个世界是仿自然的，永远不可能达到彻底完美，而只能是对于完美的渴望。正是差异、瑕疵和不规则延续了人在创造中的渴望。生命只能以这种方式发挥。她在微观世界里体验美，感受大千宇宙。

我讨厌一切人工制品，更不愿融入世俗生活，我缺乏灵活性。我的心里始终装着钻石的高山、晶体的湖泊，我只能属于那个世界，但那个世界一去不复返了。VUG 一直在说服我，她企图使我明白，艺术是再现，也是妥协。没有人的妥协，就永远不会有艺术品。每一位艺术家都只能在碎片中体验最高理念的整体。当我在一切事物上都发现裂缝和不纯粹时，她对我说：

“这是你摆不脱的困惑。”[15]

她那钻石般的目光穿透了一切。我们生活在裂口之上，下面是万丈深渊，从裂口中涌出的岩浆会凝聚成无数种美的形式，但也会携带无数的杂质、沉渣。艺术的功能便是揭示出沉渣里头隐藏的晶体之美。人工的操作也许多少会留下痕迹，但如果不建立艺术机制，也不操作，美就会永远隐藏在沉渣里头，那不就等于不存在吗?

> 她住在市中心，她有一个摄影工作室。我环顾这个工作室，看见到处都是原子秩序中的骚动不安：闪光的电子管；电视机；摄影感光板上那细小的浓缩的银色晶体。我打开冰箱，拿出冰块来放在我们的威士忌里头；从晶体管收音机里传来萨克斯管的吹奏。在这里，晶体成功地变成了世界；成功地将世界变成了透明物；也成功地使它自己折射出无数幽灵般的形象。然而这个晶体的世界不是我的那个世界。[16]

那么，我的那个自然的晶体世界只能存在于我的大脑深处。她是我的永恒的情人，也是一切艺术产品的模板。是 VUG 让我明白了艺术与自然的微妙的关系。然而我失去了她。我果真失去了她吗? 这个淡蓝色的幽灵，她已进入了我的体内。我仍然会要反驳，但为了再现我的晶体王国，我也会开始创造。这是一篇挽歌吗?

## 原始的魅力与凶残

**——读《血，海》**

这一篇揭示的是人性的构成和层次。人类都是大海的孩子，因为我们身上的细胞都是从那个黑乎乎、暖烘烘的地方发展出来的，而我们每个人体内的血液循环系统，就是封闭于人身的小小的海洋。经过漫长的人类文明的进化，人发展出了理性的制约，体内的原始海洋的运动经过器官的活塞阀门得到调节。但调节的机制并不总是能够及时正确地发挥作用，因为原始的海洋往往更有力、更狂暴，无论规范她的渠道多么曲里拐弯，她总会爆发出来。她身上具有摧毁一切的力量。那么文学的功能，就是认识自己身上的那个海洋系统。

> 这个里面没有变化，它是从前的外面，是我从前总在太阳下游泳的地方，而现在，它成了我在黑暗里游泳的地方。改变的是外面，现在的外面，这个外面是从前的里面，

它确确实实发生了很大变化。[17]

人性发展的历史就是人从大海中分离出来，建立调节机制的历史。人来到陆地上，才真正有了自己的“里面”。可这时人也发现从前的温暖潮湿已经永远失去了，到处是干燥、单调与无意义，只有体内的脉动向人提醒着曾经存在过的海洋。那么海洋究竟是什么样的呢？真相只能由一次次的重返的行动来展示。我，还有ZYLPHIA，我们是一对热情的恋人，我们身上具有强烈的海洋冲动，我们在那辆汽车后座上沉浸于爱情之中，开始了重返海洋的情感历程。远古的阳光穿透海水发出闪光，深海中的一切是多么惬意，多么自由。我和我的女友 ZYLPHIA 达到了幸福的巅峰。然而爱情（也就是海洋）也有不尽如人意的地方。

当我浸在海水里的身体的部分被延伸，而我的体积也同时增大时，我体内这个越来越大的部分就使得外界的元素无法企及它了。它变得干燥、沉闷。我身上这个干燥、麻木、混浊的重负是唯一的罩在我的幸福之上的阴影。那也是我们的幸福，我和 ZYLPHIA 的幸福……[18]

古老的海是和谐，是许多个合成一个，是共享。当然并非世外桃源。一旦个人感觉膨胀，而这种感觉又不是以承认对方的独立（即承认对方既是和我一样的海，又是另外一个我并不了解的海）为前提，那么就会激发暴力倾向。当我近距离地感觉到了我和她身上的阴影时，也就是我接收到了海洋危机的信息——原始暴力。

因为海又是不分你我的，一切顺从于某种神秘的脉动，而这种脉动既无阀门也无活塞，所以隐隐地暗示着血腥。这个阶段矛盾还隐藏着，我和 ZYLPHIA 的热情战胜了阴影，我们受原始冲动支配在同一片海洋中游泳，游到海的最深处，在那里体验到生命的真谛。

我的邻居 SIGNOR CECERE 和 JENNY FUMAGALLI 是两个没有自我意识的人，也就是说，他们意识不到自己体内的海。因此他们的一举一动都只呈现出世俗表面的价值观，而在他们的灵魂深处，海的负面因素阴沉地涌动着，但他们自己并不知道。这是两个没有进化的人、兽性的人。在社会中，这种人其实是很危险的，因为他们体内也有海，他们的海也要兴风作浪，而又没有任何制约。他俩自作多情地同我俩调情，对沟通的奥秘一无所知，满心怀着单纯愚蠢的占有欲。当然，这也是一种海洋的冲动，没有意识到的冲动。

> 这列一动不动的车队所传达的是虚假的运动感觉——噼噼啪啪地响着。然后队伍移动了。但它似乎是静止的，运动是虚假的……[19]

这就是这两个邻居的心态，他们属于“外面”，他们没有精神，当然也就没有精神性的运动。无论使多少花招，他们与别人之间的距离与关系都不会有任何改变。那是种外在表面的关系，没有沟通，也完全不能交流。一切的忙乎只是为了一种虚幻的占有，一种抹杀个性、将一切搅成一片混沌的低级企图。人类的文明出了问题，进化在这类人身上已经停止了。

与此同时，我同 ZYLPHIA 的爱情交流也出现问题了。在我们的精神交媾中，我们古老的肉体苏醒过来，喷发出回归的冲动——回到海洋，回到共同的血液的冲动。也就是兽性的摧毁、占有的欲望。原来，我和她身上也有嗜血的渴望。这种渴望并不因为我们的文明程度高就自行消失。可以说，这种渴望同那两位邻居的渴望完全是一种，来自同一个源头。

> 我们中的每一个人都没有其他方法来发展同另外的人的关系。我的意思是，我们同他人之间的关系总是受这种冲动支配，尽管表现出来的形式完全不同，甚至难以辨别。[20]

文明的代价是干旱、沉闷、冷淡和心灵的不相通，由此将导致仇恨。这仇恨同古老原始的暴力，那种抹平一切差异的暴力结合起来，尤其显得狰狞。当我的牙齿咬进 ZYLPHIA 的肩膀，她的尖指甲掐进我的肉里面时，邻居的仇恨也接近了大爆发。

> 但事实上，这是我们四个人的问题，是一种返回的危险。我们的血有可能从黑暗中返回到阳光下，从各自的分离返回到从前的混合。当然，这是虚假的返回（我们大家在这意义不明的游戏中假装忘记了这一点)。因为我们现在的这个里面，一旦它被泼出去，成了现在的外面，它就再也不能变回到旧日的外面了。[21]

暴力的猛兽在怒吼，因为人类对它的千万年的虐待、践踏，真正的复仇降临了，代表原始的旗帜插在了文明的干燥的阵地上。

# 分裂中的统一与统一中的分裂

## ——读《有丝分裂》

这一篇描述的也是文学艺术中的创造画面。

艺术的起源在于自我意识，自我意识的发展是多姿多彩、激动人心，而又充满了紧张、痛苦和焦虑的过程。最为重要的是，这个过程是一个不断分裂的过程。在这一篇中作者着眼于“首次分裂”的过程。也就是从无意识到有意识，从非艺术到艺术的这个过程。

> ……我所谈到的充足的感觉是从精神上来说的，即我意识到了这个细胞是我，这给我一种充足的感觉。由于“意识到”带来的这种充足感，我整夜整夜地醒着，我欣喜若狂。这种情况也就是我前面提到的我“爱得要命”。[22]

起先没有区分，也没有记忆，没有时间，也没有空间。然后忽然一下，一个单细胞意识到了自己。那是何等大的功绩，世界从此变了样。所以这个细胞自己说自己“爱得要命”。那么，爱什么呢？爱的对象还不存在，我这个细胞对“她”，对这个不是我的“外界”仅有隐隐约约的感觉。但的确，我爱那还不存在的、不是“我”的东西！我的爱情故事就是从这个精神寄托开始的，我的全部记忆也是从这里发源的（那之前的事我全部忘记了）。因为“意识到”就是一种区分，由区分会产生满足感，由满足感又会产生强烈的不满——渴望。渴望的产生是为了让这个美好的“意识到”的状态延续下去，变成记忆，变成时间和空间。所以“爱得要命”这个短语包含了强烈的不满，也包含了变动、发展的冲动。也就是说，模糊的自我意识终将导致自我的扩张和显现。

> ……我不想专注于数量和物质的方面，我最想谈的是那种满足感。我还想谈我心里燃烧的欲望，即用空间来做某件事；用时间来从空间里榨取欢乐；在时间的穿越中用空间来做东西。[23]

这种情况并不是单纯的自恋。蓬勃的生命力渴望着“外界”那面镜子，我不满足于已有的，我向往着从不曾有过的。我已经知道了“她”的存在，我为此狂喜；但我还不知道“她”是什么，我为之焦虑痛苦。然而“外界”，也就是我所爱的对象是一个“缺少”，一个真空，一种包含了无数可能性的存在。她也是眼下这个充足的我的补充物。啊，这种无望的爱是多么的令人焦灼！

因此当我说到细胞核的紧张生活时，与其说我指的是细胞核里头的所有的细线在擦过来挤过去的，不如说是指单个个体的紧张状态。这个个体知道自己拥有所有那些细线段，知道自己由细线段组成，但也知道存在着无法用那些线段去描述的东西。那东西是一个真空，那些细线段只能感觉到它的空虚。不如说，这种感觉是对于外界、对于异处、对于异物的紧张感。而这种紧张感，就是被称作欲望状态的东西。[24]

这个理想中的、与我不对称的自我，却无法具体感觉到、触摸到，单单这一点就足以令我的焦灼感加剧了。原来，欲望就是不满；就是在满足基础之上的缺少。也就是说，确立了个体（即满足）才会有欲望，才会要去占据空间和形成时间。说到底也就是要让自我在真空中成像。这件事当然是做不到的，但却迫切需要去做，一刻也不容拖延。在这种压迫之下，我产生了“说”的冲动。但没有东西可说，说出来的东西也改变不了什么——不，还是有东西在改变。由于这种超级的欲望，这种超级的紧张，我自己发生了变化。我的欲望在促使我的身体做好分裂的准备。

我急需将我自己充分地伸展，伸展到使我还不具有的神经一阵阵地绷紧。于是细胞质更加拉长了，就好像两极要相互脱离一样。[25]

这样，聚集着“意识”的细胞核裂变了，但自我意识在这种分裂中更像自我意识了。因为只有跳开来看，才会获得更强的整体感。染色体倍增，秩序被打乱，“说”的欲望更为急迫——为重新确立自身的存在。裂变造成了我内部的混乱，但我多么渴望那种对称的秩序啊。我想将我的染色体按两边排好，用秩序来对抗沉默的真空的挑战。我这样渴望的时候染色体已经形成了两个旋涡。但一切还在混乱中，变动是向着欲望的成形发生的。要说清我对于我想拥有的东西的渴望实在是不容易，那种无奈的复杂的感情逼得我一心要移动，要从我目前的状态挣脱，进入未知领域。

在两个旋涡之间发生的拖拽的战争中，一个缺口正在形成。就在这个时候，我看清了我的双重的状态。那首先是作为意识的分岔，作为对我的全部存在的感觉的偏离。因为现在被这些现象所影响的不仅仅是细胞核了……[26]

然后两个旋涡的连接部分变细，我有了两个身体，我成了复体。分裂时的王国是感觉的王国，这种来自细胞质的纯感觉大大不同于细胞核的“意识”，那种兴奋、敏锐和张力，使得我一下子就“看”到了作为复数的世界的多样性。两个旋涡之间的这种丝状的连接体是我身上的最高精华，也是我精神发育的全盛形象的体现。我处在一种近乎谵妄的状态中，我感到了整个世界——而不仅仅是作为从前的我的那个单细胞。然而也就是这个时候，丝快要断了，死亡正在降临，生命又将在另外的细胞中重新开始。不过我还来得及顿悟我应该在大变迁中顿悟的那些事。

……我明白了应当发生的每件事：这个未来，这个链环的焊接，是现在在发生或已经发生的，或不顾一切地要发生的；我明白了我的自我强化，以及从自己突围的运动，对于我自己是诞生也是死亡。我的运动造成了这个循环圈；这种运动将从扼制和断裂转化成不对称的细胞之间的相互渗透和混合，而这些细胞在增加着信息，这些信息又通过世间的无数的爱而得到复制……[27]

这样，我前面说到的我“爱得要命”这句话就得到了最后的解释。爱什么呢？爱真理，爱看不见却感觉得到的精神世界，爱美。一次细胞分裂就是一次创作。人要发展自我就必须进行这种亘古以来就有的分裂运动，不断拷问表层自我，同自我的常规解释拉开距离。

……要紧的是在你自己从自己挣脱出来的那个瞬间，你在那一道光芒里感到了过去和未来的联结。正如我，当我如刚才向你讲的这个故事那样，从自我中挣脱时，我就看到了应当发生的事。我发现自己今天在恋爱……[28]

对于文学艺术来说，所有的故事都是“开始”的故事。艺术家一次次创作，也就是一次次重新开始，或重新演出那同一种开始。演出的动力则是爱。故事一开始就死亡了，然而文学艺术是关于“活”的故事，这种故事只能发生在开始之前的那个阶段。艺术家对死后的事不感兴趣。故事之前是什么？是通过追溯获得的深层记忆，是“我”的意识的觉醒。

## 同虚无感搏斗的画面

### ——读《减数分裂》

我经历了有丝分裂；我是多细胞的生物体；我和 Priscilla 相爱。可是我陷入了苦恼和绝望之中，因为我发觉我对 Priscilla 的爱根本就无法实现，我和她在精神上与肉体上都隔着千山万水。

> 描述我和 Priscilla 的故事首先意味着解释我的蛋白质和她的蛋白质之间的确定的关系。我们的蛋白质，又都受核酸链的控制。而在我和她的每个细胞中，这些核酸链又以同样的系列被安排在里面。于是，描述这个故事变得比描述单细胞的故事要更为复杂了……[29]

当我说“我”，或者我说“Priscilla”时，我是什么意思呢？

我说的是我的细胞和她的细胞呈现的那种特殊的形状，这是通过环境和特殊的基因遗传之间的关系的作用的结果。一开始看起来好像是故意设计成那种形状，才使得我的细胞成为我的，Priscilla 的细胞成为她的。当我们继续追索下去，我们将看到，并不是故意设计，也没有谁去设计任何东西。我之所以成为我，Priscilla 之所以成为 Priscilla，确实同任何人都没有丝毫关系。基因继承只同传送被遗传给细胞的东西有关，同细胞如何接受遗传物无关。而遗传物之所以遗传给它，也是为了再遗传。[30]

以上两段话也可以用来形容创作，创作同刻意无关，仅仅是内心要传达的冲动，而冲动又来自遗传的积累。艺术创作，爱情，都同细胞的本能是一致的。可是现在，我对这种简单的本能不满足了，我认为一切都是被事先决定、安排好了的。我实际上无法成为我，因为我背负着无数他人的故事、他人的时间。这种有丝分裂带给我的一切都是明明白白的，可以预料的。在故事中，我不可能有我自己的意志，连自身的存在也是缺席的。因为我就是我的父母，我的父母又是他们的父母，这个序列可以往上追溯到无限。Priscilla 也处于同样的情况。虚无感朝我袭来，我该有多么焦虑。我被我以往的历史，我周围的存在封闭在一个狭小的圈子里了，我既感觉不到我的存在，我的一举一动也没有未来和前途可言，一切都是别人的故事，我所经历的故事只是别人的故事的尾声。“我”只不过是一定数量的氨基酸按某种方式排列的结果，在这些分子里面所有的关系都是可预料的，我自己能处理的可能性少得可怜。

这种情况令人悲观之处还不在于我希望自己有更复杂的个性，它首先在于当我说我细胞里的这种特性属于我时，只是一种修辞意义上的说法。因为四十六条染色体中，二十三条属于我父亲，二十三条属于我母亲，他们是一切，我什么都不是。我的故事不但没法描述，也不可能由我亲自经历。一个抽象的、庞大的、延绵无尽的“过去”压在我头上，郁闷啊郁闷!

还有更糟的，我细胞中的这两组染色体永远是分离的，不相通的，不能交换的。无论如何复制、倍增，父亲和母亲总是并列着，他们之间总有不可逾越的距离，那距离是隔开他们的真空，这种情况令人想起艺术创造中的惯性。人类的深层语言已被编成了某种遗传的密码，无论主观上多么想要创造，写下的东西总在某种程度上遵循了既定的方向。艺术家为徒劳的创新的欲望折磨着，幻想着飞跃。不受制约的飞跃是没有的，而虚幻感正是创作的前提。然而当我执着于我的焦虑和郁闷之际，当真空、分离和无尽的等待压迫着我之时，某种奇妙的革命正在我体内悄悄地酝酿。我还不知道革命的事，我惶惶不安，继续追根溯源。这样做的结果是我为更致命的不确定感和虚无感所慑住，一切可以预料和不可预料但隐约感到的事物都在威胁我，抽去我存在的可能性。啊，我多么渴望偶然性、歧义、偏离，多么盼望打碎这该死的记忆的链条。

起先，一对对父系和母系的信息体似乎记起了他们是夫妇，便两个两个地连在一起了。而此前它们一直是分开的。那么多的细细的线段都在交织、混同，我的想在体外交媾的欲望导致了我在体内进行交媾，也就是在我所构成的物质的根源的深处交媾，并以交媾的行为将我体内古老的父母的记忆连接起来。这对最早的夫妇，既是我的直系父母，也是绝对意义上的最早的夫妇，即动植物起源时期大地上的第一对夫妇……[31]

以上描写的是由我的渴望导致的体内革命的开端。然后这些父母染色体由纠缠中挣脱，将身体变成了一节一节的，开始了第一轮减数分裂，产生了两个只有父亲或只有母亲染色体的不同的细胞。第二轮减数分裂则产生了四个不同的细胞，在这些细胞身上，父系和母系的染色体完全被打乱、交汇、重组了。于是这些过去的幽灵般的孤独的个体终于遭遇了对方。无法实现的表达与交流终于从深层次上成功了。这一切的原动力是我的渴望，也就是我的不满，我对有丝分裂的那种机械复制、那种纵裂分离、那种无性生殖的深深厌倦。而更深的根源则是我对 Priscilla 的无望的、强烈的爱。我要实现这爱，就必须存在，才有可能抵达对方。那么，我现在存在了吗?

遭遇总是发生在我们之前和之后。在这种遭遇中，对我们来说是新的、被禁止的那些元素却活跃着：偶然性，冒险，不可能性。

这就是我们生活的状态：不自由，却被自由所包围。我们被不变的浪涛推动着，影响着，这种浪涛就是可能事件的结合体，它穿过时间和空间的那些点，在那里面，过去的玫瑰同将来的玫瑰相连接。[32]

我仍然不存在，我描述的仍然是别人的遭遇。原来写作就是以“我不存在”为前提的分析活动！我作为真空，作为“存在”海洋中的间隙，才可以跳开来看那些确实存在之物。那么，“我不存在”其实就是“意识到”。这种反反复复的探索让我意识到了时间与空间，我用自己缺席的方式使真正存在之物存在。而我自己，这个真空，穿透世纪沉渣，连接古代和未来，轻灵地飞跃在一切存在之物之上。

……在某些瞬间和某些点上，作为我们各自存在的这个真空的间隙，被一种浪涛擦过去了。这浪涛持续地更新着分子的结合体，使它们复杂化或抹去它们。光是这一点就足够让我们确信，在活细胞的时间与空间的分布中，有某种东西是“我”，还有某种东西是Priscilla。[33]

不论是从创作还是从恋爱的角度来说，这都是一个暗无天日的、漫长的过程。人要追求精神，要创造、超拔，就必须如此反复地锻炼自己抗击虚无的能力。写作是什么？写作就是一遍又一遍地用抽空自身的方式来确立自身的存在。请注意，确立的是真正的存在——那两只骆驼在夕阳下相濡以沫的爱情，那沙漠绿洲中小树林的永恒的低语。在艺术领域里，无论是多么不可能的事都会作为奇迹发生，爱的热力终将战胜冰封的历史，长途跋涉的旅行者会获得某种慰藉。

## 什么是真正的永生?

——读《死亡》

这一篇简述了生物从无性繁殖到有性繁殖的历史，为的是讲述语言的诞生与发展。

在早年，地球表面覆盖着巨大的生命植被，无性繁殖、结构组织相同的生命连体不断扩张，企图占领整个地球。这些生物体群落内的细胞每时每刻都在生长、分裂、死去，但是它们自己并不知道。作为群体的存活来说，这些巨大的结合体处于“永生”的状态。但这并不是真正的永生！一切都在混沌中，时间和空间破碎，没有意义，也没有明确目的。

> 每一块碎片都是一条内部按某种秩序排列的生物链。就因为它有秩序，它才不得不浮在无秩序的物质当中，并且围绕着它，立刻就有另外的一些分子链形成了，它们以

相同的方式排列着。每条链都围绕自己展示出秩序，或者说，它一遍又一遍地重复自己，复制物又被复制，总是呈现出几何图形。这是活的晶体溶液……[34]

这些网状结构的连体生命是壮观的，也是可怕的。没有死亡，只有暗无天日的增殖、增殖……而自身又意识不到这生命的活动！

就在巨大的生物体中住着可能的我们，我们是未来的有性的繁殖者，我们徒劳地等待了多少年，现在要借差异来体现，来发展自己。我们是同类中的一些异类，长期被遗传的威力所压制，无法作为个体而独立。

从生长在海底的珊瑚枝当中，透明的水母们被分离出来了。它们漂浮在通往海面的半途中。爱情在这些水母当中开始了。啊，那些短暂的欢乐，那种持续的享受（珊瑚的永恒性在这种持续中得到实现）！[35]

不是因为病毒链不再以他们精确的晶体次序复制自己，只是因为这仅仅只发生在我们体内、我们的身体的组织里头了。而我们，是更为复杂的动物和植物。所以说，永生的世界已合并到短命的世界里头了。永生者们对死亡的豁免权现在在为我们短暂的生存服务。[36]

就这样，有性繁殖的过程诞生了我们。我们不再以晶体方式复制自己的身体，转而遵循古老的本能去复制语言。用语言将个体与个体之间的空隙填充，也将个体自身生与死之间的空隙填充。由个体的分离而产生自我意识，由自我意识而导致语言。我们在语言的狂欢中乐此不疲地进行复制，语言就如同几十亿年以前的那些无性生物一样繁殖，在我们的头顶结成巨大的板块，将天空遮蔽。我们发现我们自己快要钻不出去了，怎么办?

> 没有时间浪费了，我必须懂得这个机制，并且找到那个我们可以着手工作，中止这个无法控制的过程的处所。然后，按下按钮让这个过程转入下一个阶段，即通过两性交叉混合来繁殖自身（语言）的阶段。迫使旧的语言机制废弃，新的机制产生。[37]

什么是真正的永生? 这就是。人类通过语言的不断发展获得了永生。核酸变成写作，生命信息的环行圈不断扩大。在语言中，我同 Priscilla 的相遇终于实现了，并且还将在未来不断相遇。关键只在于我们要有勇气不断打破板结层，让生命自由发挥。

## 令人醉心的瞬间

### ——读《零时间》

人为什么要搞艺术创作？这一篇给出了最好的回答。

一个人，每天处在莫名的焦虑之中，总是隐隐约约地感到某种可怕的事物正在临近——这就是这篇文章的写作者的生活状态。为了做自己生活的主人，他开始分析这种生活。这种艺术生活由三个因素构成：手执弓箭的我；飞驰的箭；狮子。狮子正要扑向我，箭正要穿透狮子的喉管。

> 如此多、如此复杂的因素限定着箭和猫科动物们的抛物线运动，以致我眼下真的无法判断哪一个结果更具备可能性。于是我也处在了不确定的、期待的情境的一种之中。而在这种情境里我确实不知道该想些什么。我脑子里立刻出现的想法是："这事好像不是第一次发生在我身上。"[38]

当然不是第一次，这是我的灵魂的幽暗处所每时每刻闪现的镜头。我不完全知道，但我又有熟悉感。这种感觉扰得我日夜不安，于是我非把它写出来不可。我，一个部落土著，在这里谈论的不是具体的狩猎，而是生死攸关的精神存活的大问题。我用象征和隐喻来说明这个问题，正是因为我已从根本上意识到了这个问题。但即使意识到了，我也还得跟着感觉走，即，运用自己的想象力开辟感悟的空间和时间。

当我看到这幅画面时，我感到它是双重的画面，它有厚度。那的确是种很奇妙的感觉。大约当人们注视精神事物时，都会产生这种感觉。重复是精神的最大特点之一，因为精神是流动在时间和空间里的幽灵，我们见过了，却不记得，直到再次晤面时才会有似曾相识的感觉。多少年过去了，这些不出声的幽灵仍然以他们那异质的形象诱惑着大脑沉重的艺术家们。

> 然而，我不愿意我描述的这种感觉过分类似于我认出我看到的某个事物时的那种感觉：箭在那个位置；狮子在另外一个位置；箭、狮子和手持一把弓立在此处的我三者的位置之间的相互关系。我宁愿说，我所认出的仅仅是这个空间，是空间的这个点，箭在这个点上。假如它不在那里，这个点就是虚空。我还认出了这个现在包含了狮子的虚空的空间，也认出了包含着我的空间。这就像在空间的真空里头，我们占据或者越过了（也就是世界占据或越过了）某些点。这些点对于我来说，在所有另外的点当中，成了可辨认的。而

另外那些点也是同样虚空，同样为世界所越过。[39]

根源的图景，最纯净的生存画面，极限画面，还没来得及被污染的画面，时空本身的画面！我要讲述的不是表层的印象，而是本质；我要讲述的，就是我的自我意识。这个意识以死为前提，因而覆盖了全部的生。多么令人醉心的瞬间，因为我执意停留在那里头，居然看见了时间和空间本身的形式，这实在是匪夷所思。也许从一开始，我就对这种形式有着超常的敏感性，要不它又怎么会在我眼前显出它的厚度来呢？我在这里，我看见了轨道，我听到了节奏，我中了魔，一步也不想移动。那么，我所置身的这个瞬间，这个电影镜头似的片断，它是封闭的吗？不对，它是无限开放的。

首先，既然人的一生是有限的，关键就只在于返回源头，纯粹地生活了。我所做的就是逼迫自己执着于一点，重复体验永生的瞬间。这样做时，我甚至可以使用分身术来达到目的。我着迷地在这个瞬间里同狮子、同箭一道进行演习。我反复跳开，从不同的时间和空间的片断来观察、推论这同一个恋人般的瞬间。每次我都倾听到了宇宙的脉搏。可是一种深深的不确定感还是令我迷惑，我的永恒是不确定的永恒。可以说，写作就是置身于不确定，在不确定中去复制时间与空间，打开的无限的可能性。因为自身所处的这种特殊位置，即时间零（ＴＯ）的位置，写作才有可能排除理性判断，自由发挥。

……从我所在的地方延伸出一大堆可能性，它们越在时间中持续，就越呈锥体形状朝未来分岔。它们相互之间又截然不同。我发现自己每次同半空中的狮子和箭在一块的画面，都符合于它们轨道中的一个不同交叉点X。狮子每一次都以不同方式受伤，它将产生不同的痛苦……[40]

这种悬空的自由导致“我”的不存在，虚无感是我为自由必须付出的代价。我既不知道自己的来历，也不知道未来，我的身份由无限的可能性决定，从不固定下来。只要真的“死”还未到来，这种可能性就会不断演绎下去。

确实没有改变的东西是在这个不确定的瞬间，我、箭和狮子之间的关系。而这种不确定又是被精确地重复过的，它的支撑物是死亡。但我们必须同意，假如这种威胁人的死亡是我的死亡，这个我又有一个不同的过去，这个我在昨天早上没有同我的表妹去外面收庄稼。正确地说，这是另外一个我，一个陌生人……[41]

尽管一切都不能确定，有一件事却是可以而且必须确定的，这就是那种瞬间体验必须来自写作者自身的灵魂深处，同他的生命的脉动相连。否则的话，一切都失去了意义。

以死亡体验为基础的自由写作，将限制人的个人身份彻底排除了。你要进行这种极限写作，你就必须心死，同你的世俗身份划清界限。时间零（TO）就是艺术家所抵达的超功利的境界。这个我只为心灵写作，与世俗绝缘。时间零在宇宙的秩序中形成了一个层面，它代表绝境。它是封闭的，可它又是敞开的。从这个点上，可以看到无限的宇宙中的每一个点。因为你的视野不再受到限制，你想看什么，就可以看见什么。这就是悬置身份的好处。这样，我获得了空间上无限延伸的宇宙的客观的知识，而我自身的存在，正是由这些知识所确定的。于是，我不再关心我的叙述的故事线索，因为我已成为狮子、沙粒、巨嘴鸟、生活费用等等，我已成为了一切！

> 为了做到这一点，我必须精确地确立所有的点的等同，我必须计算出某些恒量。举例说我可以使所有这些悬置的不确定的事物的组成部分凸显。它们为我和狮子获得了箭、炸弹、敌人和敌人的敌人等等，并将时间零解释为宇宙的一个悬置的不确定的瞬间……[42]

我已经获得了无限制的空间的视野，但要将我在时间零里面的存在形态客观化，并理解这个我，我就必须跳出时间零，进入时间一、二、三等，带着主观视野从这些瞬间来观察时间零。也就是说，我不断地跳入时间一、二、三等里头，又不断返回时间零，带回关于时间零的信息，使自己的精神更为丰满。然而另外的问题又出现了。

> 我所冒的风险在于，这个宇宙瞬间时间一的内容是如此的令人感兴趣，从情感上和令人出其不意方面来说比时间零不知丰富了多少，既引起狂喜，又引起大祸临头的感

觉。于是我被诱惑过去，完全投身于时间一，不再关心时间零了。我甚至忘记了我是为了获取更多的时间零的信息才来到时间一的……[43]

此处描述的是写作中的“让笔先行”的情况。艺术家住在时间零（死亡体验）里头，却又必须以自己丰富多彩的“生”（时间一、二、三等）来观照“死”。而生的狂喜往往会战胜死的恐惧。写作就是追溯时间的奔忙。这样，艺术家在时间零里头不仅获得空间的无限知识，也获得了时间的可能，可说是立足虚无，放眼宇宙。当然，对时间的追溯仍然是对时间零里面这个永生姿态的探讨，因为只有当时间一、二、三等同时间零里面的情绪直接相关时，我才会对它们有兴趣。于是一切又回到开头的经典画面——手握弯弓的我，飞驰的箭，跃入半空的狮子。即使写作者的视觉无限丰富，内在结构仍然是不变的，人一意识到这种画面就绷紧了。

## 欲望之战

### ——读《追击》

这一篇描绘的是现代人（也包括艺术家本人）的欲望发挥的图景。艺术不死，欲望就不灭，无论处于多么可怕的境地。

> 那辆追击我的车跑得更快。车里头只有一个人，他有一把手枪，有很好的枪法。当时子弹是擦着我的脸飞过去的。我向这个城市的中心逃生，我这个决定很明智。追击者紧跟着我，但我和他被几辆车隔开了。我们在交通红绿灯那里停了下来，车子已排成了长长的纵队。[44]

欲望一出车，就受到致命的追击。有人要制裁我，一个铁腕人物。追击的模式构成是我出场的前提。那个人的意志似乎是十分明显的，我也只能根据他的行动来判断他的意志，尤其在这种情况下，我没有时间去琢磨。但我凭本能就做出了正确的选择——人多的地方有利于逃生。看，那无穷无尽的交通拥堵，不是给了我延宕的时间吗？谁又能同这庞大的、规律神秘的交通体系抗衡呢？进入到这个城市的交通体系之后，我才明白，体系给予我的延宕是一种可怕的延宕，丝毫不具有缓解的功能，反而令我暴跳如雷，令我对它的反感更甚于对那个人的反感。这完全无法挪动的等待，对我对他来说意味着什么呢？我和他都被一种看不见的更强硬的装置控制住了，我们都得就范。

> 因此可以设想，有一种共同的意向在我和他之间确立了。我迫不及待地要冲出去；他呢，想要重获先前的机遇。当时在这个城市郊外的一条街上，他向我开了两枪，而我纯粹是由于运气才没有被击中……[45]

啊，体系，体系，这是一个什么样的竞技场啊？似乎它一心想做的就是以这静态的铁笼子来将我逼疯！当然还有他，我的敌人，也要被逼疯。但他到底在想什么呢？他开过枪，这使我对他要置我于死地的意志坚信不疑。我对这套体系的恨是真恨，我估计他也如此。可他果真如此吗？！是我自动进入这个铁笼、这场游戏的，现在我身不由己了，退出这场游戏已不可能。我仔细分析了我和他的处境，方方面面都想到。结论是他暂时没法杀死我，但危险也不会消除。那么，在这令人发疯的绝望等待的期间，我能够做什么呢？我唯一可做的事是虚构和推理。

> 我努力去探讨每一种假设。因为探讨得越仔细，我越能预见到更多的求生的可能性。否则我又能干什么呢？我们在这里一动也不能动。[46]

这个被阻断在街上的汽车纵队是一个线性连续统一体。任何自由活动的空间都被交通体系的意志所拒绝，每一辆单独的车都只能就范。如果你不服从，等待你的就是死路一条。这个城市里此刻所有被堵的车子都只有两种身份——追击者和被追击者。而行驶的方向都是不可逆转的。我由此推论：那么，所有单独的车都同时具有追击和被追击两种身份。并且，由于我们都不能拥有自由的空间，我们的追击就不是空间里的追击，而只是相对静态的、不断变换位置的想象中的追击。写作不就是这么回事吗？谁又能让肉体脱离这拥堵的大地？我们体内欲望的命运是，没有自由的飞翔，只有无休无止的转移。但转移也是追击和被追击——极为独特的、通过严密紧张的思维的协助来完成的追击和被追击。

> 假如每辆车运动的方向和追击的方向保持不变，那么每辆车就同另外的车相等，任何一辆车的特性也可以归于另外的车上。因此不排除这个可能：所有这些车队都是由被追击的车构成的，因此每辆都像我一样在逃开一把瞄准它的手枪，持枪者则在后面的车里。我也不排除进一步的可能性，即，每辆车都在追击另一辆车，怀着要干掉它

的愿望。于是忽然一下，市中心将变成战场，或大屠杀的场地。[47]

这就是人性机制的画面。我们的后面都有一个枪手，只是那枪手的深层意图我还未能完全领略。从表面看，他只是一心要杀死我。我的时间已不多了，只有几分钟了。啊，我要赶紧！我要奋力推理！冲出一条路来！那么，我正在干什么？哈，我明白了，我不仅仅是在被动地被人追击，我也是在追击一个人！我这样死命地努力，一心想往前跑，正是想要追击他！为什么我先前没意识到这一点呢？看来我的敌人不仅仅是要杀我，他要杀我却是为了阻止我去杀我追击的那个人，多么的曲里拐弯啊。这回我大概将他的意志弄清楚了，不进行追击活动，我大概永远蒙在鼓里呢。

我前面那辆车处在一个糟糕的位置，它已经驶过了信号线。司机在回过头看他是否能退回来。他看见了我，他显出惊骇的表情。他是我跑遍了全城追击的敌人，在这列长长的缓慢的车队中，我一直耐心耐烦地跟踪着他。我的右手搁在变速挡上，拿着一把带消音装置的手枪。我从后视镜里看到我的追击者正在瞄准我。[48]

一直到最后一刻我才认出了我前面的敌人，那个人就是死神，我开枪杀死了死神。我是被逼的，如果后面那一位不逼我，我永远认不出前面的死神，也不可能有杀人的举动。后面那一位放下了枪。他到底是谁？他搞了那么多的迷魂阵，他一次次举枪瞄准我，终于将我逼到“狗急跳墙”的地步，将我逼成杀人犯。而他……放下了手枪。原来他并不要杀我，原来……他导演了这整出戏。

他就住在我那颗心的深渊里。我，玩杀人游戏的艺术家，又怎能离得开他？体系越来越复杂，意志越来越深藏，但结构仍然是那个古老的结构。是他逼出了我的主动性，此前，我一直在忍受，在逃逸，是他用枪瞄准我的头，教会了我去主动肇事。回想起来，这事真诡异！

## 超级高速路上的爱情警报

### ——读《夜间驾驶者》

艺术生活就如同时刻处在爱情的红灯中一样，彻底的缓解是不会有的，你必须将这种生活当常态。你是热锅上的蚂蚁，你在那条道上急煎煎地驶过来、驶过去，如同发了疯。起因是什么呢？起因是情人之间的某种“误解”。我为了消除这误解而力图表达自己。我深知，世界上只要有语言，就有误解，我们永远是词不达意的。可以说，就因为语言，我在这条高速路上发疯，我的发疯就是企图冲破语言藩篱的表演。

……因为黑暗抹去了所有引起分心的画面的细节，仅仅强调那些必不可少的元素：水泥路面上的白色条杠啦，前灯黄色的闪光啦，红色的小圆点啦，等等。这是一个自动发生的过程。我今晚注意到这件事，是因为那些外部的、使人分心的可能性已经减少了，而我内心使我分心的那些事占了上风。我的各种念头在我里面的环线内冲刺着，这条环线由疑虑和取舍构成，我无法摆脱它……[49]

犯下错误的情人来到超级高速路，因为这里是唯一的可以纠正错误的场所，尤其是在夜里……黑夜抹去了非本质的东西，那么本质是什么呢？本质是我对女友Y的狂热的爱。真糟糕，我这种爱没法用语言来表达，我一开口就犯错，我只好用在高速路上飞驰的举动来表达，我用车灯向她传递着温暖。大概她也一样。不过，我的车就是我的肢体语言……这仍然是语言啊！于是我这个倒霉蛋在头脑中展开了繁忙的推理——一边飞驰一边推理。

进入同恋人的复杂关系也就相当于写作时进入分裂的自我之间的复杂关系。我为什么驶上高速路？是为了改写历史，重建同恋人的纯真的关系。那么作家为什么创作？也是为了遮蔽日常自我，重建自我各部分之间的合理关系。一旦上了高速路，才发现目的地已不再是目的地，退路也已经没有了。为了避免崩溃，现在我能够做的只有一件事了——运用语言，这个曾导致我惨败的工具，来进行深层次的推理分析，在推理的同时驾车疾驶。一场轰轰烈烈的恋爱中的争吵就这样转化成了这种古怪的、难以理解的肢体运动。

沿着超级公路飙车就成了我和她剩下的唯一的方法，我们借此来向对方表达我们不得不表达的那种情绪。然而，只要我们还在飙车，我们就不能将我们的情绪传达出去，我们也无法接受到对方传达过来的信息。[50]

但恋爱不就是这种飙车、这种紧张的推理吗？还有艺术创作，不就是这种驶过来、驶过去的冲刺？如果你想停下来确立什么，你的创造也就停止了。初衷是纠正错误，重新活一次，可一行动起来就没法停止了，这也是语言的魔力。于是手段顺理成章地变成了目的，我活在用语言进行推理的激情中。这种推理本身就是我对Y的爱。难道不是？当然，还有我的车灯投下的那橘黄色的锥形的光芒也是。啊，那种得不到回应的、绝望的表达，大概所有的爱人、所有的艺术工作者都体验过吧。我们飙过来、飙过去，无论多么的绝望，总比创造力消失要好。

我发现我自己处在了这种矛盾之中：如果我想要接收一个爱的信息，我就必须放弃自己成为爱的信息的做法；但只有我自己也变成了一个信息，我想要从Y接收到的那个信息（即Y将自己变成的信息）才有价值。另一方面，只有Y不以接收普通信息的方式接收我这个信息，而是相反，她以成为信息，即我等着从她那里收到的信息的方式，接收我这个信息，我这个信息才具有意义。[51]

思维如此的曲里拐弯，要点却只有一个：双方都要悬置，在悬置中去追求，在超级高速公路上去来回飙车，生命才有意义。为什么要这样？因为任何的词语表达都落入俗套，词不达意，都引起误会啊。这种徒劳的肢体语言，对方虽听不见，却释放了我们内部的能量，生动地表达了我们对于爱情的执着、专一，我们的爱的深度和狂热。从而再一次向这冷冰冰的世界证明，爱是可以传达的；无论多么曲折隐晦，热烈的恋人终归会唤起读者的美感。因为爱就是艺术创造本身啊。

> 一切都变得比以往任何时候更不确定，但我却感到我已经达到了一种内心的宁静。只要我们还能察看我们的电话号码，只要得不到回答，我们三个人就会继续沿着这些白色的线条飙车……[52]

这是肉体消失的爱，升华的爱，永恒的爱。在这条超级高速公路上，爱人们将自己的身体变成了语言，变成了轻灵的时间的箭头。射过来，射过去。沉渣便在这些瞬间隐没了。

# 在死亡堡垒中的演出

## ——读《基督山伯爵》

当写作者问自己“我是如何搞起创作来的？”这个问题时，其氛围相当于埃德蒙·邓蒂斯回忆自己是如何被监禁的。那是世俗生活中的一个黑洞，人从那里掉下去，看似被迫，实则自愿。

> 从我青年时代起，马赛海湾和它的岛屿对我来说就很熟悉。在我那不长的水手生涯中，每一次离岸和到达，似乎都是以这里为背景。可是啊，每次看到黑色的伊夫城堡，这名水手就出于本能的害怕移开了眼睛。所以当他们将我戴上镣铐，塞进一只挤满了宪兵的小船里头时，我一看见那堡垒、那城墙出现在地平线上，就明白了我的命运。于是我低下了头。我没有看见（也许我不记得了）小船所停泊的码头，也没有看见他们让我爬上去的阶梯，以及在我身后关上的门。[53]

黑色的伊夫城堡一直就在“我”的生活背景中，可我总是看不清它，它是一个梦，我的水手生活一直被它萦绕。然而，当我进入伊夫城堡之后，我发现自己更加不能用常识和记忆来理解这座封闭的石头建筑物了。一旦被囚禁，我就失去了我原有的空间感觉，生活在属于我个人的纯粹的时间里了。

> 我仅仅只做得到将一系列的点固定在时间里，而不能使它们符合于空间。夜里，响声越来越清晰，但它们在标志地点和距离方面却更加不确定了……[54]

人在创作中要排除的就正是那种表层的空间感觉。所以我什么都不记得了，先前的那些参照点对于狱中的我来说也完全失去了效用。我是什么？我什么都不是，我只有一些模糊的记忆，这些记忆都是靠不住的，但又是自由的，我可以努力去发挥它们。当我屏气凝神倾听之时，我便听到了船上海妖的声音，还有法里拉神父用鹤嘴锄在岩石墙里头挖掘的响声。其实，我听到的，就是我内部的欲望活动的声音。法里拉，永不知疲倦的法里拉，他要改写历史，用虚构来成就伟大的事业。他的每一次路线选择的错误，其实都是达到本质的必经之途。他凭着一腔灵感不断冲刺，而我，记录着他的错误，依仗这些错误的点画出伊夫城堡的地形图。我们这一对搭档，一个做，一个想，配合得天衣无缝。然而突围是不可能的，被封在巨大的岩石堡垒里头的我们俩，似乎永无出头之日。不过也难说，也许出路不在外面，而在里面？

许多年过去了，我已不再对那一系列导致我被监禁的不幸和卑鄙的事苦思苦想了。我慢慢明白了一件事：要想逃离监禁，唯一的办法就是弄清这个监狱的建筑结构。[55]

也就是说，我终于斩断了表面的干扰（即，从前的空间联系，那些恩恩怨怨），开始专注于这个无边的内心世界。我决心弄清我生存的结构图，达到另一种意义上的突围。这样，我就在阴暗的岩石堡垒里头同法里拉神父相遇了。他正是我身上最深奥的那个部分，他是生活在永恒中的诗人。

法里拉的头部出现了，他头朝下，当然只是对我来说是这样，对他来说并不是头朝下。他爬出地道，头朝下在行走。他身上所有的一切都没被弄皱——他的白发；他的起了霉的绿色胡须；他的遮在胯间的破麻布片。他像一只蝇一样走过天花板和墙……[56]

在这位开拓者面前，一切障碍都消失了。他无处不在，同时在这里又在那里，穿梭于时间的机制内部，向庞大的伊夫城堡发起挑战。而我，我只要听到他的铁镐还在响，我的思维就始终活跃。即使我们不见面，我们也一直在对话——他用行动，我用思想。在漫长的交流中，我眼前的图案越来越清晰：我俩勾出的，是同样的空间和时间的图案啊。每间牢房里都同样有一个制陶装置，一个水罐，一个污水桶。一个男人站在那里通过狭小的窗子看天，这个人就是我，埃德蒙·邓蒂斯。这个图案是我俩共同的创造成果。原来，人的灵感无论多么离奇丰富，深层总是透出那间牢房。法里拉神父的模式是：判断—冲刺（犯错）—再判断—再冲刺。我呢，在另一个地方观照着他的一举一动，依他的轨迹画出我的图案。我同他的关系最好地表明了创作是灵感（错误）和推理的合力的产物（伊夫城堡的形象）。

> 法里拉以这种方式继续进行工作：当他认识到一个困难，他就研究出一种解决的方法；他试验这种方法，于是又遭遇到新的困难，又策划新的解决方案……就这样没完没了。对于他来说，一旦所有可能的错误和没有预料到的因素都被消除，他的逃跑便只会成功不会失败了。一切只在于如何规划和执行这种完美的方案。
>
> 我却从相反的前提出发：有一座坚不可摧的堡垒存在着，没人能够从它里头逃出去。除非堡垒的建筑方面有某种错误和疏忽，逃跑才是可能的。当法里拉不断将堡垒拆卸开，企图找出它的弱点时，我则不断将其复原，假设出越来越多的不可逾越的障碍。[57]

这是在创造中不知不觉地同时运用分析和归纳两种方法。无论艺术家的灵感多么活跃、多么匪夷所思，它总是发生在一个版图之内，只不过那版图的边界随生命的脉动不断变化罢了。高超的艺术家身上的理性是深深地嵌在他的感觉之中的。想象力越离奇丰富，说明探索者身上的理性张力越大。格局总是由二者构成，缺一不可。

> 但是要以这种方式（即，一个人做、一个人想的方法——作者注）构想出一座城堡，我还需要法里拉神父不停地同那些倒下的大堆碎石啦，钢锁啦，下水道啦，看守的耳光啦之类的事物战斗。与此同时他还要跳进虚空中，隐进支撑堡垒的墙里头。因为唯一的使想象的城堡凸现的方法，就是不停地使现实中的城堡受到检验。[58]

那么，城堡就是倔强的神父和寂寞的囚犯邓蒂斯共同制造的异物了。这个异物又很像他们自己，也只能是他们本性的对象化。否则，那能是什么呢？什么事物能对他们有这么大的魔力呢？当神父同现实交合之际，水手便让那种交合升华出城堡的图像。

> 神父挖呀挖的，墙也在厚度上增加着，城垛和扶壁也在增厚。[59]

> 假如堡垒同时间的速度一道生长，为着逃离，人就必须行动得更快，必须折回时间。[60]

人赶不上堡垒的增长速度，到不了堡垒的“外边”，因为堡垒就是人自己啊。从空间上来说，向外界突围就是向内部突进；从时间上来说，闯进未来就是进入从前。艺术家要理解自我，就必须顺从城堡的脉动，在那一张一弛中奋力开拓，让时间倒转，用未来做赌注，不管不顾地去闯入。当他认识到自己摆脱不了自己的历史时，同时也就明白了他的自由就是坐牢的自由。界限被打破，出路隐隐地显现。就这样，令人窒息的写作透进了光。

> 事实上，是为了要去寻宝法里拉才要逃出城堡……（此处略去一句）在一个逃不出去的岛屿与一个进入不了的岛屿之间，必定有某种联系。因此，在法里拉的象形文字里，两张图表可以重合，它们几乎是同样的。[61]

> 寻找伊夫——基督山岛的中心，会像朝它的圆周的边进发一样，不会达到什么确定的结果。不论你站在哪一点上，那个超级的圆面总是从每个方向围绕着你……[62]

艺术家经历了漫长的挣扎之后，真相终于显露出来了。脉动，里边和外边，同心圆，这些词就是答案。原来人自身是以这样的方式来存在的啊。人逃向广阔无边的内心深处，他的目标是无限的花样百出的可能性，这种可能性有时化为山洞里闪烁的宝藏，有时化为辐射力巨大的爆炸物。与此同时，庞大的城堡时而收缩时而舒张，神鬼莫测。你以为你在向外跑，其实你钻进了它的心脏……忽然，法里拉神父又将他的探索同拿破仑挂上了钩，拿破仑所在的厄尔巴岛也成了伊夫——基督山岛的同心圆。

> 从不同的方面，法里拉和埃德蒙·邓蒂斯被监禁的含混的理由，同波拉巴主义者的事业有某种关系。[63]

深究起来，难道不是要征服宇宙，人才首先囚禁自己的吗？人不可貌相，每一位挖掘者的内心，其实都有一个拿破仑啊。也许，法里拉在暗无天日的苦力劳动中怀揣的野心，一开始连他本人都没有意识到。然而，意识到或没意识到，一般来说不会改变城堡的结构，城堡太强大了。可是，如果人早一点意识到不是更好吗？那样的话人还可以主动肇事，弄出更多的花样来，生活也变得更丰富！

> 我们继续在黑暗中前进。只有我们的道路自身缠绕的方式警告着我们：另外的人的道路中有什么东西已经改变了。我们可以说，滑铁卢是这样一个点，在那里威灵顿军队的道路同拿破仑军队的道路交叉了……[64]

在黑暗的宇宙间行走的人们要避开的东西，只能是死亡。因此才会有这么多的对称，这么多的同心故事啊。奇怪的是，道路越走越宽，人却越不甘心，他画出的图案也越有魅力。拿破仑，法里拉，还有我，我们的事业多么有趣，我们三位一体的故事是一切有关精神的故事的模式。无论你的故事从哪里开始，最后都会绕着我们这个圆心展开。圆心的中央，是宇宙的内核，精神的起源。

> 我和法里拉画在监狱墙上的图表，类似于大仲马画在稿纸上的图表——他画这个是为了确定那些选中的变体故

> 事的秩序。一沓稿纸已经弄好准备送去印刷了，它描写了我在马赛度过的青年时代……[65]

终于落实到作家大仲马的小说了。我和法里拉的活动不就是大仲马的创作吗？我们“凭空”画图，“凭空”写字，其实凭的是自己的脉动。世界上的小说家都在写这同一本书，这本书的抽象画面能够引起每一个人的具体共鸣。比如我，就想起了马赛的日子。那么为什么而写呢？当然是为复仇，为灵魂的冤屈，为情感的冷漠，为自身的麻木。作者在复仇运动中激情地改写了大仲马的古典小说，将其变为一本现代小说。而他自己则化身为“我”（邓蒂斯）和法里拉，将艺术的规律发挥到极致。两位互补的人物，两种互补的创造；两部互补的小说，两种互补的阅读。就像阴和阳。

> 法里拉从墙上打开一个缺口，冲进亚历山大·大仲马的书房，不动声色地、冷冷地看了一眼那些稿子——那上面书写着过去、现在和将来。而我不能像他。我会带着柔情去努力从年轻的邓蒂斯身上辨认出我自己——当时他刚刚被提升为舰长……[66]

两个角色都暗含了另一面：激情洋溢的法里拉可以突然变成冷静的法官；具有逻辑头脑的邓蒂斯则又可以从世俗情感里汲取养料，以更好地进行抽象推理。这样的小说，人物性格多么的模棱两可，而且每个人物的背后都有无数的重影。而在作品中，他们的一次次冲击，一次次的被拒绝，凝固下来变成了厚厚的墙，也就是一堆堆的手稿。

两个主要角色构成讲述的两股推动力，就是这两股力量将小说扭成了螺旋的形式。情节每向前旋转一次，就成就一章小说。这种形式是开放自由的，最适合发展出丰富多彩的可能性。策划这类书籍的方法，就同策划越狱的方法完全一致。作者首先要弄清的是要将什么东西排除。当然，要排除的是死亡。堡垒之所以压榨人不就是为了排除死亡吗?

> 假如我成功地在头脑中建立了一座不可能越狱的堡垒的话，这座构想出来的堡垒要么将会完全等同于真实的堡垒——在这个例子中，我们将肯定永远不能从这里逃离，但至少，我们会获得这种宁静，即，他知道自己在这里，因为他不可能待在任何别的地方——要么它就将会是这样一座堡垒，从它那里越狱比我们从这里越狱更不可能。而这，却标志着我们这里存在着一个越狱的机会。所以，我们只要认出那个地点（即，想象的堡垒中不符合真实堡垒的那个地方），然后找出它来就行了。[67]

前者是清醒的对人的处境的认识，后者则要倾听人性中那不屈的冲动。如果读者从一篇小说里读出了这两种意思，就抓住了那种抓不住的结构。当你找到那个神奇的点的时候，你会发现它在移动，在旋入更深、更微妙、更不可捉摸的处所。

注释：

①《零时间》第 4 页，由美国哈考特•布锐斯出版公司 1969 年出版，卡尔维诺著，威廉•维弗英译。引文由本文作者转译。以下同。

② 同上，第 7 页。
③ 同上，第 8 页。
④ 同上，第 9—10 页。
⑤ 同上，第 11 页。
⑥ 同上，第 12 页。
⑦ 同上，第 16 页。
⑧ 同上，第 19 页。
⑨ 同上，第 21 页。
⑩ 同上，第 25 页。
⑪ 同上，第 27 页。
⑫ 同上，第 28—29 页。
⑬ 同上，第 30 页。
⑭ 同上，第 33 页。
⑮ 同上，第 37 页。
⑯ 同上，第 38 页。
⑰ 同上，第 40 页。
⑱ 同上，第 42 页。
⑲ 同上，第 44 页。
⑳ 同上，第 49—50 页。
㉑ 同上，第 50 页。
㉒ 同上，第 60 页。
㉓ 同上，第 63 页。
㉔ 同上，第 66 页。
㉕ 同上，第 69 页。
㉖ 同上，第 71—72 页。
㉗ 同上，第 73 页。
㉘ 同上，第 74 页。
㉙ 同上，第 76 页。
㉚ 同上，第 77 页。
㉛ 同上，第 83 页。
㉜ 同上，第 84 页。
㉝ 同上，第 85—86 页。
㉞ 同上，第 88 页。
㉟ 同上，第 90 页。
㊱ 同上，第 91 页。
㊲ 同上，第 92 页。
㊳ 同上，第 96 页。
㊴ 同上，第 97—98 页。
㊵ 同上，第 103 页。
㊶ 同上，第 105 页。
㊷ 同上，第 108—109 页。
㊸ 同上，第 110 页。

㊹ 同上，第112页。

㊺ 同上，第114页。

㊻ 同上，第117页。

㊼ 同上，第123—124页。

㊽ 同上，第126页。

㊾ 同上，第129页。

㊿ 同上，第132页。

(51) 同上，第134—135页。

(52) 同上，第136页。

(53) 同上，第140页。

(54) 同上，第138页。

(55) 同上，第140页。

(56) 同上，第141页。

(57) 同上，第141页。

(58) 同上，第144页。

(59) 同上，第145页。

(60) 同上，第145页。

(61) 同上，第146页。

(62) 同上，第147页。

(62) 同上，第148页。

(64) 同上，第148页。

(65) 同上，第149页。

(66) 同上，第150页。

(67) 同上，第151—152页。

# 读《看不见的城市》

# 《看不见的城市》细读

## 第一章

### 前言

忽必烈的内心是一个深奥的谜，马可·波罗滔滔不绝的讲述则是解谜的过程。就像人的自由意志是一个最大的谜，而艺术家的创作是解谜的过程一样。马可·波罗和忽必烈可汗这对矛盾就是深层理性和感觉活动之间的矛盾。所以，忽必烈全神贯注地倾听马可·波罗的讲述，不断在内心做出判断。

忽必烈的内心总是有两股巨大的情绪在对抗——征服的骄傲（人的认识能力可以无限制发展）和达不到终极之美的沮丧。低落的情绪导致空虚和眩晕——

> 空虚的感觉在夜晚降临，我们闻到雨后的大象的气味，

檀香木的灰烬在火盆里变冷。眩晕使得河流和山脉在描绘它们的平面球体图的棕色曲线上颤抖。[①]

征服的好消息不断传来，然而这是绝望的征服，因为人得到的是遍布坏疽的废墟王国。于是人陷入绝望，唯有讲述能拯救人。通过马可·波罗的讲述，忽必烈的目光。

穿透注定要崩溃的塔楼和城墙，辨认出一个窗花格，其图案是如此的不可捉摸，竟然逃脱了白蚁的咬啮。[②]

见过一次那种图案的人，终生都将处在寻找的惶惶不安之中。

## 城市与记忆　之一

城市＝本质。每个城市的结构都相同：银制的圆屋顶，神的铜像，金鸡，水晶剧院等。但旅行者到达这个城市时，心中对城里这些人产生了深深妒忌，因为他们。

相信从前有一次他们曾度过了与此刻同样的迷人的夜晚，而他们认为他们在那一次是幸福的。[③]

此处说的是，所有的艺术创造都是一次性的，你不可能同时是创造者又是欣赏者。艺术的本质决定了艺术是利他的事物。当然，在创造之后，你同样能作为鉴赏者来欣赏你的创造物。

## 城市与记忆　之二

旅行者渴望城市，他终于来到了城市。城市里充满了欲望和暴力。伊西朵拉城是他的梦中之城。

区别只在于，他在梦见的城市里是一位青年；而他到达伊西朵拉时已经老了。

他同那些老人坐在一排。

欲望已成了记忆。[④]

梦与实验创作的区别在于：在梦中，欲望可以直接释放；但在实验创作中，写作者是超然的。他只会有欲望的变形记忆，不会有直接冲动。阅读也如此。

艺术作品中充满了欲望与暴力，而创造作品的人在创造时必须同欲望拉开距离。那种时刻，他应当像一个圣人（老人）。于是欲望与暴力转化成了美。创作中的时间是另外一种时间。

## 城市与欲望　之一

关于城市有表层记忆与深层记忆两种描述方式。对表层记忆的推理可以进入城市的历史，而深层记忆本身就是历史。

在早年，“我”从荒漠来到城市，同自己的欲望遭遇，然后“我”的目光又返回去凝视荒漠和商队路线；眼下，“我”懂得了这条小路是从前那个早晨我在朵罗泰亚城时，出现在我面前的许多条路当中的一条。

从欲望返回理性，然后上升到本质认识，并再次刷新感觉。

城市与记忆　之三

这里面有个层次问题。

记忆是时间的连续，是欲望的形式，它主宰了城市的结构——即有什么样的欲望就有什么样的城市。所以城市不是表面的空间的堆积，而是深层的时间的连续、交叉。

> 当记忆里的波涛涌进来，城市像海绵一样吸收它，自身便膨胀起来。⑤

这句话说的是欲望决定创造物的规模和气魄。

城市也不能叙说它的过去，只能将过去像手纹一样包含在内。城市的过去写在街角，写在窗户的花格上、阶梯的扶手上、避雷针的天线上和旗杆上。每一个这样的部分都被依次标记了刮痕、缺口和旋涡。城市由这些深层的欲望形式将意义赋予表层空间，它们由于“偶尔露峥嵘”而更为惊心动魄。

深层记忆是时间的储存，精神的历史“说”不出，只能由“痕”

当中透露出来。形式感的轻灵带出来的是欲望的滞重。你必须体认这一点，才能避免轻浮，全面理解城市。

### 城市与欲望　之二

阿纳斯塔西亚是一座矛盾的欲望之城，此处的欲望的特点在于：唤醒欲望的目的是抑制欲望。而当你进入该城的中心之际，你又会发现所有的欲望全被唤醒了，围绕着你，你没有丧失任何欲望。与此同时，你成了城的一部分。你住在你所不喜欢的欲望里头，满意地发挥欲望。

艺术家在阿纳斯塔西亚每天劳作，他的劳动使欲望成形又从欲望中获取形式。这种通过压抑来释放的创造形式使他对欲望之城产生了无比的热爱——虽然他只不过是这座城的奴隶。在世人中一败涂地的艺术家，将他所不喜欢的欲望在魔法之城里转化成了创造动力。

### 城市与标志　之一

> 不论在这片密密的标牌下面的城市确实是什么，也不论它包含了什么，掩盖了什么，你离开塔马拉时还是没有认识它。⑥

创造就是穿透语言的世纪沉渣抵达核心。但这一行为仍然是通过语言来实现的。艺术家在塔马拉城里将沉渣变为媒介，不断地运用语言的转喻和隐喻功能，造出一片特殊的语言的丛林，使得陈腐变成了诗。在塔马拉城中，命名即是创造，词语是为了让人辨认某种看不见的结构而存在的，或者说，是为了用它们来引发内心骚动，以便将辨认的工作更好地进行下去的。

精神世界显然是迥异于物质的，但这个世界建构的材料无一不是来自世俗，塔马拉城以其高超的技艺将不可调和的二者统一起来。

## 城市与记忆　之四

> *在每一种概念和旅途的每个地点之间，都能产生对照，产生共鸣，以便给记忆以直接的帮助。所以世界上最博学的人就是记住了左拉城的人。*[⑦]

左拉位于记忆的深处，它是生长不息的城，它的不同寻常在于它的独特的和谐，活力则来自内部的生命运动。一旦被固定，便是死亡。左拉之所以能被记起，是因为它的同欲望相连的形式，它的处处指向本质的结构。但没有人能完全记得住这座城，因为它只能存在于变动之中，而且人只有在进城后才记得起一切，一出城就忘记了。当然，人在城中时，什么都不会忘记，因为那里有储存记忆的蜂窝装置。

所以左拉的运动形式无人能把握，只能追随。旅行者倾听内心的召唤前行，永远处在认识的喜悦之中，将时间的连续性和空间的独特性统一起来，形成到达本质的旅程。左拉之美属于那些夜间失眠的内省者，他们从这种欢乐的旅行中获得补偿，保持活力。

## 城市与欲望　之三

> 每个城市都从它所面对的沙漠接收到自己的形式。赶骆驼的人和海员就是这样看待德斯皮纳的——一个处在两个沙漠之间的边境城市。[⑧]

实际上，德斯皮纳就是从抽空杂念之后的“纯”状态——沙漠中产生的欲望。对精神生活的渴望酷似世俗的渴望，但因为“抽空”是前提，所以此处展示的美景是排除了肉欲的。正因为拉开了距离，所以才成其为“纯美”。

要创造纯美的作品，就得将内心变成沙漠。这个过程也可以用“万念俱灰”来形容，在万念俱灰的决绝中，欲望将全部苏醒。

## 城市与标志　之二

> 记忆也是过剩的，它重复着各种标志，以便城市能够开始存在。[⑨]

城市的风景是极为独特的，但这种独特的风景里包含着本质意义上的不断重复。由无数各不相同的风景显示同一本质；或由无数独特的艺术家描绘同一个主题；或从丰富多彩的内容中凸现出同一个结构；等等，这些话说的都是一件事。从这个意义上来说，文学的确是通过重复而存在的。重复将崇高的品质赋予文学，重复使真正的艺术家始终走在正道上，决不在表达上偏离他的理念。

## 轻薄的城市　之一

> 一些人说，这个城市的神灵们住在深深的地底，那里是养育地下溪流的黑暗的湖。另一些人说，神灵就住在系在绳索上升出井口的水桶里，在旋转的辘轳上……一路上升到装在伊萨乌拉城那高高的脚手架上的风向标上头。整个城市都在做这种上升运动。[10]

住在地底的黑湖中的是欲望之神，升出地面、升向空中的是轻灵的诗神。两种神灵又同属一个源头。深藏的欲望是动力，不断促使诗神上升、上升，直至升上天空。诗神则顺应欲望之神的律动，不断赋予欲望以新奇的形态。所以不论是作者的写，还是我们的阅读，进入的皆是这个双重对称的世界。上面的世界表现着下面的世界，下面的世界决定着上面世界的形式。

## 后记

忽必烈拥有庞大的帝国，但他却不能独自证实自己的拥有，他必须通过他派出的使节来向他证实。这些使节都是外国人。此处描写的是创造中的理性与感觉的关系——感觉必须陌生化才能通向精神的帝国。而马可·波罗给忽必烈带来的则是最原始、最陌生化的感觉。他的语言是手势、跳跃，惊奇或恐怖的呼喊，模仿鸟兽发出的叫声。可汗深深地为他所吸引，但他感到迷惑。

> 可汗看懂了这些手势，但他对它们同马可·波罗访问过的地方之间的关系还是没有把握。他怎么也搞不清他是想表示他在旅途上经历的冒险呢，还是想表示这个城市的创建者的功绩，或者……但不论寓意清晰还是模糊，马可的每一种展示均具有一种徽章的力量，人一旦见过，便永远不会忘记和混淆。[11]

语言在艺术中的象征力量类似于徽章的力量，既古老又崇高，处处指向最高真理和终极之美。用这样的语言写出的作品类似于《圣经》。这种语言的获得，是由于艺术家竭尽全力向原始的突进，由于他不顾一切地追寻古老的记忆，也是由于他心中有一位忽必烈君王。从事创作就是不断地将事物变成徽章，不断地丰富这徽章的意义，直到有一天，艺术工作者本人也成了徽章中的一枚。

> 第一座城市被描述成一条鱼逃离了水老鸦的长嘴，却又落入了渔网；第二座城被描述成一个裸体男子跑过火堆，居然安然无恙；第三座城被描述成一个骷髅，长了绿霉的牙齿咬着一颗圆圆的白色珍珠。[12]

以上三座城分别象征绝望、勇气和终极之美。这是伟大艺术的三要素。

> 忽必烈的脑海中，帝国是从易变的、可互换的、像沙粒一样的数据构成的沙漠中反映出来的。沙粒里头出现了被威尼斯人的字谜所唤出来的形象，它们代表了每个省份和城市。[13]

当你运用语言来追寻消失了的古老事物之际，忽必烈脑海中的这种奇迹就会出现在你眼前。其前提是，你必须将内心沙漠化、本质化。

## 第二章

### 前言

这里谈的是探索的必要性和意义。忽必烈问马可为什么要旅行，难道坐在家中冥想不行吗？当忽必烈提问时，马可立刻领悟到忽必烈是要将他自己头脑里的推理更深入地进行下去。于是马可回答说：

> 他越是迷失在那些遥远的城市的不熟悉的地区，便越

能懂得他为到达那里而途经的那些城市。他回忆他旅程中的那些阶段，于是逐渐懂得了他出发的码头；青年时代那些熟悉的地方；家乡的周围的环境；还有威尼斯的一个小广场，他小的时候在那里嬉戏过。[14]

向陌生地的旅行探险为的是认识。越是陌生的，越是属于人自己的、本质的领域。但这本质不会自动显现，只有在人探索它时，它才展示自己。所以艺术家只有让自己处在陌生感的包围之中，才会获得看见本质的视力，从而对自己的精神史加以审视。如果马可不进行这种对本质的探索，忽必烈的思维就要枯竭。因为马可的探索是同世俗、同生命的一种交合，忽必烈的形而上学的推理一刻也离不了这种生命体验——他们两个人是一个人。

他所寻求的东西总是位于前方，即使那只是一个过去的事物，这个事物当他在旅途上前进时也在逐渐变化，因为旅行者的过去是随着他遵循的路线而变化的。[15]

创造者每前进一程，便发现一个崭新的过去。这个可能的过去就是将来。在通往未知的可能性的途中，人不断找回自己的本质：那原有的、属于遥远的过去的，同时又是创新的、属于未来的东西。也可以说，写作就是关于可能性的探索。一种可能的过去，既是重新经历，又是对以往经验的否定。是向不可知的未来的突进，也是向本质的皈依。

“你是为了解除过去的痛苦而旅行吗？”这是可汗此刻提出的问题，这个问题也可以说成：“你是为了重获未来而旅行吗？”

马可的回答是：“别处是一面否定的镜子。旅行者认识到他所拥有的是多么少，也发现他还没有拥有的与永远不会拥有的是那么多。”[16]

旅行就是复活潜意识，深入陌生地区就是开掘潜意识宝藏，而潜意识里面包含可能的过去，也就是包含将来。可是人越努力探索，虚无感和挫败感往往越厉害，因为真理是一个抓不住的东西。艺术家必须承担这一切，用更为努力的探索来同自身的虚无感对抗。

## 城市与记忆　之五

……但是住在这些名字下面和这些地方之上的神灵已悄然离去，外来者已在他们的地方安家。询问是否新城比老城更好或更坏是毫无意义的，因为它们之间毫无关系。正如同那些彩色明信片并没有描绘出过去的毛利里亚，只不过描绘了一个不同的城市，那个城市同这个城市一样，碰巧也叫毛利里亚罢了。[17]

作者一方面谈到，导致经典重温的，正是那种全新的创造。经典不是一个一成不变的东西，而是随精神的发展不断丰富、更新的母体文本。另一方面，在卡尔维诺这一类的艺术创造中，所有的灵感都只能是一次性的。这种创造中不存在任何借鉴，表层的、水平意义上的联想也同它无关。写作者必须以大无畏的勇气，彻底摒弃怀旧情调，才有可能继续前进。总之，这是一种从虚无中来，到虚无中去的陌生化写作，是将写作者逼上梁山的创造。最后，在这个世界上，美无处不在，关键只在于眼光的转变。艺术的每一次升级和发展，都会导致大批新城市诞生，并赋予古城更为动人心弦的经典之美——这个意义上的怀旧其实是进取性的重温。

## 城市与欲望　之四

> 伟大的可汗啊，在你的王国的版图上，一定为这个大的费朵拉石头城和这些水晶球里头的小费朵拉城都留有空间。不是因为它们都同样真实，而是因为它们都是设想。前者包含着还未成必然性，却被当作必然性而接受下来的东西；后者包含着一会儿工夫后就不再可能，却被想象成可能的东西。[18]

这种特殊的创作有其特殊的原型——要一直追溯到潜意识里头去的原型。由石头砌成的大城市是所有作品的原型，只要还在创作，它的必然性就不可能完成；水晶球里的小费朵拉则是每一件作品的原型，创作者企图以这些完美的形式来抓住本质，但作品一旦定格，本质就溜走了，被定格下来的只是作品中对本质的渴望。

## 城市与标志　之三

> 一些人说，这证实了这种假设——每一个人心里都牢记着一座城市，这座城市仅仅由差异构成，没有形态也没有轮廓，要由单个的城市来将它填充。[19]

这是指创造中受理性支配的辨别能力。写作者心中有一个神秘的结构，他说不出那是什么。但只要开始写作，他就会隐隐约约地感到笔下的东西是否合格，自己正在朝什么方向前进。从这种意义上说，排除了理性的写作却又是高度理性的，是另一种层次上的“先入为主”，而绝不是“乱写”。

> 假如所有的瞬间的存在是它的全部，佐艾城便是不可分的存在的所在。但是，为什么这个城市要存在呢？什么样的界线将里面和外面、车轮的隆隆声和狼的嗥叫声区分开了呢？[20]

创造中，感觉压倒一切，就好像区分辨别的行为完全停止了似的。肆意发挥便是跟着感觉走，沉浸在感觉之中。这也是一个人的原始动力有多大的试金石。但城市为什么存在呢？当然仍然是为了认识。丰富的、交织不清的感觉给理性提供了更大的用武之地，看不见的界线巧妙地区分了里面和外面、轮子的隆隆声和狼的嗥叫。城市的共性的存在洋溢着全盘体认的风度，在最高理念之光的照耀下，一切事物都获得了新的意义。

## 轻薄的城市　之二

城市建在高脚桩柱上，看上去十分脆弱、危险，实际上却具有一种整体的坚固。这是人的奇迹——既要远离大地，又依然要与大地保持沟通和联系。具有此种怪癖的艺术家在实践中将他心中的理想建造成了这种样子，所以珍诺比亚是矛盾冲突的产物，也是人性的必然。

> 既然如此，若将珍诺比亚划归为幸福的城市或者是不幸福的城市就没有意义了，按这两种类别来区分城市是没有意义的。如要区分，还不如按另外两种类别来区分：一类为历经岁月沧桑，仍持续不断地将它们的形式赋予欲望的城；另一类为在它们里面，欲望要么消灭掉城市，要么被城市消灭掉。[21]

以上的区分可以用来指两类写作中的倾向：一、统一、整合倾向占上风的写作；二、矛盾激化倾向占上风的写作。即使在一个作家的写作中，这两种倾向也往往是轮流占上风的。

## 贸易之城　之一

> 你不仅仅是为了买东西和卖东西到欧菲米亚来的，你来还为另外一件事：在夜晚，在市场周围的篝火旁，人们

坐在麻袋上、木桶上，或躺在一堆堆的地毯上，每当一个人说出一些词，比如“狼”“姐妹”“隐秘的宝藏”“战斗”“疥疮”“情人们”等，其他人便就每一个词讲出他的一个故事。这是关于狼、姐妹、隐秘的宝藏、战斗、疥疮、情人们等的故事。[22]

贸易之城就是记忆交流之城，表层记忆与深层记忆在此发生奇妙的交流，碰撞中时间产生。词语的故事就是词语的深层含义，词语在黑暗的处所发挥的作用。词语的这种特殊作用是独立于人的表层意愿的。“跟着感觉走”也可以被说成“跟着词语走”。

## 后记

这里描述了创作中运用的语言里头的透明感和真空感。“终极语言”或“元语言”处处包含了“死”的语境，正是这样的语境将描述变成了艺术。在“元语言”的语境中，作者和读者都成了自由人——没有什么东西强迫你朝某个方向走，你只能自己强迫自己去判断，去体验。所以——

对于忽必烈来说，将这位结结巴巴的使者所描述的每一事件和每一消息的价值提高了的东西，是围绕事件或消息的空间——没有被词语填充的真空。[23]

那也是“无”的空间，想象得以起飞的空间，自由的空间。

语言必须倒退，这种突进的倒退的目标是那透明的、语言的尽头处——无声的语言，没有语言的语言。

> 所以，在用精确的词汇对每个城市进行了基本的描述之后，他便进入了一种无声的评论。他伸出他的手掌……当事物的词汇为新的商品的样品所更新时，无声的评论的库存却在变得封闭、无变化。求助于这种语言的快乐在两个人身上都消失了。所以大部分时候，两人之间的对话停留在沉默和一动不动之中。[24]

读卡尔维诺的小说，就得反反复复地进入那种封闭的冥思的语言空间。也就是反反复复地停下来，去意识你自身的存在。所谓“沉默”和“一动不动”是一切语言的前提语言，相对于表层语言的丰富多彩，这种深层的语言却越来越恒定、单调。但它坚不可摧。卡尔维诺的小说是展示语言的这种矛盾的典范。

## 第三章

### 前言

> 对于城市来说就像对于梦来说一样——所有能够想象到的事物都能被梦见。但是，哪怕最离奇的梦也是一个字谜，它隐含着一种欲望，或它的反面，一种畏。所以城市像梦

一样，是由欲望和畏构成，即使它们的推理线索是秘密的，规则是荒谬的，透视是欺骗性的也如此。每件事物中都隐含着另一件事物。[25]

同生命搏动相连的城，具有不可思议的形式。这种可以无限制变换的形式是由其基本结构决定的，这个结构就是欲望和畏。谁又能将欲望和畏（即自我意识）用一种形式固定下来呢？所以城市是根据人的本能的发挥而成形的。成形的城市是欲望之谜，里头隐含着推理的线索、规则和透视图，并且城市里头的每件事物都具有复杂的层次。欲望之城也可以说成是逻辑之城，无论何时，理性（畏）总是其构架。

城市自身也相信它们是意向或偶然性的产物，但是二者都不足以支撑起它们的城墙。你不是因为身处城市的7个或70个奇迹之中而感到欢乐，你是因为它回答了你的一个问题而感到欢乐。

或者，因为它问了你一个迫使你回答的问题，就像底比斯通过司芬克斯的嘴提问一样。[26]

出自本能的创造给人带来喜悦，人因欲望和畏而通过城市提问。所谓“灵感”或“灵机一动”并不能催生一座城，只有内部的矛盾的动力才能催生它。它是沉默的司芬克斯。每一座城都是发问，答案在人的心中。卡尔维诺的文学是发问的文学，不是提供答案的文学（但她会刺激读者自己回答她的问题）；是折磨人的文学，不是抚慰人的文学。这一点决定了她的品质是高级的。可汗在此并不是要寻找答案，只是要唤起马可提问的激情。

城市与欲望　之五

从其他国家来的新人到达了这里，他们也做了这些人做过的梦。他们在佐贝伊德城里认出了梦中街道上的某些东西。于是他们改变连拱廊和阶梯的位置，以使它们更像被追逐的女人跑过的那条路。而在她消失的那个地点，他们没给她留下逃遁的路。㉗

凡创造都隐含着用艺术来改变既成事实的企图，即使是梦到的既成事实也如此。这种追逐的努力是艺术工作者的终生事业，一旦开了头，就得一直做下去，至于初衷是什么倒不很重要了。若要追溯，就可以发现，其初衷无一不是为了欲望的发挥，或者说由于某种美的事物的诱惑——就像那个追不到的美女。

城市与标志　之四

来自遥远国度的旅行者所必须面对的语言的所有变化，没有哪一种比得上在伊帕奇亚城中等待着他的变化。因为这种改变涉及的不是词语，而是事物。㉘

这一篇说的是语言的寓言性。在卡尔维诺的文学里，所有的语言均指向文学的本质，那种明确性和直接性令一般读者难以适应：美女这个词指向死亡；皇宫里的国王指向地下采石场的囚犯；哲学家成了草地上玩儿童游戏的人；等等。语言的这种功能是由天才的艺术家们发现的，这些人经过长途跋涉到达存在的极限处，在绝望中将自身也变成了寓言。而自身不灭的欲望，是这一过程产生的基础。

## 轻薄的城市　之三

> 习惯了沿着地下水脉旅行，她们发现进入这个新的水王国很容易；从多种喷泉里头喷发，找到新的镜子、新的游戏，以及新的戏水的方法也很容易。也许是她们的入侵赶走了人类……[29]

这是一种异想天开的新文学的形式。古典时代已经一去不复返，人类的精神遭受过无数次大劫难，复古的可能性也已经不存在。在废墟之上，艺术将如何来发展自身呢？于是出现了奇异的组合——天才依靠冥思在废墟中打通了通往古老甘泉的渠道，宁芙们纷纷从黑暗的地底游出来，冰冷的铁管同妖娆的肉体相映成趣，阳光照耀着扇形水链，五彩缤纷……新的文学形式以“陌生感”的讲述方式取代了主体站出来说教的古典文学，因为拉开了距离，反而更贴近人性。

## 贸易之城　之二

克罗埃这座最贞洁的城市，不断被色情震荡着。如果男人和女人真的开始进入他们那短暂的梦境，每个幽灵就会变成一个人，他将开始追逐、装假、误解、冲突与压迫的历程，而幻想的旋转木马就会停止转动。㉚

克罗埃是贞洁的精神之城，纯艺术之城。虽然产生于情欲，却又彻底排除情欲。区别真正的艺术作品与赝品的分水岭即在此。如果一件作品中露出世俗的痕迹，那就是“降格”，是对艺术的亵渎。精神之城里的一切事物都是转化而来，经过了高度提炼的。读者在作品中读到色情的描述，但这种描述却丝毫不唤起人的情欲，因为它经过了过滤。而作为写作者本人来说，欲望又正是驱动描述的根本。所以克罗埃也是矛盾之城，冲动与抑制总是同一瞬间发生。

## 城市与眼睛　之一

这种意识阻止了他们哪怕在一瞬间屈从于偶然性和遗忘。甚至当情人们扭动着他们的裸体，皮肤贴着皮肤，寻找着对方能给自己带来最大快乐的位置时也如此；甚至当杀手将刀子插进脖子上青色的脉管，黏稠的血越往外涌，他们越用力在肌腱之间滑动刀锋时也如此。与其说交媾和谋杀本身重要，不如说被清晰而无情地反映在镜中的交媾与谋杀的镜像更重要。㉛

人的自我意识就是这种镜像一般的目光，目光是不会放过人的，它们时时刻刻追随人的一举一动，人在劫难逃。然而镜像也使人高贵，因为它的专利权属于人。人依仗于它建立起和谐合理的相互关系，抑制自身的放纵，将犯罪的可能性大大减低。有了镜像的存在，人便无时无刻不考虑自己行为的合理性，以及自己对他人的责任和义务，哪怕情欲高涨，冲昏了头脑的时刻也不例外。

## 后记

> “请原谅，可汗，毫无疑问，我迟早会从那个码头起航。”马可说，“但我不会回来向您报告了。城市存在着，它有一个简单的秘密：它只知道离开，不知道返航。”[32]

高级的文学都是通向死亡体验的航程，可汗头脑中的画面正是关于文学的寓言。那份凄凉，那份决绝，正是每一位艺术家的真实写照。创造就是一次次重演这个场面，就是身处同彼岸接壤的处所讲述关于此岸的故事，而不是去死。所以驶出的船只不会返航。这有点类似于卡尔维诺说过的他的小说只有开头没有结尾，他用一系列的开头来写小说。文学家都对彼岸兴趣不大。

# 第四章

## 前言

先生，当你做一个手势，这个独一无二的、最后的城市便升起它那无瑕的城墙时，我却正在搜集另外那些为了给它让出空间而消失了的可能的城的灰烬。那些城市再也不能重建也不能被人记住。只有当你终于懂得了任何珍贵的石头都不能够补偿这些不幸的残骸之时，你才能计算出那最后的钻石力求达到的准确的重量。否则的话，你的计算从一开始就会是错误的。[33]

幸福与不幸，极乐与悲苦，艺术家总是同时获得两极。当他运用混沌中的原始之力营造出钻石般坚固而透明的王国之时，他所身处的王国却处在腐败与黑暗之中，不可救药。当他在创造中一往无前地发挥之际，他却不得不牺牲自己那些最美好的梦想，为自己的创造物让路。所以艺术家的情绪总是在两极之间大起大落，他的承受力远远超过了一般人，激烈震荡的生活是他的宿命。

## 城市与标志　之五

也许你还不知道，我不能用其他话语描述奥利维亚。如果真的存在一个由直棂的窗户、孔雀、鞍具店、编席女工、独木舟和港湾组成的奥利维亚的话，那一定是一个爬满苍蝇的丑陋的黑洞，要描述它，我不得不借用煤烟、刺耳的车轮声、重复的动作、讥讽等比喻。谎言从来不在词语中，它是在事物中。[34]

创造当中那种不能抵达事物本质的痛苦是永恒的。词语是事物表层现象（时常是谬误的，令人恶心的）的定格，而表层现象具有无限的可变性、多面性，只有本质才是恒定的。艺术家通过运用词语，不断地用现象来暗示本质，但他怎么也不可能获得一种“全面”的画面。因为本质是无限的画面的总和，而语言对画面的定格总是让他感到难堪，感到无力。运用语言的过程永远是不自由的。

### 轻薄的城市　之四

于是留下了由射击场和旋转木马构成的那半个索伏洛尼亚。从向下猛冲的过山车的车厢里发出的惊叫被悬在半空。在商队返回，完整的生活重新开始之前，这半个城市等了一天又一天，等了一月又一月。[35]

两个城市分别代表表面的经验世界和深层的机制。深层的机制由惊险的装置构成，每一件装置都是对人的意志力的测试，是生死拷问的严酷装置。但这半个城要由经验世界来为其输送活力。由银行、工厂、屠宰场等组成的经验世界随时间不断转换，隔一段时间又同那个半个相对不变的城统一起来。就像阶段性的体验必定要进入深化的机制一样，机制也要由人间的经验来激活。

贸易之城　之三

于是生活在从一个城市到另一个城市的迁移中更新了，每个城市都在方位或倾斜度、或河流、或风向等方面同另外的城市有所不同。因为他们的社会在财富和权力的规范方面没有很大的区别，所以从一种职务到另一种职务的调动几乎不会引起什么惊奇，于是多样性就由多种工作得到了保证。结果是一个人在一生里头很少回到他已经做过的工作中去。[36]

这是创作中的“万变不离其宗”的规律。版本无限多样，原型则只有一个。一位艺术家一生中有无数的创新的机会，他的每一篇作品都同以前的不同，但又都符合某个原型。这样的作品似有神性。

城市与眼睛　之二

但你主要是从这些人口中得知珍茹德高处的情况的……他们沉入城市的低洼处，每天沿着同样的街道步行，每天早上都又一次发现前一天沉积在墙角的阴郁之物。而同时他们记得高处的珍茹德。[37]

此处涉及的是自省与升华的关系。自省如今已成为所有艺术的核心，艺术家们的内心往往充满了阴郁，他们克服了早期浮浅的浪漫，越来越执着于真实。当他们的目光穿透下水井的盖子，到达城市的底层之际，城市高处的自由风景才会浮现于他们的脑海——向下的挖掘产生出飘逸与空灵。

## 城市与名称　之一

在这个意义上，关于阿格劳拉城所说的任何事都不是真实的，然而这些描述造成了一个城市坚固、结实的形象。相形之下，凭借住在那里去推断出的那些看法反而更少实质性了。结果是：他们谈论中的城市有更多的存在的必要性，而本身在当地存在着的城市却存在得更少了。[38]

元语言是多么的不可能，人在创造中对原始风景的追踪又是多么的徒劳！艺术家就是一些将这不可能的事一直做到底的人。在渴望中，在颠覆的决心中，另一个若有若无的、透明的城市的形象已经存在了，这个幽灵般的城基于现存的语言却又是对语言的反叛，它不是看得见的阿格劳拉城，它是这个城的灵魂。被词语的困惑弄得沮丧不已的写作者，正在成就一桩伟大的事业。

# 后记

> “我在头脑中已经建造了一座样板城市，所有可能的城市都可以从它演绎出来。”忽必烈说，“它包含了每一种符合于标准的事物。既然现存的这些城市都在不同程度上同标准有出入，我只需要预测到那些不合标准的例外，计算出最具可能性的结合体就行了。”[39]

忽必烈所说的是理性在创作中的作用。他的样板城市实际上是“无”。理性在此是排斥的、扼制的，即，不赞成一切已有的创造物，迫使主体不断突破。理性总是为主体提出不可能实现的目标，催着赶着人去更加异想天开，去打破常规，而理性本身并不在创造物中直接现身。

> “我也想到了一座我可以从中演绎出所有其他城市的样板城市。”马可回答说，“它是由各种例外、排斥、不协调和矛盾构成的。假如这样一座城是最不可能的，我们只要减少它的不合标准的因素，就可以增加这座城市真正存在的可能性。所以我不得不从我的样板城里减去例外因素，不论我从哪个方向前行，我都将到达这些总是作为例外存在的城市中的一座。”[40]

马可在此说的是感性直觉在创造时的情形。写下的句子对于写作者来说总是不满意的，甚至恶心的，因为他从事的是交合的工作。于是创造中显现出一种排斥所有的材料、追求终极境界的努力，这种努力增加了创造物存在的可能性（只要创造还在进行，创造物就总处于“在”与“不在”之间）。理性观照下的感性将以最为积极的姿态进行逆反性的运动，但这种运动有一个界限，即，排斥也要有妥协，否则将所有的建筑材料一扫光，城市也不复存在了。所以语言被保留下来，只不过里头已充满了那种否定精神。

## 第五章

### 前言

此处描述的是创造三部曲。

> 忽必烈想道：“我的王国向外生长得太远了。现在是它向内生长的时候了。”[41]

表面空间的扩张并不能带来创造的喜悦。他遭遇的是荒凉的土地，矮小的村庄，不长粮食的沼泽，消瘦的人们，干涸的河流和芦苇。他必须向内深入，也就是进入梦境。

然而又出现问题了。在梦中，那些城市变得如此的充实，挤满了事物，以致变得“肿胀、紧张和笨重不堪”。于是忽必烈渴望超脱与升华，他开始梦见轻得如风筝、透明如蚊帐一样的城市。减掉了重量之后，城市向上生长，于是就同光遭遇了。月亮在尖塔顶上休憩，在起重机的缆绳上晃荡。城市同光达成协议：光赋予城市里的居民让城市中的每件事物无限制地生长的权力。并且还不止如此：

> 忽必烈补充说：“还有件事你不知道。心存感激的月亮赐给拉拉杰城最罕见的特权，在光里面生长。”[42]

轻薄的城市　之五

> 这就是城市的地基：一张既当通道又做支撑的网。[43]

死亡意识构成的就是这张网。人在创造中要处处靠这个意识来打通前进的道路，而这个意识又是一切生命活动的前提。

> 悬在深渊上空生活的奥塔维亚居民，反而不像其他城市的居民那么心里没底。他们是知道这张网能够支撑他们多久的。[44]

有了高度自觉的意识，这种在悬崖间走钢丝似的精神活动就显出了某种从容的风度——反正是要死的，所以权当脚下的万丈虚空不存在，尽力精彩地活一回。

## 贸易之城　之四

艾尔西利亚的难民们携带着家中器具在半山露营，他们回望平原上那由绷紧的绳索和竖起的柱子构成的迷宫。那里仍然是艾尔西利亚城，而他们自己则算不了什么。[45]

形式决定一切。作品一旦成立，就成了抽象的寓言。其间所包含的具体情感全部消失了，符号留了下来。但因为是寓言，又可以由每个读者（包括作为读者的作者）来重新用具体情感激活作品，产生新的形式感。所以说：

错综复杂的关系的蛛网在寻找着形式。[46]

每一座废墟式的艾尔西利亚城都是一个永恒的诱惑，引诱着我们去重温它那美妙绝伦的形式感。

## 城市与眼睛　之三

城市的一切都不接触地面，只除了那些火烈鸟的长腿——城市栖息于它们之上。再就是在晴天里，它投到叶片上面的多孔的、有角的影子。[47]

艺术本身的深深的矛盾使得她呈现出这种奇特形式——脚踩在地面上，却又彻底排斥大地，躲到云层之上。

> 关于宝契的居民，有三种假设：他们憎恨地球；他们尊敬地球到了一点也不敢同她接触的地步；他们爱那个他们出生之前的地球，于是用各种各样的望远镜不知疲倦地观察着每一片树叶，每一块石子，每一只蚂蚁，着迷地冥思着他们自己的缺席。[48]

望远镜里头的世俗生活已大大变形，人从那里头见到的影像已经抽象升华了。对于这类作品来说，作为表面规定的“作者”永远是缺席的，因为描写的是本质。所谓“生活中的喜怒哀乐”这类表面的情绪已被从作品中剔除，是艺术家在爱和恨的情绪交替中自觉地同作品拉开了距离。

## 城市与名称　之二

> 宅神相信他们是城市的灵魂，即使他们去年才来到；他们相信他们在移居国外时也会带走莱安德拉城。守护神则认为宅神是临时的客人，十分讨厌又具有侵略性，真正的莱安德拉城是他们的，是他们的城将所有它所包含的东西赋予形式。在这些暴发户到达之前莱安德拉城就在那里，当他们离开时它仍然留在那里。[49]

宅神是同生命相连的灵感，他们是解放创造力的钥匙。他们伴随着生命发展的每一个阶段不断迁移，在每一件创造物的内部居留，成为其核心与灵魂。他们受到守护神的扼制，不过那是极其有益的扼制。

守护神则是经历过高贵事物的理性，他们相对稳定，留守在每一件创造物的阴暗处所，不惹人注意。但他们具有某种永恒性，能赋予一切创造物以形式感。他们不停地受到宅神的骚扰，不过那是他们最乐意忍受的事。守护神有辉煌的过去，现在他们既可以高贵又可以低贱，不论他们的姿态如何，宅神都得适应他们。

> 两种神灵有一个共同点，无论在家庭和城市里发生什么，他们总是持批评态度。[50]

作品的批判性是现代艺术的魂，因为艺术就是渴望，是不满，是打破旧的常规，诞生从未有过的新事物——存在于梦想中的伟大事物。所以宅神滔滔不绝地谈到祖先，谈到从前的好日子；守护神则反复提到没有人类之前的美好环境。他们都追求一种“元”境界。他们在黑屋中的辩论，在同一个城市中生活相互间的纠缠，构成了精神发展的蓝图。

### 城市与死者　之一

> 在梅拉尼亚，每次你走进广场，都有一段对话引起你的注意。[51]

精神在发展中不断演绎，由表及里，由浅到深。演员不断更换，故事还是一个。起先是演绎人间烟火味比较重的那些情感纠葛，到后来愈见深化，讲述也更为个人化、神秘化，批判精神更强(伪善者、知己和占星术者)。同时，残酷性也加剧了(感情受伤的老父、高利贷者等)，因为矛盾在激化。

> 三万人演寄生虫，十万人演落入底层等待机会重返宫廷的王子。[52]

本质或共性在现代艺术的每一部作品中都是直接现身的。换句话说，如果你具备了那种眼光，就会发现所有的艺术作品都很“像”，是一个东西。

> 确实，他们通过阴谋的、出其不意的行动在不断朝着某个最后的结局接近。即便阴谋似乎越来越看不破，障碍越来越大，也不能阻挡这个过程。[53]

搞阴谋，设陷阱，全是为了从死神的手中逃脱，为了死死地攥住生命。同死神离得越近，阴谋就越看不破，沟通的障碍就越大（当然死神是不会同人沟通的，这里仅指人的单向努力）。即便竭尽全力表演，人的头脑中的死亡意识也是前提。人有意欺骗自己，用永生的姿态去接近死神。

后记

马可·波罗回答："没有石头，就没有桥拱。"[54]

现代艺术中作品的美感来自形式感。但所有的形式仍然是从具体的情绪中诞生，从日常的情感纠结转化而来的。没有生命体验，作品就没有重量，没有实在感。光有具体情绪没有抽象能力，也达不到形式美。

## 第六章

前言

这位皇帝想要看到他的眼神，但外国人垂下了他的眼皮。忽必烈整整一天没有说话。[55]

忽必烈和马可此刻正想着同一座城市——那座只能存在于冥想中的城市——一切城市之母。

马可说："每次我讲述一个城市时，我其实是在讲威尼斯的一点事。"[56]

所有的故事都是一个故事，所有的城市都是一个城市。而那个故事，那个城市，既是艺术家毕生描述的样板，又要通过他的描述而存在。与此同时，艺术家既怕因描述而失去它，又怕因为不描述而使它不能存在。可见，描述是因为妥协，描述也充满了困惑和痛苦。因为这，忽必烈在郁闷中三缄其口；也因为这，马可时而滔滔不绝，时而犹豫不决。

## 贸易之城　之五

> 所以在斯麦拉尔迪那，最为刻板、平静的生活也不会重复自己。[57]

创造中的时间是无限分岔的。只要生命还在躁动，想象就层出不穷。选择哪条路线完全是即兴的，异想天开的。

> 但是，在这里也如同其他地方一样，秘密的和冒险的生活总是受到更大的限制。[58]

如果你要进行更深入、隐晦的高技巧的创造，你就得积蓄更大的力量去冲破限制。于是你将化身为猫、盗贼、违禁的情人、老鼠、阴谋家与走私者。你不得不在阴暗的地下钻来钻去，摆脱身后的死神。

> 地图上最难确定的是燕子的路线。它们划破屋顶上方的空气，以不动的翅膀划出看不见的长长的抛物线。俯冲下来吞掉一只蚊子，盘旋着上升，掠过塔顶，从它们空中

小道的每一点上俯视城市的每一点。[59]

燕子划出的路线图就是作品那透明的内在结构。人在创造之际不可能有条不紊地去获得那种结构，只能一不做、二不休，处处走险棋，高度紧张进入惊险动作。那时结构便会在身后隐约显现。

城市与眼睛　之四

每天都能看到菲利斯的人是多么幸福啊！那里面的东西他看来看去的都看不完。[60]

以上说的是创作或阅读的三部曲中的第一部。涉及的是作品千变万化的外形。

菲利斯是一个空间，路线是将悬在真空中的那些点连接而画出来的。……（此处略去一句）你的脚步不是追随眼睛看见的外部事物，而是内部的、被掩埋、被抹掉了的那些事物。[61]

三部曲中的第二部。进入时间体验，让深层记忆复活，遵循某种特殊的律动进行创造。

上百万只眼睛看着窗户、桥梁和刺山柑，但它们也许只是在掠过书中的一页空白页。许多城市都像菲利斯，它们逃过众多目光的凝视，却逃不过突然投来的目光。[62]

三部曲中的最后一部。表演无中生有的特技，从真空中突然摄取事物。

## 城市与名称　之三

它是我从未到达过的，我用其名字召唤出来的许多城市之一。[63]

艺术创作不是模仿似的描绘，因此也不可能有现成模型。要使凭空产生之物定型，艺术家就得使用语言。但语言在此的功能已转化成一种近似符咒的功能——召唤出真正的城市。

显然，这个名字意味着这个，除了这个没有别的。[64]

一旦进入城市，名称就被赋予了全新的意义。现在名称包含了城市的一切，语言通过创造重获新生了。来自内部的需要证实了语言，写作者生出似乎是没来由的确信。但是，这种进入只能是一次性的。

但我不再用名字来称呼它了。我也不记得我是怎么给它取了这样一个名字的，因为这个名字意味着同城市完全无关的那些事。[65]

不在城中，名称同城市就分离了。曾经有过的入城的经验使得艺术家看到了语言的欺骗性。这当然不是语言的错，而是语言的内部机制使然。如果你醉心于语言与物的统一，你就得进行新的创造。

## 城市与死者　之二

> 我想："如果阿德尔玛是我梦里见到的城市，而我在那里仅仅只见到死人，那么这个梦让我害怕。如果阿德尔玛是一个真实的城市，那里头住着活人，那么我只要持续地瞪着他，他们相貌的相似之处就会消失，陌生的、焦虑痛苦的脸将出现。所以在这两种情况下我都最好不要盯着他们看。"[66]

卡尔维诺的写作是一种"心死"的写作。深入记忆就是深入死去的欲望，必须具有濒死的人的目光，才会认出本来属于你的东西。写作既是恐怖的梦幻，又是令人胆寒的真实，写作者必须承受二者。

> 你来到了生命中的一个时刻，在你认识的人当中，死者超过了活着的人。你的记忆拒绝接受更多的脸，更多的表情：它在你遇见的每张新面孔上印上旧的模型，它为每个人找到最合适的面具。[67]

死神即本质，在极限写作中，本质的表情会浮现在每个人的脸上，使人物具有“均一化”的特点。也就是说，这种写作中的每一个人都具有自我意识，或每一个人都是作者自我意识中的一个部分。

> 他们凝视着我，好像在要求我认出他们；好像要认出我；好像他们已经认出了我。[68]

创造者与创造物之间那种互动的微妙关系。由这种关系中生出推动故事发展的秘密动力。

> 我想，也许阿德尔玛是你们垂死时抵达的城市，在那里你们每个人重新找到你认识的那些人。这意味着我也是死人。[69]

只有达到了极限，人才会知道自己本来具有一些什么东西。所谓“本来认识的”那些人，只是作为可能性存在着，你不将他们开拓出来，也许他们永远不会同你遭遇。

### 城市与天空　之一

> 先知回答说，二者之一是神给予星空的形式和行星运转的轨道；另一个则如同每一件人工制造物一样，是前者近似的影像。[70]

如果说城市是人的艺术创造物，地毯便是这创造物的本质、结构。当人凝视一件作品时，会猛然发现深藏于内的那个结构，这时，作品中的所有描述都会得到正确的解释。无论是写还是阅读，人都会发现，作品描述的就是他自己的命运，他的历程。而这些，是被表面的描述所掩盖着的东西。

而从另外一个角度来看，城市（作品）又是心灵宇宙的地图，它再现了黑暗深处的种种混乱真相。如果我们要懂得城市，仍然要钻研那张地毯。我们在创造之际都是具有神性的人，我们造出了藏有地毯的城市。

## 后记

创造是进入祖先的记忆的漫长旅行。人为了摆脱对于原始记忆的怀念而去追寻它，其结果总是遗憾与沮丧，因为它是追求不到的。

迷惑永远包围着创造的人，他不清楚旅行的目的，他又渴望同眼前的迷雾拉开距离，看到远方透明的城市。然而城市上空的雾或瘴气是不会散去的，人只能摸索前行。人在一路上看到的，是已经死去的生命，是过去与未来的混合体。每前行一段，旅行者的生命活动就被钙化定型，就像他在一边生活一边死去，并且过去、现在和未来也在这种活动中变成了一个东西。但终究，这就是他所想要的、多年里头一直追求的境界。可汗懂得马可·波罗的迷惑与苦恼，却还要提问和嘲笑，如同人对自己的提问和自嘲。

# 第七章

## 前言

> 也许这个花园仅仅存在于我们垂下的眼睑的阴影之中，我们从来没有停止我们所做的那些事：你继续骑在马背上，在战场上扬起灰尘；我，继续在远方集市上为一袋袋胡椒同人讨价还价。[71]

写作者将人间烟火直接转化为诗，同时身处两地。在战火硝烟中沉思默想，在做买卖的劳碌中顿时转入冥界。这种高超的本领是通过千万次的操练而成就的。看透生命本质的人便获得了广阔的、容纳一切的胸怀。一切都能成为诗，哪怕最不能忍受的、卑鄙的庸常生活。从这个意义上来看，也许人是为了将自己变成诗的象征而成为屠夫的——他要砍断世俗生活的羁绊，坚壁清野。这样，他的旅行便成了不动。

> 也许这个世界上只剩下一片堆着垃圾的荒地和可汗宫殿里那悬挂的花园。是我们的眼睑分开了它们，但我们不知道哪一个在里面，哪一个在外面。[72]

肮脏的生命和对于她的冥想（死、无）是互为本质的，人的眼光可以分开她们，因为这是一个东西的两面。

## 城市与眼睛　之五

它没有厚度，它由一个面和它的反面构成。它像一张纸一样，纸的两边都有一个图案，这两个图案既不能分离，也不能对视。[73]

在卡尔维诺的城市里，事物就是这样构成的，一切都是对立面的渗透，二者之间没有过渡，也没有绝对区分的界限——华丽的大门可能是破布，美丽的女郎也可能是生锈的金属片。你必须习惯这种突兀的转化，练就艺术的眼光。

## 城市与名称　之四

克拉莉斯，光荣之城，有着一部痛苦的历史。[74]

这一篇述说的就是创造的痛苦和遗憾，艺术家心中那原初的、伟大的城总是追寻不到的，但她又并不消失，总是在他追求的途中透出其风采。

将旧日克拉莉斯那些无用的零散部件放在一起，一个幸存者的克拉莉斯产生了，她由木板房、棚屋、阴沟和兔子笼等等组成。然而，克拉莉斯昔日的辉煌还全部保存着……[75]

现代艺术的特点往往是用卑贱来再现崇高，用简陋来再现辉煌。这种高超的魔术是人性发展的必然。

> 人们只记得一个柱头，它多年来在一个养鸡场里支撑着母鸡生蛋的篮子……也许克拉莉斯只不过总是一些花哨的薄片的混合物，搭配不佳，陈旧过时。[76]

古典精神只能这样来体现，也许这是某些人的悲哀。但是艺术家并不为此悲哀，艺术家的悲哀永远只是追寻不到的悲哀。

## 城市与死者　之三

> 没有任何城市比埃乌萨皮亚更愿意享受生活，逃离烦恼。为了使由生到死的过渡不那么突然，这里的居民在地下建造了一座同他们的城一模一样的城。[77]

生的极乐和关于死的想象的烦恼。被这两极日日纠缠的人建造了死亡之城。地下的城与地上的城是何其相似，唯一的区别在于这里的一切是以死亡意识为前提，因而所有的人均是自由人。生活中不自由的人们纷纷在这个艺术王国里找到了真正的自由。

两个城市的沟通工作是由戴头罩的兄弟会来进行的，这个兄弟会其实就是人的理性。是兄弟会在维持着地下之城的秩序，帮助人实现从生到死的身份的转换。在蒙昧的氛围之中，只有兄弟会保持着清醒，所以兄弟会在两个城市里都具有极大的权威。

> 实际上，是死者依照他们城市的形象，建造了地上的埃乌萨皮亚。还有人说，在双子城里，你无法辨别谁是死者，谁是生者。[78]

确实可以说，是因为有了艺术，才有了人。

## 城市与天空　之二

> 为忠实于这个信念，贝尔萨贝阿的居民尊敬所有同空中城市有关的事物。[79]

这种信念是由于对肉体生活的全盘否定而产生的。天空的城市是贝尔萨贝阿的全部寄托，是纯净高贵的所在。

> 另有一座地下的贝尔萨贝阿城，那是发生在他们身上所有那些卑劣无价值的事物的容器。[80]

肮脏黑暗的地下城是人的肉体之城，同天空之城形成对照。这样，写作者就将自我一分为三了。

> 确实，这个城市是被天上的和地下的两个投影般的城伴随着，但居民们却不了解这两个东西的一致性。[81]

生的龌龊，死的纯净。反过来说，生命的美丽和精致，死亡的想象源头的肮脏与腐败。无论何时何地，人的眼光必须同时看到两个面，看到这两个方面的交织与统一，因为人性的真相就是如此。

## 连绵的城市　之一

城市的生长完全依仗于不断地创新，每时每刻都必须用崭新的奇思异想来开路。可以说，新的东西一旦产生出来，就成了为人继续突破的障碍，又得破除它，代之以更为新奇的创造物，任何创造都只能是一次性的行为。

> 莱奥尼亚制造新材料的技术越高，垃圾的质量越改善，就越能耐久，耐腐蚀，不发酵，不可燃。[82]

超越是何其困难，人的自我是人最难战胜的高山。人，自己将自己逼往死路——为了一个难以言说的目标。

> 也许，莱奥尼亚之外的整个世界都已布满了垃圾的火山口。[83]

原始的力量仍然要冲破坚固的垃圾外壳，不断爆发，并在爆发中融化界限。

一场大洪水将抚平破烂堆成的山脉，抹掉每日更新衣裳的大都市的一切痕迹。[84]

在扫荡一切的原始之力的作用下，清洁工（理性的秩序维持者）节节后退，默默地注视着疆土的扩张，城市的统一性和普遍性在此过程中呈现。只有天才的胸怀才敢于将自己昨天的创造物视为垃圾。

## 后记

也许这个花园里的这些露台只是俯瞰着我们内心的那个湖。[85]

忽必烈和马可在这段对话中讨论了精神与肉体以及精神是否永存的话题。脱离了世俗，理念就会消失。而没有理念，世俗体验也将溃散。我们不能通过谈话来证实这一点，但我们可以追求，可以在追求的意境里实实在在地感觉到理念的存在。

人的内心的确有一个深不可测的湖，但如果人不旅行，不到世俗中去操练感觉，湖就会干涸。世俗体验绝不是头脑里的幻影，而是维系精神，使之生长的营养。

# 第八章

## 前言

此处描写的是分析与体验的问题。艺术创造中的分析是通过行动中的体验来实现的，而不单单是大脑中的理性。

> 与其折磨自己的大脑，依仗象牙棋子的靠不住的帮助来使人想起注定要被遗忘的幻象，倒不如依照规律下一盘棋，将棋盘上依次呈现的每一种棋局看作既在集合着，也在摧毁着的形式体系的无数形式之一。[86]

我们在下棋（艺术表演）中再现我们的体验，因为只有这种创造，才能生动地复活那些体验场景。下棋与事后对体验进行形而上学的分析有着质的区别，一个是被动的推理，一个是主动的突进。当一盘棋终结之际，便是人同死亡晤面之时，极限追求使我们的境界接近于“无”的纯净。如同博尔赫斯的《爱玛·兹宗》一样，一心想达到“逼真”的极限体验的人只能将经历过的事在艺术活动中重新经历一遍，使之提升为自觉的体验、自由的体验。

## 城市与名称　之五

> 并不是说他们打算进城（通往峡谷的弯弯曲曲的小路

糟糕透了)，但伊莱纳像一块磁石一样吸引着待在上面的人的眼睛和思想。[87]

文学欣赏的原则是只能隔着距离欣赏而不能进去充当世俗角色。而卡尔维诺的文学更属于那种在世俗中找不到对应物和共鸣的文学。那是峡谷里头的一个梦幻，你没法从外部去给它命名。当你首次到达它时，你无以名状；当你永别它时，你已忘了身在其中的情景。然而伊莱纳是这样一座城市：艺术家一直说的就是它，并且只是它。梦想之所以不能实现就因为它是梦想。人所梦见的东西难以命名。然而这并不妨碍伊莱纳作为永生之城、作为每个人的情人存在下去。

## 城市与死者　之四

这地方是荒芜的。夜间，你将耳朵贴着地面，就可以听到一扇门“砰”的一声关上了。[88]

阿尔贾城里堆积的，是语言的世纪沉渣，这沉渣令诗人寸步难行。在黑暗中门一扇扇关上，出路不断被堵死。如果诗人不想真正发疯，便只有化腐朽为神奇这一条路了。

读者也可以将灰尘看作已经死去（即已完成）的作品。在写作中，一件事物一旦认识，便不能再在它的基础上去创造了。每完成一篇作品就等于是地下城市的一扇门被关上了。创新就像在被阻塞的泥灰的地道或缝隙中钻行。

## 城市与天空　之三

为什么泰克拉城的建设要延续这么长的时间？

为了不让毁灭开始。[89]

艺术家的心灵无比脆弱，只能靠每一天的劳作来支撑。一旦停止建设，不但作品没有了，连人本身也不存在了。因为作为艺术家的人是由其作品决定的。

建设工程充满了险情，人必须下定决心埋头苦干，不断加固支撑物，上面的建筑才不至于倒塌。

到底要造出什么来，是没有原型可循的。纯净的、闪烁着星光的夜空，就是建筑工人的图纸。

## 连绵的城市　之二

世界被唯一的一个特鲁德覆盖着，她无始无终，只有机场的名字在更换。[90]

熟悉感是由于本质结构的出现。无论创造出何等新奇的作品，那同一个本质迟早都会现身。

## 隐蔽的城市　之一

艺术创造绝不是空穴来风，而是人的本性使然。正因为如此，每一个创造物才打上了人性的烙印，并且是从内核生长出来。一位艺术工作者的诸多作品就像套偶一样，一个套着一个，每一个的深层结构都相同。

> 在最里面的那一圈，虽然很难觉察，却已经萌发出来下一个新的奥林达以及那些将要在它之后生长出来的奥林达。[91]

精神就是通过这样奇妙的方式得到遗传的，虽然每一件作品都必须是彻底的创新，但每一件作品又都给人以似曾相识的感觉。

精神产物的整体感也是不同一般的，哪怕是一个再小的作品，它都包含了完整的矛盾对立面，因而是可以不断生长的。

## 后记

> ……但是是关于什么的输赢？真正的赌注是什么呢？……
>
> 最终征服的只不过是一方刨平了的木头。[92]

创造如战场杀敌，一场仗打完，人看不到胜利的结果，似乎什么东西都没赢得。然而，当棋子的尸体被清除后，棋盘本身便显出了它的本质，它的漫长的历史。这就是人赢得的东西——更深一层的认识。

人每创造一次，就使那个底层结构在眼前再现一次。天长日久，他便看见了精神的长河：

> 而波罗已经在谈论乌木树林，顺流而下的运木材的木排，码头和窗口的女人……[93]

## 第九章

### 前言

所有的城市都在忽必烈收藏的地图册里头，因为地图册代表的是可能的事物，而一切事物都有可能性。但如果人不去旅行，不去探索这个可能性的话，它就是死的、不存在的。马可·波罗的旅行就是人获得个体经验的方式，而他的特殊体验激活了忽必烈对可能性的理性认识，他们两个人的合作达成了创造。所以忽必烈说：

> 有时候，我感到你的声音从很远的地方传来，而我则是一名被华而不实的、不舒服的此刻所囚禁的囚徒。在我这里，所有人类社会的形式已经到达了它们周期的极限，无法想象它们还会呈现什么新的形态。我却从你的声音里听到了使城市生存的、看不见的理由。也许由于这些理由，城市一旦死去，又将重新复活。[94]

没有马可的旅行，忽必烈的认识就要停滞不前。然而独特的体验或感觉是如何传达的呢？马可说：

> 对侧耳倾听你的人来说，世界的描述是一回事；对那些在我归来之日，站在我房子外面的街上听我讲述的一轮又一轮的装卸工和船夫的人群来说，描述是另一回事；而假如我成了热那亚海盗的囚徒，同一位传奇小说家关在同一间牢房里，我向他口述我的故事的话，那又更是不同的一回事了。制约故事的不是声音，而是耳朵。[95]

通过某个特殊的故事激发自己的体验和想象，在大脑中生出新的故事来，加入作者的创造，这就是卡尔维诺提倡的阅读。但愿我们读者都在不同程度上成为那位传奇小说家，同马可关在同一间牢房，记下他的，更是我们自己的故事。

以上说的是创造的第一阶段——进入个别体验的阶段。

旅行是用感觉去寻找本质。翻看地图册则是从本质结构出发去辨别事物的可能性。本质是一致的，可能性则是各不相同的。所以说：

> 在旅行中，你认识到区别消失了：每个城市都类似于所有的城市；各个地方交换着它们的形态、秩序和距离，一种无形的灰云侵入了那些大陆。你的地图册则完整地保

留了区别——那种质的区分，就像字母在名字当中一样。[96]

这是创造的第二阶段——提升人的特殊体验，在本质结构中找到其对应点，使可能性呈现。所以进入这个阶段的马可，获得了命名与指路的自由。面对可能的城市，马可随口说出其名字，指出到达它们的路线。在创造的境界里的人，无论他说的是什么都是诗，而抵达本质的通道无数。

在创造的第三阶段，马可通过翻看忽必烈的地图册将过去、现在和未来连接起来，使精神发展的历史成了一个整体。这是灵感起飞的阶段。对于从事文学活动的人来说，不论是读还是写，都有希望达到这个大彻大悟的阶段，从而使自己内部的精神得以不断生长。

那些城墙建造在坚实的地基上的城市；那些已经坍塌，被黄沙吞没的城市；那些现在只有野兔弄出的窟窿，但有朝一日将出现的城市。[97]

认出了这三种城市的人便达到了艺术创造的高级阶段。于是人不但可以亲历远古时代的事件，还可以进入未来的时空。语言在这个活动中也不再是平面的、不合时宜的符号，她成了立体的创造物，人可以无限地进入到无限延伸的世界里去，将可能性变成现实。

只要精神还在发展，城市就将不断生长出来，因为各不相同的形式永远不可能有穷尽的一天，反而会越来越多，目不暇接。

## 城市与死者　之五

实际上，任何真正的艺术都应该是罗多米亚这样的“三胞胎”。精神一诞生就面临死的问题，也面临发展的问题。艺术不逃避死亡，她将死包容在自己内部，同自己一道发展。所以艺术作品中的死神可以有无数的面孔，并且永远没有穷尽的时候。那么艺术家（生命主体）同死神的关系是怎样的呢？他必须不断认识他，以他为前提来确定生的意义：

> 为了使自己心里踏实，生者的罗多米亚必须到死者的罗多米亚里面去寻找对它自己的解释；甚至冒着在那里找到多于或少于自己期望的解释的危险。[98]

同死的问题一块到来的是可能性的问题。因为对于自身存在的不满，因为要否定自己已形成的形象，艺术家在创造之际活在可能性当中。但可能性并不是一个固定之物，也没有线索可循，致使追随它的艺术家陷入彻底的失败与沮丧之中。而偏偏在这个时候，可能性又以它那没法穷尽的无限性来窒息人的想象：

> 他们越是睁大眼睛，越不能分辨那条延续的线索。罗多米亚未来的居民似乎是一些细小的点、一些灰粒，同任何它们的以前和以后都是分离的。[99]

可能性同推理（线性的）无缘，仅仅同信念有关。只有不带任何功利，不抱任何希望的追求，也就是以“死”为前提的追求会同它晤面。这种必死的信念是多么可怕啊——正如同那个不可倒置的沙漏。那么，是什么在推动着人走上这样一条死路呢？答案却是，那是由于人要追求幸福的天性使然。

### 城市与天空　之四

这一篇讲的是理念与肉体、善与恶的对立统一的关系。最美好、最严谨的设想造出了理念之城，但城里的居民却繁衍了魔鬼一般的后代。而神的理念又确实要由这些怪物身上反映出来。

### 连绵的城市　之三

人的自我意识随着创作的深入逐渐增强。一开始也许只是偶然的一瞥，某个熟悉的身影、某种熟悉的场景令你怦然心动，你不知道这感觉的源头在何方。但只要你坚持你的探索，你就会越来越经常地处于同样的场景之中。你被这些均一化的人们盯着，你不能乱说乱动，一举一动都得小心翼翼。当然，你必须避开他们，否则便无法生活。但这种避开只是相对的、你假装看不见他们，并且暂且让你自己相信你的确离开了他们。而其实，他们就在你附近，他们的人数越来越多，你想要看见就可以看见。

我要是活动是比较麻烦了。我的房里住了二十六个人，我一迈步就碰着了这些缩在地板上的人。我只好从这些坐在五屉柜上的人的膝头间挤过去，从轮流倚在床头的人的手肘间擦过去。幸好，他们都是非常讲礼貌的人。[100]

天天处在这样的拥堵之中却还要自由地生活与创造。

艺术家，就是那种既看见一切又可以令自己相信什么都没看见的人。这种灵活的两面性暗中保护着他的才华。

## 隐蔽的城市　之二

莱萨是大悲大喜之城。创造中的所有情绪都是对称的。艺术家既不是看不到任何希望、终生在黑暗里挣扎的苦人儿，也不是一味独享极乐的幸运儿，而是二者兼容的人。艺术剥夺他，同时也给予他。

## 城市与天空　之五

安德利亚是我所知道的唯一的一座适宜于在时间中保持不变的城市。[101]

所谓不变，实际上是指一切都要符合人性（星系）的规律，这样人才能生活于属于自己的时间之中。然而规律本身又是通过变化来实现的，不变就会死亡。安德利亚城，万变不离其宗之城，能够将意外的奇迹变成必然性的神奇城市。

## 连绵的城市　之四

> “这些地方都混合起来了，”牧羊人说，“到处都是切奇利亚。从前这里一定是尾鼠草场，我的羊认出了交通安全岛上的草。”[102]

牧羊人在一个个的牧场上放羊是在感觉这个世界，我在一个个城市里旅行则是将感觉上升为艺术。如果让牧羊人进城，他看到的就是普遍的本质。如果长久脱离感觉，精神的营养就渐渐枯竭了。

创作时艺术家在城的里面，他与外界隔绝了。

## 隐蔽的城市　之三

> 马洛奇亚由两座城构成：老鼠之城和燕子之城，两座城都随时间变化，但它们相互之间的关系不变——后者正要从前者摆脱出来。[103]

马洛奇亚就是人在创作中的实况：身体在黑暗中挣扎，灵感高高飞翔。老鼠和燕子二者缺一不可。燕子摆脱老鼠的姿态被凝固下来，彻底的摆脱则永远不会有了。人，只能保持一种尴尬可笑的姿态，但外表的可笑又有什么要紧呢？即使人抓不住瞬息即逝的城市，人仍然可以得到快乐：

某个人的凝视，回答或手势就足够了，当你出于快乐而做某件事就足够了；只要你为自己成为其他人的快乐而快乐就足够了。那时所有的空间、高度和距离都变了，城市也变了，变成水晶般的，像蜻蜓般透明。[104]

艺术家描写着老鼠的生活，并作为老鼠梦想着燕子的自由。

## 连绵的城市　之五

“但是人们住在里头的城市在哪里呢？”你问道。

“应该在那边。”他们说，一些人斜举他们的手臂，指向地平线那边一堆模糊的多面体群落，而另一些人则指着你身后一些幽灵似的尖塔。

“那么，我已经走过了，没有认出它来吗？”

“不，再继续往前走吧。”[105]

潘特熙莱雅，荒凉之城，颓败之城，过渡之城。然而这正是现代之城的真实形象！现代的艺术家抹去了界限，将阴暗的生活直接变成了诗。你以为你处在过渡之中，其实你处在本质当中。潘特熙莱雅城永远到达不了，它就存在于你的阴郁的体验的过程中。你必须体认，你必须承受。

## 隐蔽的城市　之四

在特奥朵拉城里上演的是原始之力与理性之间的长久的拉

据战，制裁与反制裁将永远演变下去。无论生命是多么的卑贱，她也有存在的理由，她绝对扑不灭杀不死，只会不断变形——从老鼠变为更为古怪的，几乎说不出名目的怪物，然后再继续演变。

## 隐蔽的城市　之五

> 你们将从我的话里得出这样的结论：真实的贝莱尼斯是不同城市在不同时间里的接续存在，交替地显出公正和不公正。可是我想警告他们的是这一点：所有那些将来的贝莱尼斯都存在于此刻，一个包含在另一个里头，被限制着，塞得满满的，无法分离开。[106]

贝莱尼斯是善与恶、黑暗的肉体冲动与崇高理性的结合物。二者轮流起作用，遏制与反遏制，你中有我，我中有你，合成奇异的精神发展图景。由于有了理性，哪怕是最恶的势力里头也隐含着看不见的制裁。但理性又不能单独行动，他必须借助于“恶”（原始冲力）来为自己开路。巨大的城市就是由这个矛盾的种子生长起来的奇迹。

## 后记

> “你四处探索，还看见过神迹，能否告诉我顺风会将我们吹向未来的哪片乐土？”[107]

可汗提出的这个有关创作的问题马可·波罗回答不了。因为创作并不受理性支配，而是依仗于原始之力同灵感的结合开路。灵感的启动十分神秘，往往同一道光线、一个手势、一句话等等有关，人只能追寻，无法对它进行规范。但人可以用特殊的方法去追求。

可汗又说，一切寻找均是徒劳，因为最后找到的是地狱。

马可·波罗回答说，生活本身就是地狱，人所能做的，是从地狱里找到发光的东西，并为这些东西开辟出空间。

注：这篇文章分别参考了中文版与英文版的《看不见的城市》的版本。中文版是阅读了译林出版社2002年版的《看不见的城市》，萧天佑译，吕同六、张洁主编。

注释：

①《看不见的城市》第5页，由美国哈考特·布锐斯出版公司出版，卡尔维诺著，威廉·威弗英译。引文由本文作者转译。以下同。

② 同上，第6页。

③ 同上，第7页。

④ 同上，第8页。

⑤ 同上，第10页。

⑥ 同上，第14页。

⑦ 同上，第16页。

⑧ 同上，第18页。

⑨ 同上，第19页。

⑩ 同上，第20页。

⑪ 同上，第22页。

⑫ 同上，第21—22页。

⑬ 同上，第22页。

⑭ 同上，第28页。

⑮ 同上，第28页。

⑯ 同上，第 29 页。
⑰ 同上，第 31 页。
⑱ 同上，第 32 页。
⑲ 同上，第 34 页。
⑳ 同上，第 34 页。
㉑ 同上，第 35 页。
㉒ 同上，第 36—37 页。
㉓ 同上，第 38 页。
㉔ 同上，第 39 页。
㉕ 同上，第 44 页。
㉖ 同上，第 44 页。
㉗ 同上，第 45—46 页。
㉘ 同上，第 47 页。
㉙ 同上，第 50 页。
㉚ 同上，第 52 页。
㉛ 同上，第 53 页。
㉜ 同上，第 56 页。
㉝ 同上，第 60 页。
㉞ 同上，第 62 页。
㉟ 同上，第 63 页。
㊱ 同上，第 64 页。
㊲ 同上，第 66 页。
㊳ 同上，第 67 页。
㊴ 同上，第 69 页。
㊵ 同上，第 69 页。
㊶ 同上，第 74 页。
㊷ 同上，第 75 页。
㊸ 同上，第 75 页。
㊹ 同上，第 76 页。
㊺ 同上，第 76 页。
㊻ 同上，第 77 页。
㊼ 同上，第 77 页。
㊽ 同上，第 79 页。
㊾ 同上，第 79 页。
㊿ 同上，第 79 页。
(51) 同上，第 80 页。
(52) 同上，第 81 页。
(53) 同上，第 81 页。
(54) 同上，第 82 页。
(55) 同上，第 85 页。
(56) 同上，第 86 页。
(57) 同上，第 88 页。
(58) 同上，第 88 页。
(59) 同上，第 89 页。
(60) 同上，第 90 页。
(61) 同上，第 91 页。
(62) 同上，第 91 页。
(63) 同上，第 92 页。

(64) 同上，第 92 页。
(65) 同上，第 93 页。
(66) 同上，第 94 页。
(67) 同上，第 95 页。
(68) 同上，第 95 页。
(69) 同上，第 95 页。
(70) 同上，第 97 页。
(71) 同上，第 103 页。
(72) 同上，第 104 页。
(73) 同上，第 105 页。
(74) 同上，第 106 页。
(75) 同上，第 106 页。
(76) 同上，第 108 页。
(77) 同上，第 109 页。
(78) 同上，第 110 页。
(79) 同上，第 111 页。
(80) 同上，第 111 页。
(81) 同上，第 112 页。
(82) 同上，第 115 页。
(83) 同上，第 115 页。
(84) 同上，第 116 页。
(85) 同上，第 117 页。
(86) 同上，第 122 页。
(87) 同上，第 124 页。
(88) 同上，第 126 页。
(89) 同上，第 127 页。
(90) 同上，第 128 页。
(91) 同上，第 130 页。
(92) 同上，第 131 页。
(93) 同上，第 132 页。
(94) 同上，第 136 页。
(95) 同上，第 135 页。
(96) 同上，第 137 页。
(97) 同上，第 138 页。
(98) 同上，第 140 页。
(99) 同上，第 142 页。
(100) 同上，第 147 页。
(101) 同上，第 150 页。
(102) 同上，第 153 页。
(103) 同上，第 155 页。
(104) 同上，第 155 页。
(105) 同上，第 157 页。
(106) 同上，第 163 页。
(107) 同上，第 164 页。

# 温柔的编织工

## ——关于《看不见的城市》的系列冥想

### 一

有这样一位忧郁的男子，他具有一种奇特的视力，在某个夜深人静之际，他的视力穿透黑暗的隧道，看见了远方那涌动的泥石流。经过长久的凝视之后，他又发现了泥石流下面那透明的宫殿的隐约的轮廓。可是他的眼力并不是万能的，而他所注视的对象不久就被重重遮蔽。

这名男子陷入绝望与苦恼之中。

每一天，他都在想象着那精美绝伦的宫殿，那宫殿所在的非人间的城郭。但是他的想象总是一些片断，在脑海中若隐若现。

当他用目光向内进行操练的时候，他会看见一座摩天大楼的尖顶；一个庭院中的古银杏树的树梢；一尊被毁的庙门前的石像；喷泉里喷出的一股亮晶晶的水链；花园中树荫下半张美女的脸；悬空的走廊；半圆形的凉台；沧桑老人的前额和手；港口处的一面古钟；帽子上晃动的鸵鸟毛；一口深井旁边的雕花栏杆；一个被遗弃的柱头；埋在沙里的水晶球；等等。所有这些他所看见的异物，都在向他暗示着泥石流下面那永生的存在。但他看不清，也留不住。

洗染羊毛的工作持续了很长的时间，这是实现梦想的苦活，苦不堪言。

当一切准备就绪时，织机终于响起来了。粗糙开裂，而且变了颜色的双手刹那间变得灵动起来；饱经风霜的、僵硬的脸盘显出了神往与温柔。织工要织什么？他要将从未有过、只为他一个人所见到过的宫殿与城郭织在他的巨幅挂毯上。他不能确定他渴念的对象的全貌，可是在织机那有规律的响声中，他立刻与手中的活计完全融为了一体。这些色彩层次丰富的毛线，就仿佛是自动地在织机上形成了螺旋形的美景，一层又一层，从内向外旋出。既无比精致复杂，又透出王者之气的单纯。初看之下眼花缭乱，细细向纵深凝视，透明的宫殿居中稳坐，飞檐上有鹰的影子。

啊，这是多么不可能存在的图案啊！可为什么当他用放大镜仔细研读之时，他会从那上面找到他每天步行的街道，他居住的房屋，甚至屋子后面的池塘？一切都同他身处的现实无关。图案是如此的妙不可言，高高在上，拒尘世于千里之外；而他所栖身的地方却是乏味、呆板、死气沉沉，一片颓败。但每一个图案的细部又都可以同现实对号入座。这种消除不了的困惑令他坐立不安、神魂颠倒。要想获得平衡，要想证实理念或撇开现实，只有将那图案不断地编织下去。

这温柔的、带着体温的羊毛，这变幻莫测的材料，谁又能预测它将成形的画面？编织工不知道。他唯一知道的是，他的心在编织机的响声里变得如此的热烈、温柔，正如热恋中的年轻的心。他看不见，但他灵活激动的双手编出了遗世独立的宫殿，还有后宫的广大的花园，女妖在树林中的泉水里嬉戏……

## 二

宫殿与城市并没有固定的模式，而是相反，它的细部瞬息万变，它的全貌花样翻新，令人目不暇接，迷惑不解。

骆驼车队在沙漠中来来往往，眼中所见的全是陌生之物。单个的城屹立在大漠之中，从它里头反射出来的冷漠的光熄灭了旅人心中高涨的热情。城是排斥的，宫殿是不可进入的，就连宫门朝哪边开，对于这个长途跋涉者也是最大的谜中之谜。

编织工不愿停下手中的活计。他织出了广场边上的帐篷，商人坐在其中一个卖地毯的棚子里，那些华贵的地毯五彩缤纷。年老的地毯商人是编织工死去的父亲，他将脸埋在羊毛地毯中间，心醉神迷地回忆着已逝的青春。当编织工想仔细地辨认之时，帐篷就变成了没有墓碑的乱坟，西风从小教堂那边吹过来，旋转的金黄树叶融入他手下那螺旋的图案，一滴眼泪掉在一个细小的坟包上。图案中心那一根紫色的线，是通往广场的大道。

孩童时代的编织工，在那路边卖过土豆。他记起最近一次的家乡之行。就在那条大道上，许多人在追一位黑衣女人。那女人跑得像风一样快，头部却痛苦地摆动着，老是向后看。编织工拦住女人，女人就尖叫起来，声音划破灰色的天空：

“看啦！看啦！这么多的人拦着我！！”

人们停住脚步，编织工放走了她。她立刻拐进旁边的小巷，消失在那些矮屋后面。

人们异口同声地说：

“这个女人，带走了我们的梦！”

人们在窃窃私语，然后叹息着散开了，各自走进那些年代久远的、发黑的木屋里。

夜总是很长。没有月亮的夜里，编织工走进空阒的编织房，像他父亲一样将脸贴着羊毛挂毯，静静地倾听大地深处传来的声音。他动了动自己的指头。一离开编织，这些指头立刻呈现出正在走向老年的僵硬。公墓那边有人在哭，编织工熟悉那个声音，那是孤儿。孤儿每天在城里游荡，看见年长的人就问：“你知道我几岁了吗？”对方不知道，孤儿就沉痛地摇着头，悻悻地走开，去寻找下一个目标。

编织工走出家门，往公墓方向走去。他在半路同孤儿相遇了。

“为什么你们都有影子，我没有影子？啊？”孤儿啜泣着说。

月光将青石铺成的马路照得发白，一只走失的鹅摇摆着身子发出奇怪的声音。

“跟我来，孩子。”编织工轻轻地说。

在那间巨大的编织房里，就着从高高的窗户射进来的月光，他们俩在挂毯上费力地辨认着，鼻尖差不多贴到了图案上面。孤儿什么都没看到，又什么都看到了。他的心在胸膛里“嗵嗵”地猛跳，他感到身不由己。那月光下隐隐约约的城市向他冲来，将他旋进无底的深渊。他完全没有准备。

“你看见中心的泉眼了吗？孩子？”

编织工的声音从遥远的上方传来。

他张了张嘴，却发不出声音。他知道在明天，当太阳升起之时，他又会变得脑海空空，满街疯跑着去找一个人。他看见了，那又怎么样呢？他会很快忘记，于是又要重新去询问。想到这里，他口里发出了一声诅咒，他是诅咒那魔毯。

“孩子，你掉进泉眼里了。”

编织工的声音在孤儿的耳边响起，他在黑暗中贴近了孤儿。

“触摸一下这些羊毛吧，千万不要沮丧啊。”

“我已经看见了。”孤儿的呼吸忽然急促起来，他的嘴唇在编织工的耳边密语着。“那是悬崖上的一间石屋，矮小的母亲在院子里晾衣服。父亲在林子里射杀山鸡……啊！啊！”

下半夜，孤儿在自己那间简陋的瓦房里幸福地睡着了。

## 三

酋长是从平原的西边过来的。五天五夜，他在乏味的平原上跋涉，眼里除了田野还是田野，一些肿瘤似的小土屋散布在田野旁边。

酋长胡须浓密，胡须的尾梢已经有些发白。他垂着眼睛走进编织工的机房里。

“您来了，请躺在这把椅子里休息吧。”编织工抑制着心跳，强作镇定地说。

酋长魁梧的身体落进宽大的躺椅，紧捏着的拳头松开了，一块精致的琥珀掉在地上。他口里讲出一个奇怪的词，然后就睡着了。

编织工弯腰捡起那块琥珀。琥珀是淡青色的，里头什么也没有。他不甘心，就将琥珀拿到窗前对着初升的太阳去照。一见阳光，拇指大的琥珀就起了变化，那里头有一个涌动喧闹的城，编织工觉得那个城市正在将他淹没，他耳边尽是凶猛的咆哮。心里一慌张，琥珀就掉到了地上。这时候，在那边的躺椅里头，酋长正目光炯炯地望着他。

“您没有睡着啊？”

“我刚才已经睡过了。你的屋后有老虎在叫，为什么呢？”

“不可能，这是城里。是琥珀里头的城？”

“是啊，我走了五个月才到达这里。五年前，我同你不就是在这个台阶上分手的吗？你听，老虎又叫起来了，莫非一切全改变了？”

“您多心了。应该说，一切如旧啊。”

酋长发出一声冷笑，起身到屋后去察看。编织工注意到了他走路时显出的老态。

他捡起琥珀继续研究，那里头是透明的淡青色，空无一物。

然后他又再拿到阳光下去照，仍然是空无一物。编织工想，这里头的城，同他挂毯上的城是不是一个呢？他一会儿希望它们是一个，一会儿又希望不是一个，拿不定主意。

酋长推门进来，激动得胡子一翘一翘的。他拍着他的肩头说：

“你家藏着一只老虎啊，我刚才已经同它会过面了。”

他们俩，一个坐在织机旁，一个躺在躺椅里，他们在说起分手后的遭遇。太阳已经升得很高了，挂毯上落着星星点点的阳光，那是透过树叶洒进来的。墙角那里，一只青色的大蜘蛛正在从容地结网。

酋长想告诉编织工，分手之后，他回到了部落，但部落里的人全都走散了，只留下一个男婴躺在他的茅屋里。天上打雷时，男婴哭得厉害。他用稀饭喂他，打算同他相依为命。可是婴儿的母亲不久就回到部落，将他接走了。他这个酋长成了孤家寡人。在山里连续一个月的淫雨中，他产生了幻视，他看见数不清的部落居民从山里头涌出来，浩浩荡荡的队伍走向平原。那些人扶老携幼，穿着蓑衣，挑着行李，冒雨前行。

他守着那些高粱地，一天又一天，他也不知道已经过了多久。他想，应该是五年了吧。

五年里头，没有一天他不产生同样的幻视。这样一座不起眼的山，里头怎么会隐藏了这么多的部落的居民呢？还有天上的雨，怎么总是伴随他们下个不停呢？

酋长的嘴唇一动一动的，他很想向编织工讲出这一切。终于他的喉咙里发音了。他说的是这样的话：

“城市并不是本来就有的，它要由我们生出来，正像女人生孩子一样。”

讲完后，他吓了一大跳，因为不明白说的是什么。

编织工在织机旁坐好，开始了工作。

酋长在旁边观看，他看见编织工织出了他在山里看到的场景，简直活灵活现——男女老幼行进在下雨的广场上。交流究竟是如何发生的呢？他还什么都没告诉他啊。挂毯上的城是一个巨大的旋涡，酋长想往里看，但他的眼很快就花了，耳边响起隆隆的声音。编织工告诉他，是马车从窗外驶过，平原那边过来的商队。编织工的话音一落，挂毯上的那些部落的居民就乱了套，像被撞翻的马蜂窝里头的蜂子一样四处逃窜，很快消失在那些高低错落的建筑群里头。巨大的广场变得空空荡荡，暴雨打在石板地上发出激烈的响声。编织工停下了手中的活计。

酋长感慨万分地说道：

“这些年来，你已经习惯了与老虎同居一室的生活啊。”

酋长记起了什么事，后来他说他要洗澡。编织工就领他去屋后的温泉浴池，那是用竹子围起来的露天浴池。酋长进去后，编织工就回到机房。他又织了一些类似鼹鼠的图案。这时他觉得酋长洗澡已经洗了很久了，怎么还没出来呢？他走到屋后去喊了几声，没人回答。于是他玩笑似的推开了竹门。池里的水冒着缕缕热气，酋长的拖鞋和换下的浴衣被放在一旁，人却不见踪影。再一看地上，有点点血迹。编织工的头发昏了，难道真的有老虎？要是有的话，为什么没有伤及自己呢？回忆起酋长一进屋就在嚷嚷关于老虎的事，这才感到实在是可疑。

编织工在想，他自己是从哪一天起与老虎共同生活的呢？

## 四

姐姐在编织工很小的时候就同他分开了，现在，她住在铁索上的家里。铁索系在两座山头上，从铁索上垂下一个个用麻绳编成的囊袋，姐姐，还有一些其他人就住在那种袋子里。编织工的姐姐的囊袋是第 13 号，14 号和 12 号是他们家从前的两个邻居。在半空中荡来荡去的，时间一长，姐姐的头发和眼珠都变成了白的，还有嘴唇也成了白色，而手上和脚上的指甲，却泛出淡淡的蓝色。

年幼的编织工到过姐姐铁索上的家一次，是父母在世时带他去的。他们爬到山顶的亭子里，父母将他装进小藤篮，用力一推，他就风驰电掣般地滑到了姐姐家门口。

姐姐笑眯眯地迎接小弟。麻绳编织的家呈莲蓬形状，莲蓬的长柄连接着上面的铁索，家中洒满了阳光。编织工反复地问姐姐住在这种地方干什么，这里有什么好玩的。他一点都不喜欢这个地方，因为太阳直刺过来，弄得他很不舒服。

“你来了，你还得走。”姐姐拍拍他的脸颊说。

姐姐将他送回小藤篮一推，他又顺着铁索滑回了山顶的亭子。

那是很久以前的事了。父母去世后，他再也找不到那座山，也看不到姐姐的家了。

他的编织工作开始后不久，有一天，一个全身雪白的男子出现在他机房的门口。白化病人一声不响地看着挂毯上的螺旋城市，显出赞赏的神情。男子叹息了一声，轻轻地说：

“我把你的姐姐带来了。”

“她死了？”编织工心里一阵恐惧。

“不不，你看着我的眼睛吧。”

他躺下去，大张着白色的眼睛。

编织工从他的眼里看到了姐姐的日常活动。姐姐的面容大大改变了，同这个白化病人的样子很相似，她正坐在她那莲蓬形状的家中梳她的白头发。就是那一次，编织工注意到了她的指甲泛出淡蓝色的光。

“你的姐姐和你生活在同一个城市里，她也在织，白天夜里辛苦地织，不过她不用羊毛，她用丝来织。”

“什么丝？！”

“看不见的那种丝。有人说同阳光有关。”

编织工的心里掠过一片巨大的黑影，他感到寒冷。他自言自语道：“我都在瞎忙些什么呢？”一瞬间，所有的活力都从体内退去了，他变得像薄薄的、风干的鱼。

“你的城市的背面就是她的城市，你们之间不存在距离。”男子又说。

编织工细细地想着他的这句话，不知不觉地，胸膛里又开始涨潮了。

太阳初升的时候，编织工走到外面去看太阳。阳光洒在他的身上，但他并没有看见姐姐编的城，也没看见她那铁索上的家。编织工想，他已经成了能够和老虎同居的男子，姐姐会不会将他的生活用特种的丝织进她的挂毯里头去呢？编织工又想，那个时候，他能够坐在藤篮里顺铁索一溜就溜到姐姐家里，是因为他的身体又小又轻吧。当时他在亭子里见到有人从铁索上坠下去，在半空中就消失得无影无踪。

## 五

编织工躺在黑暗里，这栋大房子里的黑暗特别深沉，所以编织工总是很快就睡着了。但是今天夜里编织工睡不着，因为有人在房子里的某个地方哭，哭得他心里很烦。他起床点上油灯，举着灯走进机房。机房里已经有人来过了，他的编织工具被挪动了地方。他又用油灯去照那些熟悉的图案，发现那些图案在旋转。他来不及将油灯放回窗台，一股风就将他卷进了一个黑洞。他落在了广场的中央。

深夜的广场上仍然零零星星地有些小贩在卖东西，摊位上点着油灯。

编织工走近一名老年妇女，问道：

“这里发生了什么事？”

老人一边将自己摊位上的甜瓜摆整齐，一边头也不抬地说：

“都说广场的正中心有一眼泉水，它在哪里呢？”

编织工答不出，就想趁她没注意溜走。

“站住，年轻人！”老人转过身来说，她的脸在月光下十分模糊，“说不定你就是那个人。”

“谁?！”

“泉水会从你的脚下冒出，你走路可要小心! ”

“谢谢。”

“谢什么呢，我说的可是咒语。”

广场静悄悄的，编织工看见另外几个小贩坐在远处，他们卖的是橘子、拖鞋、花生，还有指南针。并没有任何顾客，小贩们显得有点不安，一会儿坐下，一会儿又站起。编织工收回他的目光，看着自己的脚下。脚下是广场的石板地面。他忽然记起自己织那口井时的心情。井是四方形的，他的眼睛不看手中的活计，摸索着工作了很长一段时间。为什么他不看呢? 因为井里总是泛起刺目的阳光，炽烈的光弄得他的眼睛像瞎了一样。井的位置正是在广场的正中央，他记得很清楚。

好长时间，那口井的编织成了他的心病，他没法去检查他的活计。有时，闭上眼躺在床上，他觉得挂毯的那一块一定是乱糟糟的；有时，他又分明看到七彩变幻的羊毛在井里泛出华光；还有的时候，他发现他其实是在挂毯上镂空了一块。

那段时间里，街道的清扫工来看过他的编织。清扫工是神色庄重的中年男子，身上总是带着自制的地图，地图上画着编织工没见过的城市，那个城市的形状像一只大蜘蛛，许多长长的腿子从中心伸向四周。编织工将它称之为“多腿蜘蛛城”。

“汹涌的泉水淹没了我的视线。”

清扫工说了这一句就沉默了，显得不知所措。

编织工听见了他的心声，布满阴霾的内心霎时开朗起来。

现在，他感到自己就要走到清扫工的意境里头去了。他扫视着这夜半的广场，口里轻轻地叨念着：“泉水啊泉水。”他又觉得自己也许会为自己织出的东西所困，永远走不出这个广场了。他走了多远了？为什么对面那几个小贩总是同他隔着相同的距离呢？还有，天怎么老是不亮呢？当他这样想着的时候，小贩们摊位上的油灯便一盏接一盏地灭了，广场陷入完全的黑暗之中。在附近的什么地方，泉水汩汩地冒出，但编织工脚下的地却是干的。编织工就地坐下来，入迷地听着泉水的声音。所有那些编织中的烦恼和空虚全都在脑海中再现了。这流动的痛苦的声音，正在将他的思绪带向远方。即使他在原地不动，他也可以在丛林里跳舞。那丛林，是他孩童时代的乐园。即将入梦之际，他还在费力地回忆着：他是怎样织出泉水来的呢？从中心冒出的清冽的泉水，怎么携带了这么多的苦恼呢？

## 六

编织工没有朋友，他默默地住在这条街上，简单地生活着。他不善于向人倾诉，他将所有的倾诉都织进了挂毯。他的嘴唇长年干枯开裂。他家的房子已经有好几百年了，特制的青砖裸露着，依然完好无损。编织机房和机房里的设备是谁留下来的呢？这种事连编织工的父亲也说不清。编织工的父亲不做编织，他成了一个地毯商人。

编织工根据母亲在世时谈话中的蛛丝马迹，在荒漠里找到洗染羊毛的老人，同他一块花了很长的时间才做好了编织的准备工作。那位老人是在这所大房子里去世的，他将脸埋在羊毛里头，突然就不说话了。编织工曾经追问过他关于自己祖先的故事。老人将搜集到的传说告诉他，于是编织工的脑海里出现了一位脸色苍白、胡须稀疏的瘦老头。据说他的手总在哆嗦，拿不稳任何用具，可只要一坐在机房里，他就成了名副其实的巨匠。他死了以后，机房里空空的，没人找得到他的织物。由于他平时总关着机房的门，所以关于那些织物便成了永远的谜。据洗染工透露，在城里，有人看到过其中的一件。

这栋大房子里没有留下那位祖先的任何遗迹。有好多年了，编织工一直在寻找。时常，在黄昏的余光里，他会突然一愣，预感到某种东西就要初现端倪。然而并没有出现，什么都没有出现，远古的信息被强力封锁在某个地方，他知道它的存在，却无法获取关于它的知识。

一种躁动使得编织工夜不能眠。他从床上坐起来点上油灯，这时他感到自己的十个指头痒痒的。凑近油灯，他看见他的指肚上出现了奇异的螺纹，这些螺纹呈浅蓝色，而且好像在不停地运动着。起先他以为是自己的眼花了，后来细细看，看出那些清晰的线条的确在变化，那种奇特的运动让他看了头晕，好像十个指头都已经不是自己的了一样。于是他连忙移开了目光。他感到他的手在抖，一定是那些新长出的螺纹引起的。与此同时，他又感到心慌，无端地觉得这大房子里头要出事了。

“老爷爷，老爷爷！”他在心里求援似的喊道。

外面有雷雨，疾风吹灭了油灯，他在一道蓝色的闪电里瞟见了老虎狰狞的头部。糊里糊涂地，他摸到机床那边坐下来。

也许他想让织机的声音吓走老虎，也许他想忘记萦绕他的恐怖，他的双手投入了编织工作。他什么都看不见，也不知道织的是什么，然而他织得比任何时候都起劲。

他一直织到天明。然后，看都不看一眼自己的活计，他站起身，到厨房里去为自己做早餐。这时雨早就停了。

早饭是鸡蛋和稀粥。他拿起鸡蛋来剥壳时，看见了自己的指肚。指肚上头，那些蓝色的螺纹全都消退了，只是还隐隐约约留下了些痕迹，那种痒痒的感觉没有了，手也不再发抖。就好像疾病的发作过去了一样。编织工回忆起洗染老人告诉他的故事，头脑一下子变得分外的澄明。他想，从今以后，他就同先人生活在一起了。他还想到了“转世投胎”这个比喻。为了证实一下，他又起身到机房里去看。

挂毯上却并没有留下他昨夜工作的痕迹。这个事实令他有点沮丧，再细细一想，心里又释然了。接下去，他收拾房子，然后去市场买食品。他恢复了日常的平静，一切又变得按部就班。他想到洗染羊毛的老人已经死了，是他亲手埋葬的他；他还想到将来他老了的时候，一定会有另外一个比他年轻的人来找他，那人不一定是挂毯编织工，但他一定掌握了某种同编织有关的技巧。

## 七

编织工想去寻找那种看不见的丝，用它在那台小巧的织机上织一幅最精致的挂毯。住在铁索上的姐姐用那种丝织过东西，这是别人告诉他的。可是他到哪里去找姐姐呢？这件事不会有任何人来告诉他，他已经等了好多年，早就死心了。

他走到外面去，从这条街上拐一个弯，沿一条向下延伸的阶梯一直向前，便来到了贫民窟。贫民窟的第一家是姓章的老头子。很久以前，一个白化病人来编织工家里，对他说过，贫民窟的章老头掌握了很多秘密。章老头家的木门紧闭着，门口放着肮脏的尿桶。其他那些简陋的房子门口也一律放着尿桶。

门没有闩，他一推就开了。章老头在破烂的床上呻吟，房里的臭味熏得编织工头发晕。他凑到床前唤了他几声，章老头的身体缓慢地蠕动起来，过了一会儿，他就坐起来了。章老头脸上一片乌黑，就像刚从炭窟里头钻出来的人一样。他仍在呻吟。

编织工问他要不要他去替他弄些止痛的药来。

“你才需要止痛药呢。”他撇了撇厚厚的嘴唇说，“你的心上面有一个溃疡，你进来时我就发现了。你不要撒谎了，说出你的来意吧。”

章老头说话的时候，编织工听见屋子里头有可疑的响声，就像是好几个人在地底下挖地道一样。

“您有没有见过一种丝？它不是蚕吐的丝，它是、它是……”

编织工说不出了，脸上发烧。

“它是收集来的丝，对吗？”老头气冲冲地说，“阳光里头收集起来的。”

“对！对！就是那种！您有吗？”

“当然有。就在我床底下。你到我面前来，让我看看你这副脸。”

编织工发窘地靠近老头，老头一把抓住他的手。他端详了编织工一会儿，做了个鬼脸，嘶哑着嗓子说：

“你钻进去找找看，很可能找得到。”

编织工硬着头皮钻进臭烘烘、黑乎乎的床底。

床倒是比较高，他趴在底下还不太难受，他用手摸索着，摸到一些坛坛罐罐，它们的表面全都是黏糊糊的，像是很多蛞蝓爬在上头。一会儿他就摸到了那个洞。

“你头朝下钻进去，就会有收获的。”老头在上面说。

洞穴刚好同他的肩膀一样宽，他一进去就被卡住了，可是两条腿还没全进去。心里虽恐惧，还是一点一点地往里挤，泥土不断掉到他脖子上和头发里。按他的判断，洞穴并不是笔直往下，而是成四十五度角斜着往下的。终于，他的整个身体都挤进去了，他就那样一动不动地被夹在里头。编织工静下心来，等待奇迹的发生。隐隐约约地，他听见老头在洞外的什么地方喊叫，那声音很急躁，像是灾难临头一样。编织工想，一定是发生了什么意外，也许老头把什么情况估计错了，也许他必须马上出去。他动了动腿子，发现根本使不上劲。他钻进来的时候是用双手在前方用力地扒地，而现在，洞的直径好像又缩小了，想要退出去根本就不可能。他只能等。

他等了很久。后来，那洞开始坍塌了，泥土一点一点地将他前方的空隙全部填满了，他用尽全身的力气才将两只手臂缩到胸前，他觉得自己要死了。

虽然鼻孔里和眼睛里都进了泥巴，他却死不了，然而也出不去。最大的恐惧是四周的寂静。此刻，他多么希望章老头对自己大吼一顿，让塞满泥土的耳朵听到一点噪声。章老头到哪里去了呢？他不在上面的那张破床上了吗？

不知从什么时候起，死的氛围开始松动，他听到了细小的“滴、滴、滴……”的响声，耳朵里头痒痒的。他一用力，喉咙里就发出了一声叹息。随着这声叹息，裹紧他身体的泥土开始瓦解了，他的手解放出来，然后他居然坐起来了。他坐起来时，那种“滴滴”的声音蔓延到了他的体内。他用手往空中一挥，抓到了一把蜘蛛网一类的东西。蛛网发出沙沙的断裂声。他于是记起，他不是钻进了章老头的床底吗？他是怎么出来的呢？周围似乎是深沉的夜，到处是那种蛛网，只要他的脸一动，绷在他脸上的网就断了。远远的什么地方有鸟儿在叫。

就这样，他在蛛网密布的地方一直走到了天亮。天亮之后，他站在教堂的台阶上，他怎么也记不住刚发生过的事了。

后来，他还经常产生用丝来织挂毯的冲动。他幻想那丝的挂毯正在暗中织就，就贴在他日日编织的羊毛挂毯的背面，只不过用眼睛看不见罢了。

他又去过一次贫民窟，他看见章老头的房子所在的地方已经成了一块平地，上面长着乱草。他不死心，伏到那草上去听。他听到的是自己体内“滴滴”的声音，除此之外什么也没有了。

## 八

进入雨季以来，有一名老年妇女总是立在街对面的油布篷下面观望着编织工机房里的动静。那雨篷是属于五金店的，老人的面孔编织工从未见过。

一开始，编织工很不习惯，因为他的工作是孤独的工作，这项孤独的工作他已经进行了好多年了。这位老人从哪里来？为什么要注意上他的工作？当他想着这件蹊跷的事时，手里的活计就出现犹豫，他织不下去了。他盼望她走开，他心里因为这盼望而焦虑。

难受至极时，他举着雨伞到了老人面前。

“你为什么不织下去呢？”老人和颜细语地说，“我原来也是织这个的，一听那织机的声音我就明白了。你可不能停啊。”

“我不习惯有人看着我工作。”

“你撇不开的。不是我在这里看着你，也会有别人来看着你啊。”

“我太惨了。我打算——我打算放弃！”

老人注意地看着他的脸，编织工立刻为自己的言过其实脸红了。

现在老人已经离开了，但是编织工还是为自己不能工作而痛苦。他坐在织机的旁边，但他什么都织不出，他的心被什么东西掏空了。

暮霭升上来的时候，他走出了这条街，拐了个弯，来到了郊区。前方是一大片树林，一条小路蜿蜒其间，有一个农民打扮的中年人沿着小路过来了。

他停在路灯下，取下头上的毡帽。

“涨潮的时候，鱼就哭起来了。”他对编织工这样说。

编织工看见这人脸颊上有一个瘤子，但他的眼睛十分明亮。

“我的心里空落落的，我都弄不清我怎么会站在这个地方。”他说话时不敢看那人锐利的目光。

话音一落，他就发现四周完全黑了。他的腿子在哆嗦。

“我啊，我垮掉了。几十年里头，我都织了些什么啊？”他抱怨起来。

中年人拍拍他的肩，安慰他说：

“你应该同我一块去海边，听听那些鱼是怎么哭的。可是太远了，连我都走不到那地方了。你看，周围那么黑，但是我们站的地方却有一盏灯。”

编织工抬起头来，周围的景象给他心里一种强烈的刺激，一些奇奇怪怪的念头骚动起来。他鼓起勇气看了一眼中年人，大吃一惊地发现这个人是多年前从街上失踪的锁匠。他记得有人告诉过他，锁匠家中失火，他被困在卧房里烧死了。后来却不知怎么搞的没有葬礼。他想问他这些年的遭遇，可又觉得不便问。他的情绪一下子改变了。

“我、我、我……”他变得结巴起来，“我是个懦夫！”

锁匠轻轻地笑了一声，说：

“还是家乡好啊。说起来，我是那种思乡情结很重的人呢。”

“那你回来嘛。”

“怎么能回来呢，就像你一样。你怎么能停止工作呢？我今年五十岁了，要是再活十五年，不也很快就过去了吗？上一次我也是来到了这里，也是这么黑，但只要我一停下来，路边就有一盏灯亮起来了。真没想到你也会来这里啊。”

“我也没想到。我真高兴碰到了你。你以后还来吗？”

“不知道啊。”

郊区树林中的奇遇发生过之后，编织工坐在机房里的时候总是喜欢抬眼打量街对面的油布篷。他一次都没有再看见那位老女人，他往往在狂热的工作之际突然停下来，想走过马路去对她说一声抱歉的话，但他没有这样的机会。他织出了哭泣的鱼群，那些鱼不是在涨潮的海边，却是被囚在城市广场中央的泉水井中。

## 九

这条街上经常有人失踪，即使是像编织工这样的独来独往的人，也注意到很多熟悉的面孔已经消失了。有一对母女，总爱天不亮就起来，伏在她们家二楼走廊的木栏杆上，脸向着马路上说话。编织工通宵工作之后外出活动筋骨，经过那楼下时就听到上面传来悲悲切切的声音。如果他停下脚步来细听的话，那声音就停止了。真是一对奇怪的母女。她们离开后，雕花的木门就关上了，门上一把大锁。偶尔，当编织工从那楼下经过时，仍然可以听到她俩的声音，但他无论怎么努力用目光搜索，那木楼上也是空空的。还有一位卖服装的商人，他住在街尾，听说他是从京城贩运服装到本地来卖的。曾经有两次，他将编织工拉到他铺面后头的房里，向他展示一些奇奇怪怪的服装。那些服装大都不能穿在身上，只能用衣架挂起来欣赏。比如说有一件纱衣上缀满了枯叶，只能用手轻轻地拎起来欣赏，稍微一动，那些叶子就落到地上，化为齑粉。还有一件，像是闪光的鱼皮，挂在架上十分柔软，如果谁去穿它，它立刻变得很僵硬，使人没法穿进去。编织工看得眼花缭乱，心中暗想道："我们这条街真是卧虎藏龙的地方啊。"不久前，服装商关了他的铺子，走亲戚去了。人们说他的亲戚在京城，也就是地球的另一边。

一连两个不眠之夜，编织工在那栋大房子里被失眠折磨得要发疯了。白天里，他蓬头垢面地去市场采购，听到满街都是猫头鹰的叫声。有人在旁边拉拉他的手，是街对面的刘二爷。刘二爷凑过来对他说：

"那些个游魂野鬼，这两天相继回来了。"

"谁啊？"

"你装蒜吧？我想他们全是从京城来的。哈，家家灯火亮堂堂！黎明前，他们全都溜进你家的机房不出来了。那么些人怎么会消失？你的机房里一定有条通道，我看同你织的那幅挂毯有关。现在大家都在议论这事。"

市场里有人瞪着他们俩，刘二爷像要避嫌疑似的闪开了。

编织工做完采购，神情恍惚地往回走。刘二爷的话给了他某种信心。经过服装商的铺面时，他停下来，听见里头有响动，大概是在挪动桌椅。他鼓起勇气去敲门。

开门的是头发胡子雪白的老头。

"你就是编织工吧？要谢谢你啊。"他爽朗地说，声音像洪钟。

"谢我什么啊？"

"谢你给他们提供地图，要不他们怎么找得到京城？"

“可是我没有提供。”

“你不要谦虚了，人做过的工作是不会被埋没的。那种浩大的工程更是深入人心。现在他们都从你房里溜走了，你今天夜里可以好好地睡个觉。”

回到机房，他看着毯子上的画面出神：小路纵横交叉，又如一层一层的蛛网，如果真有人进去了，那便不是逃离，而是俘获。

## 十

他看不见他的织物的底蕴，为此，便产生了巨大的惶惑与苦恼。

他站在图案面前，从旋涡里头升腾的雾气使他的视力不能直达最深的处所。如果凝视良久，那目光便散乱了。

焦虑之中，他尝试着睡在机房里。半夜，他起身，将耳朵伏到挂毯上去听。他隐隐约约听到很多人在远处吵闹，但一起身，又发现吵闹声并不是从图案里头传来的，而是窗外的街上。他走出了房门。

对直望去，有十来个身穿白色睡衣的男子站在酒馆外头说话，看上去，他们好像在各说各的。这是些外地客人。那么，刚才他听到的争吵又是怎么回事呢？

“你们从哪里来？”他问一位蓄着山羊胡子、头发稀疏的老者。

“我们世世代代住在这里，现在却要住旅馆，你说这合理吗？”老者愤怒地说。

他的眼睛看着远方，编织工发现他目光空洞。其他那些人仍然在向着空中不停地说，很有激情的样子。

他又想去问另一位年轻人，但那人走开了，也许他的耳朵听不见。编织工看见他向后退着走路，还看见他的左手缺了三个指头。

编织工茫然地站在这些人中间，他们杂乱的说话声就如一种特殊的祷告，里头隐藏了某种气势，他想要不听都不行。本来他想离开，渐渐地，他就屈服了，他甚至连自己也没料到地张了张嘴，但他发不出音来，越急越发不出。他的目光向下一瞟，看见了那些白色袍子下面的麻鞋。

突然有人唱歌了，也许并不是唱歌，只是乱喊，他分辨不出。所有的人都唱起来，巨大的声浪扑面而来，他几乎跌倒在地。

街的两边那些黑洞洞的窗口一个接一个地亮了，有一名妇女还伸出乱蓬蓬的头来张望。也就是在这个时候，那十来个人一齐从地面消失了，就像一场梦。编织工一个人站在酒店的门口，他弯下身去，捡起一根还在冒烟的雪茄。他明明看见那些人都不抽烟，是谁扔的呢？那名妇女“砰”的一声关上了窗户。

离天亮还有一段时间，他回到机房里想睡一会儿。他很快就睡着了。在梦里，他在自己编织的巨大的旋涡里如鱼得水，他不断地扎下去，向中心深入；他看见了忽明忽灭的光源，还看见了一些另外的东西，但他记不住。他只记住了自己说的一句话：“我也是一个外地客人。”

醒来的时候汗淋淋的。他再去观看自己织的图案时，仍然被无名的力排斥在外，只能欣赏表面的那些色彩。他将一只手放在图案上头，便感到手板痒酥酥的，织物上头有些东西在起伏波动，也许是房子，也许是树林，也许是泉水。他将两只手都放在织物上头，那些东西更活跃地波动起来，他甚至产生了置身大海的幻觉。

“谁又能弄清大海的秘密呢？”编织工忧郁地想道。

他走到窗前，伸出头朝外看。他看见一轮红日正在街口那里冉冉上升，太阳下面有一些孩子正在唱歌。那些孩子都是住在街上的，昨天下午他们还到他的机房里来玩过。编织工看到这副景象，就记起来在他的城堡里头只有成年人，孩子们都是隐藏着的，就像他所居住的这条街一样。而昨天下午，他们像一阵风似的跑进他屋里，参观了他的机房，然后又一阵风似的跑出去了。

## 十一

服装商终于从京城回来了，清晨他就敲响了编织工的大门。他的样子又黑又瘦，目光变得冷冷的，还有点失魂落魄的味道。他邀请编织工去他铺子里看一样东西。

那是一件由极细小的珠子缀成的长衫，那些珠子比芝麻还小得多。长衫上面有宫殿的图案，但很模糊，只有当你看着别处时那图案才出现，你一注意它，它就渐渐隐去。

“你可以穿上试试看，衣服上还有早上的霜的气味呢。”服装商说着就凑到上面闻了闻。

编织工颤抖着拎起那件衣服往身上套，可是不知哪里出了毛病，他就是套不上身。他穿上一只袖子，再去套另一只袖的时候，穿好的那只袖子就从他胳膊上滑出来了。他尝试了好几次，还是穿不上，他觉得那件衣服像一条狡猾的蛇。看看服装商很扫兴的表情，他忍不住又尝试了一次。这一次，他用手死死地抓住穿好的那只袖子，再将另一只胳膊伸进另一只衣袖。那只不肯被征服的衣袖忽然发出很多细小的“咔咔咔”的响声，紧接着整件衣服就溃散了，珠子全部撒在地板上，他站立的那一块地上银光闪闪。

“该死。”他轻轻地说。

服装商不说话，目光凝视着地板。

原来在散落的珠子中间，有一个图案正在逐渐成形。过了一会儿，编织工就看见了华丽的宫殿，宫殿前面的广场正中有一口井。他俯身凑近那口井去看，一眼就看清了井底的东西，只不过那东西他找不到相符合的词语来形容。他想，也许按部就班的编织工作是一个错误？也许最高的机密只能于不期而遇中获得？他的情绪阴暗起来。

服装商将那些珠子扫进撮箕，倒进屋后的垃圾箱。编织工因为来不及阻止他而发出一声惨痛的惊叫。

编织工抬起头来，发现房子里还有很多同他刚才穿的同样的长衫，像是按一个型号做出来的，选料、配色全都是一模一样。

“你一定感到奇怪。”坐在暗处的商人开口说，“我现在只出卖这一种衣服了。我到京城去进货，路上经历了好多困难。有段时间，我误认为自己要死了，我的两匹马都瘸了腿，我自己也冻掉了三个脚指头。在空旷的平原上，星星在头顶上眨眼，那真是难忘的日日夜夜啊。这些衣服，我是从同一个裁缝那里买来的，老裁缝是一个瞎子，这种工作他做了一辈子了。那是一个孤傲的老头，就住在牛栏里，同三条水牛一块生活。”

“牛！！”编织工说，眼珠都要从眼眶里鼓出来了。

“是啊，牛。”

“可他还是做给人穿的衣服。”

“这些长衫并不是给人穿的。当然，人要是有愿望的话，也可以试穿，就像你刚才一样。”

“有人来买吗？”

“还没有。不过会有的。我现在也不在乎了，你想，先前我以为自己要死了呢。我的马没能同我回来，它们死在京城了。”

一直到编织工离开，商人还是坐在那些衣服的阴影里头一动不动，他已经将编织工完全忘记了。阳光在他的铺子里移动着，进来又出去，他仍然沉浸在自己的念头里。

编织工回想自己试穿长衫的情景，心里充满了后怕。他想，他的挂毯会不会也织着织着就变成了这一类的东西呢？如果变成了这种东西，其结局不就是被扫进垃圾箱吗？有些黑洞洞的夜晚，他试图想象挂毯织成时的情形，但那画面总是模糊不清的。有一回，图案上有一把剑；另一回，他隐隐约约看见尖屋顶上飘荡着一些人的后脑勺；还有一回，整个画面崩裂了，七色的羊毛满屋子飞扬。他没有去过京城，他的父母也没有去过。以前，人们的谈论给他的印象是，京城是宫殿连着宫殿的地方，到处是回廊，大理石铺地，黄金做柱子。就连一般人的房屋，也应该盖着琉璃瓦，大门漆着朱红色。可是这个服装商提到京城时，却只讲起一个住在牛栏里的瞎子，那种繁华的城市里怎么会有牛栏呢？不过从衣衫上的图案来看，它们又确实来自有宫殿的地方。

他忐忑不安地在街上走，听见地底下也有人在走，那些人的脚步声比他匆忙得多，简直是在小跑。

## 十二

他顺着陡峭的阶梯又一次下到贫民窟时，心里并没有怀着什么一定的目的。贫民窟是他所住的城市里的一块低洼地带，整个城里的脏物的聚集地。他慢慢地走过，他的目光扫过那些一模一样的、发黑的木板矮屋，矮屋前的尿桶，还有半掩的房门——房门里头发出模糊不清的诅咒声。近来每当他在织机上进入他那个繁华旋转的城市之际，他就隐隐约约地感到他的城同这个黑暗的贫民窟有种说不清、道不明的关系。

有一间房子里的人打起来了，他听见重物砸在墙上，还有男人闷闷的呻吟声。房门一下大开，里头冲出一个披头散发的妇人和一个少年，少年的脸上尽是血。编织工向房里一瞧，看见男人躺在地上。妇人和少年愤愤地走掉了。

“你们为什么要打架呢？可以说理嘛。”编织工蹲在脸肿得像葫芦瓜一样的男人身边说，“就像我，从来都不打架，不是活得好好的吗？”

男人肿成一条缝的眼睁开了，里头居然射出嘲笑的目光，他清清楚楚地说：

“你是个白痴。”

编织工的脸发烧了，但他不甘心，他要等这个人起来，同他谈一谈。

房里很脏，他还是在蒙灰的板凳上坐了下来。又等了一会儿，男人在地上翻了个身，说起话来：

“你不常来我们这里，听你说话就知道了。你张起耳朵听一听，看看哪一家不是打得天翻地覆？你的耳朵还没适应这里，所以是聋的。我刚才说你是白痴，因为所有从上面下来的人对于这里来说都是白痴。而我们，却知道上面发生的一切。就比如说你吧，你献身于一桩事业，那是我们贫民窟的事业，你编织我们大家共同的理想。实际上，我们每一个人都把你看作生活的希望，只不过没机会向你说出来罢了。”

编织工觉得他在说疯话，但一个住在这种地方的人能够讲出这样一番逻辑清晰的“疯话”，又令他感到困惑。

男人往地上啐了一大口。就着幽暗的光线，编织工看见他吐出的一摊血里头有一点白的，大概是他掉落的牙齿。

“是你老婆打掉的吗？”编织工问。

“不，是我自己砸的。我老婆心肠软，成不了事。我和儿子有时相互用砖头砸对方，有时自己砸自己。我告诉你啊，到了夜里我们这里到处是凶杀。”

他一兴奋就从地上爬起来，连疼痛也忘记了，居然背着手在房里来回走动。

编织工又一次听到了地底的脚步声，那脚步声比这个男人的要急促，但似乎在回应着他，他走地底那人也走，他停地底那人也停。编织工听得汗毛都竖起来了。

男人凑到编织工的身边，用一只胳膊紧紧地箍住他，急切地说：

“你听，你听啊！这周围，到处都是你的城堡！”

编织工听到了，那声音熟悉而又陌生，正在由远而近。男人的胳膊野蛮有力，他差点就要窒息了。他越挣扎，脖子被箍得越紧，眼前一黑，身子立刻变得轻而又轻。

广场上有灰色的鸽子，身体大得像鹅一样；好几尊青铜雕像在周围迈着僵硬的步子绕圈子；天是蓝的，风里头有棕榈树的味道。编织工坐在方形的泉水井边，把自己想象成有三条肥大的尾巴的恐龙。

## 十三

他的工作就要最后完成了——有个人这样对他说。那个人是下半夜来的。当时他正准备吹了油灯去睡觉，机房的门口忽然出现了一蓬树叶，那蓬树叶晃了几晃，他就进来了。他是编织工早几天见过面的渔民，他向他买过几条鱼。编织工不明白他为什么要将树枝顶在头上，编织工认为他应该将干鱼顶在脑袋上才对。

渔民的脸上刻满了深深的皱纹，每一道皱纹里头都散发出海风的盐味。

编织工请他将头上这个树枝环取下来，因为这些叶子晃得他很心慌。渔民笑起来，一把将树枝环扔到地上，编织工看见一颗秃头。

“暴风雨来的时候，我要重点保护我的头。”他说。

渔民举着油灯，将巨大的挂毯看了个遍，然后回到编织工的身边。

“我是循着织机的响声找来的。我一路走一路想，这里有一个人，他日日夜夜编织，为的是尽快逃离他织出的陷阱。可是呢，他的工作只要一完成，他就会被陷在里头出不来了。你的陷阱真是织得巧妙啊。”他说。

“我和你不是站在陷阱外面吗？”编织工反问道。

“不，只有我在外头，你是在里面。你只差五根柱子、五个柱头了。当你织完的时候，宫门会自动地关闭，在宝座的阴影里，皇帝会开口说话。实际上，我在海上捕鱼的时候，脑子里每每出现这个场景，但我还是在外面。只有你在里面，你是唯一的。”

渔夫说完之后便弯下身去捡起树枝环，套在头上，然后席地而坐。那些树枝向四周的黑暗伸展，显出凶猛的气势。

“那么，只有我一个人被陷在里头吗？我想做的却是突围啊。”

“凡事都有代价。当然，你还有机会逃离，只要你行动得足够快。不过那也改变不了什么。”

编织工想着自己面前的黑洞，无意识地将右手的五个指头举到灯光里头。那些指头上又出现了旋动着的蓝色螺纹。他想，原来祖先像毒蜘蛛一样坐在陷阱中央啊。想着这种不着边际的事，他就有了睡意，他在躺椅上睡下去，却入不了梦，因为渔夫总在耳边说那些警言。当他在心里反驳渔夫的时候，渔夫就一把拉起他，拖着他进入屋外的暗夜。

周围是各式各样的房子，他说不出它们究竟是他所居住的城里的房子呢，还是他织到挂毯上的房子。有一点是肯定的，渔夫正领着他沿着巨大的旋梯往下面深入，旋梯的斜度很小，只是微微下倾。编织工脑子里出现“足够快”三个字，他果然加快了脚步，打算抢在渔夫之前到达。但是渔夫也在跑。两人你追我赶的，都不看路，因为无路可看。不知跑了多久，最后，渔夫先扑倒在地，接着他也扑倒了。

他感到自己在黑暗的深渊里头。再用力看，前方却有一点小光。他于是鼓足了最后的力气往那里爬去。那点光却是墓坑边的一支蜡烛，什么人在风中吟唱。

他在失去意识之前听到渔夫在不远的地方说：

“有的人总能化险为夷，因为他身上有祖先的劣根性在起作用。”

## 十四

鹰在黎明飞过城市上空的时候，他那巨大的翅膀遮住了初升的太阳，一瞬间城市居然又回到了夜里。

编织工很想在城里找一个记忆力很好的老人问一下关于鹰的事。

贫民窟里头有很多老人，他们的脸上都写着这个城市沉默的历史，可是没有人开口。

长久以来，编织工就为这件事感到苦恼：他心里想着鹰，但是他的图案里头却没有鹰。挂毯上的城市里应有尽有，从宫殿里的珍奇珠宝到路边的小草，从中央大道两旁的香樟树到捕蛇人黑洞洞的家，等等，这一切，只要他将目光投向那里，就会像洪水一样涌动。

编织工苦闷地坐在独眼老人身边，同他一块看着阳光在对面围墙上缓缓移动。围墙里头住着饥饿的狗，它们是贫民窟的警卫，几十年里头，不时有饿狗咬死路人的消息传到上面，在城里造成恐慌。编织工刚才沿着斜梯走下来时，就听到了几声凶残的狗叫，但是它们现在都在围墙里头安静下来了。

独眼老人的家里比一般的贫民窟家庭都要脏，他有时就将屎尿拉在家里的地上，拉完后也不打扫，所以没人上这个孤寡老头家里去。人们看见他长年累月坐在门口的石凳上。据说他是城里头最老的人，已经有一百二十岁了。心怀苦闷的编织工想同独眼老人交谈，但独眼老人的耳朵是聋的，而且他也不将目光转向编织工，他的目光始终停留在那一片灿烂的阳光上。

编织工一直等到午后太阳偏西，阳光从整个贫民窟移走之后，才起身来面对独眼老人。他想好了用手势来告诉他自己心中的疑问。然而那群饿狗从围墙里头跑出来了，周围阴暗的氛围更激发了它们残忍的本性。那是些狼狗。

编织工被扑倒在地时，恐惧地从那只独眼里看到了自己的末日。老人缓缓地朝他俯下身，耳语般地对他说道：

“总有一天，你会从它那里听到翅膀扇动的声音。”

编织工忘记了死亡的恐惧，不由自主地脱口而出：

“从谁那里听到？”

说完后，才记起独眼老人是聋的。

那些狗却并没咬他。独眼老人回到石凳上打起瞌睡来了。

编织工失魂落魄地沿着长长的阶梯爬上去，来到了大街上。路人匆匆地在人行道上走着，他们的脸上没有历史，他们的年纪也很轻。似乎是，这个城市的老人都聚集在贫民窟里头。越临近家门，他的脚步越沉重，他一抬头，便被看到的景象镇住了：鹰是从机房的窗口飞出去的。

他奔进机房去看他的挂毯，挂毯上只剩下一片深红的底色，五彩缤纷的城消失得无影无踪。他愣愣地看着眼前之物，心里竟有些轻松感。屋外，黄昏降临了，随着夜的渐渐到来，挂毯上的城市又从羊毛的底层浮了上来，熟悉的景物历历在目。

那一夜，他趴在织机上头睡着了。满房的骚动令他在梦中激动不已。梦中的阶梯比白天走过的要长得多，就像是没有尽头一样。独眼老人对他说：“我们是踩在鹰的背上。”后来终于走到头了，眼前出现的却不是贫民窟，而是宫殿。独眼老人正像国王一样踏上红地毯，朝着宝座走去。狼狗从隐蔽的地方窜过来了，编织工连忙躺在地上闭上眼。那些臭烘烘的狗在他脸上舔了舔就走开了。编织工睁开眼，看见宫殿里空无一人。他起身走到黄金宝座前面，向四周环顾了一下，便朝那宝座坐下去。他心里想，也许他是坐到了鹰的背上？编织工心里并没有征服的感觉，莫名的焦急升腾着，他感到自己必须立刻从梦里醒来，因为有一件紧迫的事必须马上去做。

他醒来了，但却忘了他那么想做的那件事。

## 十五

妇人风尘仆仆，靴子上尽是长途跋涉留下的泥泞。她的眼睛很小，裹在头巾里头，乌黑的小眼射出刺人的光。她自称是酋长的女儿。编织工记得，酋长是没有儿女的。她介绍过自己之后就站在屋当中沉默了。

编织工的心里充满了忧虑与疑惑，一切死去的记忆全都复活了。

酋长无缘无故地消失在他家屋后的温泉池里，这件荒唐的事终究是要受到追究的。他等了这么久，复仇女神终于到来了。在那些寒夜里，为了压制心底的记忆，他拼命地织啊织的，而酋长，在他的图案中化为一股隐蔽的红线，在那些城市建筑之间穿来穿去。还好，那女人并不打量他的织物，她摘下褪色的头巾，朝里屋走去。

她在后面一间黑暗的杂屋里头坐了下来。编织工要去点灯，她做了个手势制止了他。

“这种事，只能在黑暗里头说。”她开口道。

他尴尬地站在她面前，脸上因为冷气扑面而一阵阵起鸡皮疙瘩。他暗自思忖：莫非这女人是一团冰?

“我从你的机房外面经过，是织机的响声把我引进来了。你要是停止工作，也许我就永远找不到我父亲了。我还是一个婴儿的时候，他就让我听熟了这种声音。他没有织机，他是用喉咙和嘴模仿出这种声音的。他抱着我在茅屋里走来走去的，口里发出这种声音。”

编织工开始发抖，他甚至产生了幻觉，老觉得女人手里捏着一把刀。

“后来有人从他手里夺走了我。他对你说起过这事，对吗？”

“他已经不在了。”编织工勉强吐出这几个字。

“瞎说！他就在这里。你明明知道的，你也知道我的来意，啊，真幸福啊。但我还得走，这也是他规定的，他说我一生一世都要在世上绕圈子。”

她站起来，用围巾将脸蒙上，向外走去。经过织机时，她停下来弯了一下腰，做出要察看的样子，然而没看就出了房门。外面的蒙蒙雨雾立刻吞没了她的身影。

他返回屋里，脑子里浮出酋长抱着婴儿在茅棚子里来回走动的画面。也许她不是他的女儿，也许她真是他的女儿，这又有什么区别呢？这女人在世上行走的路线是一些大大小小的同心圆。而他自己的活动范围，更是离中轴很近的同心圆。想到这里，编织工对她生出情同手足的姊妹情。他对自己刚才的表现很后悔。他这个人，从来都是事后聪明。她坐在那里，身上散发出那样的寒气，只有从冰窟里出来的东西才会冻成那个样子。这样的女人具有什么样的一种体质呢？还有她同酋长之间的关系也很离奇。她丝毫也不关心酋长是不是在屋里，她只要听一听某种声音就心满意足了。然后她就坐在暗处，把她的心事讲出来。编织工想到这里，便记起自己织的那根红线，看来这父女俩之间就是那根线在牵扯着啊。

他起身到挂毯上去找那根红线。今天城市的图案显得很晦暗，不要说一根隐蔽的线，就连房子都是歪歪斜斜，挤作一堆，根本分辨不清。深红的、有质感的底色则变得黑乎乎、旧兮兮的。编织工被挫败感所压倒，目光发了直。

他机械地拿了购物袋向外走去。雨停了，太阳又开始露脸。编织工走在街上，那种末日的感觉始终不放过他。他的目光扫过酒店、弹子房、大米厂、家具车间、弹簧车间、杂货店、豆腐房……他没有从它们那儿看到一点生命的迹象。他又竭力回忆阶梯下面的贫民窟，可是贫民窟化为了这个城市的阴影，他还是抓不到实质性的东西。他喃喃地自语道："我已经干涸了。"有人在很远的地方唤他，他没法听清楚。

市场里很清静，一个顾客也没有。编织工买了通心粉和面包，他算不出自己该付多少钱给店主。对方是秃顶的男子，同编织工很熟。

"不给钱也没关系，"他做出理解的神态说，"对于你来说，不是有更重要的事发生过了吗？大家都为你捏一把汗呢。"

编织工不习惯于向外人袒露自己的内心，他站在柜台前，掏出一大把零钱撒在台面上。店主在他面前垂着秃头，细心地将那些钞票一张张清理好，将硬币归拢。他将多余的钱退给他，看着他一个字一个字地说：

"在外面的那个人同时也在里面，织机的声音可以传到地心深处。"

编织工放好他的物品，又去买了一块肥皂、一个浴室用的刷子。他出了市场，又回到大街上。他发现街上既没有人也没有车，静得让他发怵。而且不论他多么小心，他的脚步还是发出刺耳的响声。

他并不厌世，但是他变得很恐惧。他坐在织机旁，两眼茫茫，不敢去拿梭子。

有人在屋后的天井里走动，那里有个天蓝色的温泉浴室，酋长就是在那里头消失的。

编织工侧耳倾听，天井里什么声音都没有了。他站起来，将自己的脸贴着朝东的那面墙，他的面颊立刻感到了四月的阳光的暖意。正是在四月里，酋长日夜兼程，穿过西边的平原来到他的机房里，酋长的女儿似乎对父亲的结局很满意。

## 十六

服装商人同编织工在店铺里对话。

“你织的那些图案，其实是有一个真正的原型的。那个原型，我远远地见过一次。但是有人告诉我说，所有那些编织工都永世不得与它晤面。”

“你知道它在哪里吗？”

“我是知道的。不过你即使到了那里，你也不会看见它的。那种透明的图案，你还是不要看到的好。你说呢？”

“你是对的。可是我知道了这件事，我再也得不到安宁了。你还是带我去看看吧。”

编织工心怀绝望地跟着服装商人下到贫民窟。那些矮屋门前的尿桶熏得他的头很疼，他感到一阵阵反胃。他们沿着围墙走了很久，服装商目不斜视，似乎胸有成竹的样子。在一个废弃的防空洞门口，服装商停下了。

“你打定主意了吗？”他回过身来问编织工。

编织工浑身直抖，磕着牙齿点了点头。

服装商似笑非笑地打量了他一会儿，做了个果断的手势，然后领着他向洞里头钻。

在黑暗中拐了几个弯之后，编织工听到了有人在说话。眼前出现一点模糊的光。走近之后，发现自己已置身于一个斗室，一个从上到下蒙在黑布里头的人坐在一张硬椅上。刚才可能就是他在说话。油灯是放在泥地上的，所以那人的脸虽露在黑布外头，在编织工眼里却是一片模糊。唯一看得清的是这个人的脚，他的左脚在泥地上轻轻地画圈子。编织工注意到那只脚很光滑，像是年轻人的脚。

编织工走到他面前去，服装商拖住了他，说：

“你要看的东西就在地上，你千万别乱动。”

编织工什么都没看到，只有泥地。

“这个人患了绝症，很快要死了。等一下他的家人就要进来，可是他会在家人到来之前死去。我们最好现在离开，不然有麻烦。你已经见过了，你还要什么呢？”

“等一下，我问你，这个人也是编织工吗？”

“你真聪明。不过这种问题改变不了什么。所有的编织工，都只能不由自主地模仿，包括坐在这里的这个人。他在临死前到这个密室里来，就是想同他的模仿对象见一面。你看他有多么痛苦！”

“他没见到吧？”

“这还用说。走吧走吧，那些人到了洞外了。”

他们差点被那人的家人堵在洞口。服装商像狮子一样咆哮着，领着编织工往外冲。编织工从未见过他这种凶恶的样子，连眼珠都变得血红。

他们上了阶梯，站在上面朝下看，看见小巷的尽头有一队人抬着棺材缓缓地朝他们这边走过来。编织工吃惊地说：

“他们这么快就将他装好了呀？”

“那不过是个仪式罢了。”

那天下午，在编织工机房里的墙上出现了一个万分复杂的图案。编织工仅仅看到无数的旋涡在缤纷的色彩中旋转，有些旋涡是一个套一个，有些则是一串连在一起，还有单个独自旋转的。编织工拼尽全力一睁眼，发现离得最近的旋涡其实是由各式建筑构成的。他再要用力看时，眼前就成了一片空白。

这时机房里的机器发出了一阵响动，就仿佛要自动开始编织似的。

## 十七

编织工无法开始工作，因为红衣女郎进来之后，不由分说地占领了他屋后的温泉浴室。

他站在天井里，打量着那雪白的胴体，那流畅有致的曲线，还有那大腿间乌黑模糊的一片。他走上前去的时候，女郎便亮出了锋利的匕首。匕首的刃从圆润的乳房之间划开，肋骨发出“嘎嘎”的断裂声，里面的肺泡泛出粉红的泡沫。浴池立刻变得一片鲜红。胸膛裂开的女郎仰身躺在水面上，口里含糊不清地说着：

“来吧，来吧……”

编织工目瞪口呆地站在那里。过了一会儿，他看见一只手抓住了浴池的边缘。那是一只枯槁的手，上面布满了大片的老年斑，指甲留得很长。妙龄女郎的手怎么成了这个样子呢？他倒抽了一口冷气。

她在浴池里挣扎，犹如一条大鱼拍击着堤岸，满屋全是血腥的味道。惊慌之中，编织工又看见了被生锈的铁链锁住的脚。他跑进机房，闩好门，竭力想忘记刚才见到的那一幕。

第二天，一切又恢复了常态，就像什么都未曾发生过一样。编织工进入对面的酒店，不会喝酒的他一连喝了三杯高粱酒，双眼变得蒙眬起来。

“你这样悲伤，是为了那个女人吗？”店主在他对面坐下问他，“她也来过我这里，这种事，我是过来人了。我父亲那一代人也时常见到她。你瞧，这是一件普通的事。”

店主说话之间，他的身后响起了雨滴的声音。暴雨打在外面的台阶上，有一小股水流进了屋内，编织工看见那是一股血红的水。编织工歇斯底里地叫了起来，叫了几声之后，突然伏在桌上睡着了。

他并没有完全睡死，他听见店主在屋里讲话。似乎是有个女人从外面进来同他商量什么事，他俩争吵起来，店主居然杀了那女的。然后他撬开地板，将尸体推进地板下的大坑，将地板重新钉好。编织工用力挣扎着醒过来，感到自己的背上已经被冷汗湿透了。他看见店主钉完最后一颗钉子，放下锤子，正阴险地看着自己。

“我刚才说了很多胡话吧？”编织工赔着笑说。

“没有。你喝醉了就变得安静极了。你不再喝一杯吗？”

他做出要去拿酒的样子，编织工连忙跳起来拦住了他。

“外面这么好的太阳，我怎么记得刚才下雨了呢？”他问店主。

“每次城里发生了凶杀案，雨就落下来了。”店主阴阳怪气地说。

编织工不敢看店主，站起身往外走。他走在灿烂的阳光里，不住地在心里对自己说：“我必须马上开始工作。”

他的屋门口静悄悄的，推门进去，屋里还是一点异常的迹象都没有。他竭力回想那女人的样子，但怎么也想不出。屋后的温泉浴室里也找不到她昨天留下的踪迹。编织工想，是哪位祖先修了这个浴室，他们房屋的所在地又怎么正好会有温泉呢？

然而一进机房，外面又响起了雨滴的声音。雨滴急促地打在芭蕉叶子上，有种凶险的味道。他一边发抖一边上机工作，他织出的是一大摊血，这摊血慢慢地弥漫开，色彩慢慢地变淡，最后渗入他原先织下的图案里去了。他如梦初醒，不知道自己干了些什么。

有人一边高声说话一边进来了，是酒店的店主。

“我要是来，那女子就走了；我要是不来，你就走了。所以我还是来的好。”

店主脸上红通通的，显然喝得很多。他告诉编织工说天气很好。

“可是我听见了雨声！”编织工气愤地说。

“对于那些很普通的事，你不要大惊小怪。”

他说这句话时看着编织工的眼睛，直看得他低下头去。

他用手指着挂毯上的图案问道：

“你把她织进去了吗？我看不见，可是我闻得到，真是满屋血腥味啊。”

店主让编织工同他一块到天井里去。外面果然是天气很好，根本没有下过雨的迹象。

“现在我要走了。”他拍拍编织工的肩头说，“你干得很漂亮。”

他关上门的时候，编织工心里有扇门也关上了。他感到渴，他的体液都烧光了。

## 十八

他在深夜进入了他织出的城堡。

他听见机房里有杂乱的响动，就起身点了灯去看。屋里有很多影子，他将手中的油灯举得高高的，却看不清眼前之物。一个声音从墙上那些人影里头响起：

“来看看你干的好事吧，冷血的人啊。”

那些人影都在沉痛地扭动着身子。他走向那面墙，有人抓住了他的手，油灯从他的另一只手里掉到地上，四周成了一片黑暗。

编织工小声地向那人争辩道:“我并没有干什么，我并没有……”但那人死死抓住他往前拖去。墙消失了，他被夹在很多人中间往前走。

也许是通道越来越窄小，他感到自己被夹得越来越紧，到后来，头顶也擦着了泥巴洞壁，泥灰掉进眼里。他同周围人一样弯下腰往前移动。忽然，大家都动不了了，像骨牌一样倒下去，有很多人压在编织工身上，使他不能动弹。有人在黑暗里小声说:“前面塌方了。”编织工想，他上面压了几个人呢? 这样一想，被压住的背部就有些发麻。

“我们在什么地方啊? ”

他问他上头的这个人，这个人大张着一张臭嘴往他脸上哈气。

“都是你把我们弄到这种地步。”

那人说了这一句后就在他脸上咬了一口，咬得他发出惨叫。他一叫，周围就骚动起来，编织工感到被挤得要窒息了。骚动的时间不长，他又获得了喘息的机会，他知道他上面这些人全都在无声地谴责他。脸上被咬的地方在流血，一共有两股血，都流向脖子那里，痒痒的。上面那人又说话了。

“要是你知道你也有今天，你还会那么起劲地工作吗? ”

“我没听懂你的话。”编织工有点好奇地说。

“我们在你家的墙上等了好多年，你终于来了。你不但织出了这个地下土城，还织出了我们。我们的人数是越来越多了，现在啊，可以说是寸步难行，因为通道那么狭小。你这个强盗，为什么不停下来呢？只要听到织机一响啊，我们的心都碎了。”

那人用膝盖抵了抵他的肚子，他又痛得发出惨叫。但是这一次，周围的人没有骚动。他们的冷静更令编织工恐惧，他担心残酷的报复要开始了。

“你怎么这么敏感呢？”那人说，“这可不好。你要是在这种地方待上十年，就不会这么敏感了。而且你织出的通道那么狭小！”

他很生气。编织工害怕他又要咬自己，就一声不吭。

骚动忽然又开始了。这一次编织工真的觉得自己要死了，压在他身上的这些人变得像铁板一样硬，从三面将他的身体夹紧。起先是大小便失禁，到后来连肠子都被挤出去了，脑袋也被压得扁平，他甚至听到了脑壳碎裂的声音。

编织工最后的记忆是许多蚂蚁在黑暗的地下城里奔跑。

编织工从墙里头走出来的时候，酋长的女儿正坐在他的织机旁。她头上的头巾不见了，脑袋显得很小。

“我在你的广场上织了一眼泉水，不是在中心，却是在边缘，是温泉。”

她显出抱歉的神态，站了起来。

“你离开得这么久，机器都要生锈了。我知道你去的地方是地下城，父亲就在那里。”

“你不去看看你父亲吗？”

“我？不，还不到时候呢。你瞧，我做了一个记号，我织的泉眼在这里。你要是再不回来，我会将你的挂毯上全部织满泉眼，那种热气腾腾的温泉。”

他没看见她织的泉眼，他看见的是她流血的手，她的十个指头都在流血，血滴在地上。他想问她，又不敢问。

“你看看墙上的这个洞，”她说，“五天五夜，我一直用双手往外扒泥土，我的手就成了这个样了。起先我还以为走出来的会是父亲，没想到却是你。”

现在轮到编织工抱歉了。

妇人走了之后，有好些天机房里都是那种血腥味。编织工在梦中去城堡漫游时，就是循着血迹找到那个泉眼的。那口井在卖橘子的摊位后面。井打得很浅，里头的泉水冒着浓浓的白气，显得温度很高。有一个男人站在井里洗澡，他的头部刚刚露出井沿，头顶上立着一只灰鸽。那个人并不是酋长。卖橘子的小贩却说，他就是酋长，因为早年曾从尸堆里爬出来，所以老感到身上不干净，一天中大部分时间都站在温泉井里洗澡。

“他一个人霸占了这口井。”小贩开玩笑地说。

编织工忍住了想哭的冲动。

他醒来的时候，霞光落在他脸上，眼泪已经被晒干了。他隐隐地感到，今天也许是最后一次上机了，因为城市已经快完工了。生命的空虚在他体内扩大，他彻底遗忘了他织过的东西。

有人在窗外喊他，他转过头，看见了梦中在广场上见过的站在井里洗澡的男人，那人脸上喜气洋洋的。编织工放下手中的活，同他一块向街上走去。他们没走多远，眼前就出现了宽阔的林荫大道，大道的前方正是那座宫殿。

“后宫的花园里也有一眼温泉，地心的热力总要冒出来，可能是为了这个我们才修起了宫殿吧。看那飞檐，那上面那么多的鸽子。”

编织工听了他的这一席话之后，身体里的某个地方便开始涨潮。

## 读《假如一位旅行者在冬夜》

# 与自我相逢的奇迹

## ——《假如一位旅行者在冬夜》随想

酷爱大自然，迷恋女性，耽于冥想，将艺术活动视为生命的卡尔维诺，在他一生的最后几个年头中，终于将他的创作推向了无人能企及的高峰——长篇小说《假如一位旅行者在冬夜》。这也是他自身的一次重大突破。在这篇作品中，文学不再同外部的世俗生活有任何直接的联系，她拔地而起，成了浮在半空中令人目眩的、精巧而又虚幻的建筑。然而这个世界是最为真实的！这也是作者一生竭尽心力为之追求的，被他称为“轻”的、那种灵动的异质在文学中的完美体现。

一位作家，如果他不满足于描绘“外部”世界（表层自我），还借助这种描绘来透露出心灵（深层自我）的存在；如果他的渴望导致了最狂妄的野心——要创造出一个独立不倚、完全透明，如同万花筒一样变幻的魔法王国，他的追求就必然促使他走上卡尔维诺这条绝路。即，放弃一切理性思考，让肉体彻底幽灵化，进入那凌空显现、边界模糊的陌生领域。能否绝处逢生，是每一位纯文学作家的试金石。外部世界壅塞着物质，一切有生命的东西都正在逐渐变为坚不可摧的石头，精神被挤压得无处存身。然而世上还有艺术家。卡尔维诺的使命是要在我们所处的这个正在死亡的世界里头发明一种交合的巫术，让轻灵的、看不见的精神繁殖、扩张，直至最后形成一个魔法王国。这个王国不再是外部世界的补充和说明，而直接就是一个被称之为“自然”（参看《浮士德》）的独立的王国。这个王国也不受制于外界，而是受制于内部那种完美无缺的规律。

就这样，作家走进了那无比古老、难以窥透、无时无处不存在着暗示，并且威胁着要完全将他吞没的阴谋之中。悬浮的、既古老又年轻的氛围伴随着被作者称之为读者或主人公的、抽去了杂质的透明幽灵，世界敞开胸怀，艺术之魂萦绕其间，将永恒的矛盾在“他”眼前不断演绎。“他”是谁？“他”什么也不是，“他”又是一切，正如作品中的每一个令人难忘的人物。他们，这些美妙的男女，这些多声部合唱的组成者，他们都是作者的“另一个”——天堂里的唱诗班的成员。而我，作为一名读者或创作者，当我开始阅读的旅程之时，书中那异质的氛围，那些人物，对于我来说也是同样的陌生又熟悉，同样难以窥破。然而我还是马上就感到了从心灵最底层被激发的、既是新奇的又是久违了的、同质的冲动。至此，一种新型的互动的关系便在我和作者之间建立起来了。在这个阴谋之中，我们必须同谋作品才会成立。

人为什么要进行这样一种古怪的紧张游戏呢？为了榨取生

命，为了使精神长存，也为了那至死不渝的爱——爱美丽的大自然，爱迷人的女性，爱天真的儿童和慈祥的老人。被死神盯住脊梁的作家不得不与时间赛跑，与对手耍阴谋，并反复设圈套。这种仿佛是自娱，其实是献祭的示范活动，给我们读者带来的是无价的精神财富。生存的姿态浓缩在瑞士山间悬崖之上紧张地阅读的男主角的形象，以及峡谷里小屋的阳台上聚精会神阅读的美丽的女主人公的侧影上。也许，那是一种近似宗教的境界吧。作者用分身法创造的理想的读者，向我们标出了纯艺术的高度。绝对的虔诚者才有希望进行这种攀登。然而，阅读这个矛盾的活动既创造无比宁静的境界（如瑞士山间的姿态），又引发骚乱与革命。它逼得人不断地奋起突围，自始至终在密探与叛徒、策划者与执行者这类角色之间转换，一段经历同另一段经历交叉，一个故事套着另一个故事，一切都是那样的不可思议，宛如梦中，却又真实得令人胆寒。这是对于人的生命张力的挑战，看你在被死神追杀的同时是否仍旧能够沉浸在那位美丽女读者的绝对宁静的境界之中。规律是什么？它就是革命暴力与崇高意志的统一。我们通过阅读让二者相互制约，推动一场生存的好戏向前发展。还有什么东西比纯粹的艺术更能让人意识到生命的本质呢？

那么，让我们从作品中来探讨一下事情的原委吧。纯文学作者一生大部分时间处在致命危机之中，创作可以说是为摆脱危机而有意制造危机。那吞噬一切的羞愧、痛悔、屈辱迫使人将肉体变成零，作家只有彻底消失，内心才能得到平静。然而真正的“死”是不符合他的本性的。只有他的不知疲倦的死亡演习，他的高超的发明，才能从内部谋杀旧的自我，改写那铁板钉钉似的历史。蜕变因而尤其惨烈。你可以在幻想中暂时切断时间，然而你的手中总是有“一只箱子”；那么采取抹去身份的办法吧，既无来历，又无将来；但过不多久，“上司”就会现身，揭开你的伪装，毫不含糊地向你指明死亡之路。在压榨之下，“技巧”就产生了。你学会了从最模糊的背景中倾听命运的呢喃，学会了如何辨别那些面目不清的命运使者。你逐渐进入阴谋之中，练出了追查与及时逃遁的硬功夫，并从这种高度集中的精神活动中隐约地看到了继续生活下去的希望。这是什么样的技巧？一心二用，理智与感觉共谋的技巧，即一方面要放松，一方面又要高度集中。于写作、于阅读均如此。各种各样的神秘人物便是各种各样的使者，只要你抛开已有的经验，努力跟上他们的思维，这些人在终途无一不向你显示他们的原型。在经历了那么长久的困惑、不安、沮丧之后，你终于同原本就属于你，但假如你不经历挣扎求生的考验，他们便会永远隐没在黑暗中的这些人相遇。你又一次摆脱了危机，获得了新的动力。这样的作品，无论作者还是读者都会感到后怕。通过凶险的表演来获取相对的平衡，纯文学就是这样的产物。义无反顾地选择了这种方式的作家，以自投罗网似的主动姿态将这古老的游戏一次次重演，通过这种奇特的自我认识将矛盾转化，使自身得到解脱。

这篇小说中的男主人公是“我”，这个“我”没有固定的身份，他的身份随着故事情节的需要而不断变化，一会儿是一名读者，一会儿是主人公，一会儿又成了讲述者。但万变不离其宗，他身上体现着创作者比较表层的自我意识，类似于卡夫卡作品中的K。给人的印象是，这个“我”是随着故事的发展而不断加深对于心灵世界的认识的。“我”无比敏锐而又被迷惑笼罩；“我”具备了强大的冲力而又被矛盾的推理弄得寸步难行；“我”厌恶世俗生活，恨不得让肉体消失，却又对人类怀着深深的迷恋；“我”渴望达到最高的认识却又不断被一个接一个的谜团缠住……这个“我”一般来说就是用眼睛“看得到”的艺术家的形象。这个“我”是不满，是渴望的化身，他日夜不安，被死亡意识所压倒。他不得不找一条精神上的出路。这种无休止的苦恼和躁动的结果是导致了自我的分裂。于是，一系列的人物从原始记忆的深处依次向他走来，像是邂逅，又像是亘古不变的安排。这些人物身负的使命是不能一眼看透的，只会在短暂的剧情终结的瞬间向“我”这样超级敏感的读者露出底蕴。他们是人用眼睛“看不到”的那些“我”，更为深化的艺术自我。但无论多么深奥的艺术形象，他们全都毫无例外地遵循同样“看不见”，却又可以意会的人性的发展的规律。我们，作为这篇精神神话的读者，凭着我们对于文学艺术的虔诚和我们对于自身感觉的高度信任，以小说中的“我”为榜样，是有可能“闯入”这个完全向读者开放的故事中去充当角色，并用我们自身的精神体验去进一步丰富故事的情节的。作品中透露出这样一种倾向：“我”是不断地、徐徐地变化着的，相对于“我”，其他的人物则具有某种尚未得到揭示的稳定的性质。只有随着情节的展开，“我”的探索的深入，那些性质才会一一通过某些标志、某些模糊的暗示被“我”感到。因此可以说，故事中的每位人物身上，凝聚着某种永恒的东西，这种东西既看不见，又不能用常规语言直接说出来，只能通过他们的表演，通过“我”作为他们的对立面与他们发生的冲突，让“我”事后悟出。这种矛盾关系的前提是“我”必须是那种精力充沛、对精神方面的事情具有超出常人的好奇心、永远不会在某个阶段上停留的决绝的追求者。相遇的场景似乎是冥冥之中偶然发生的，但如果不是由于艺术工作者那破釜沉舟的决心，这种千年奇迹就无法浮出地面。在那梦一般的遭遇中，“我”被各式各样的人物牵引着、诱导着，去见识那些从根源处衍生出来的、伟大的场面。“我”不完全清醒，也不完全盲目，而是像作品里头所说的，既高度集中，又完全放松。集中是为了倾听命运的鼓点，辨认心灵的结构；放松则是为了保持一种自由选择的姿态，以最符合本能冲动的表演投入灵魂的事业。就这样，怕死怕到极点的人选择了死亡表演的职业，用“假”来表现最深刻的“真”。真真假假，全凭读者的心领神会。

小说中涉及的时间问题便是精神的连续性的问题。作家坚信，即使世上的物质全变成了“石头”，这种连续性也能存在于石头之中。发自心底的信念驱动着作家不断向内探索，企图找出物质生存的每一阶段中的时间结构。其探索的工具，则是那种充满了原始性、多义性，就仿佛混沌初开时刚刚诞生的语言。在涉及信念的根本问题上，卡尔维诺用固执的叩问，强有力地否决了虚无主义。读者从文章中完全能感到他那种博大的宇宙观，即，在承担虚无感对自身折磨的同时，过着毫不虚无的紧张的精神生活。在这一方面，他像博尔赫斯一样，是用生命实现信念的典范。故事中他向读者展示的画面是如此的惊心动魄：在除了沙漠与沥青就是死亡的国土上，一位女郎深深地沉浸在阅读的世界中；生活在远古时代的教授朗读一部作品，他的身躯随着声音渐渐消失在充满尘埃的书籍之中；某个书籍制造者，为了达到极限的体验，将周围的一切都化为虚无，包括自己的肉体和心爱的女人。这些画面反射出强烈的时间的形象，时间就是一切。一切，包括最最不堪回首的事，都可以转化为时间。女郎，教授，书籍“骗子”，男读者，全都为此而活，为此而献身。说不出来的永恒性，就存在于这些单个的、又是相互交织的追求之中。那是一种不需要回答的、绝对的声音；是充满了幽灵的空间；是拥挤着的人流中刹那间的“晕眩”；也是那始终指向“彼岸”的讲不完的故事中的背景。即使“我”消失了一万年，“他”依然无所不在。什么是生命的意义？这就是最大的生命的终极意义，由“他”，诞生出全人类的博爱。

感受虚无需要极高的天分。很少有人像这位作家一样如此深切地感到虚无的利齿对于灵魂的咬啮。为摆脱恐惧和疼痛，他通过角色的表演一次次越狱，深谋远虑而又不屈不挠。读者不禁大大地惊讶了：这究竟是被动的逃遁还是主动的进攻呢？这种由“空气中设计”的阴谋，在密室中实行的自虐，出自于一颗什么样的顽强拼搏的灵魂啊！卡尔维诺，被死神盯上的艺术家，被不断判处极刑的超级逃犯，在这里演奏的，是从未有过的新型命运交响曲。他首先勇敢地抽去自身存在的根基，将自己变为游荡的幽灵，然后着手重新建立一切。所谓建立，实际上是最纯粹的，由内部的力的挤压而生发的运动，也是难度最高的艺术创造。在创造的瞬间，被彻底解放的作家仅仅活在自己的奇思异想之中，如果他不具有飞越绝壁的冲力，他就只能坠入身后永恒的虚空。于是他就从虚无中奋起了，唯一可以依仗的是自己的血肉，他必须从这血肉里榨出精神来。也许是这过于强力的挤榨的运动导致了作家的早逝吧，我们读者却能在作品中不断感到，他那短短的、浓缩的六十二年就像是几万年——比他所欣赏的岩石更为长久。虚无在这卓越的创造者面前溃退了。

最为崇尚精神的文学家信奉的大都是生命哲学，卡尔维诺也不例外。对于他来说，写作就是从一切事物中看出生命的含义，并对精神的载体加以改造，使之达到完美。作者用各种各样的痛苦的形态展示了生命内部的真实矛盾：肉棘展开，用力抽搐的刺海胆；被海底岩石无情地磨损了的四爪锚；密室里布满汗水的裸体在求生的意志支配之下做出爬行动物交媾的动作；当世界消失时，紧紧搂抱的情人的身体的极限语言；在谋杀中实现性高潮的醉心体验；还有那反复出现的，蜷起双腿当书桌，长发下垂到书本上遮住面容的，聚精会神阅读的女郎。同没有自我意识的自然相比，这是另外一种异质的“自然”。这个自然同样包罗万象，像宇宙一样宏大无边，它具有一种特异本领，就是能将一切事物当作自身的镜子。作家自始至终都在叩问：生命到底是什么呢？抽搐、紧张的对峙、绝望的坚持、无情的压榨、垂死的突进究竟意味着什么呢？这个问题在柏尔修斯从铜盾的镜面反射看到美杜沙的瞬间就已经提出来了，多少年来，世界上最优秀的那些文学家前赴后继地用非凡的创造丰富着关于它的答案。通过镜子，这些先行者明白了：开始生活，就是开始丑闻。然而他们仍要被电话铃声的响起弄得似惊似乍，魂牵梦萦，过着希望与绝望并存的狼狈生活，从一个陷阱走进另一个陷阱，永远是后悔莫及，永远是自取其辱。这一切，都不能够问“为什么”，因为对于艺术工作者来说，不可能有另外的选择，除非你退出这场赌博。从生命活动中产生的艺术作品成了新的镜子，读者既可以在镜子面前长久地端详自己，又可以同镜中的幽灵合二而一，共同演习人生。曾经有过的后悔、屈辱、羞愧等等，全都转化成人类的财富和光荣，因为人是唯一的离不开镜子的生物，而正是那数不清的屈辱与羞愧，提升着人作“类”的品格。爬行动物的交媾，紧紧搂抱的肢体语言，谋杀中的性高潮等等，全是人要紧紧地攥住生命的完美姿态，人所独有的那种姿态。而压榨肉体流下的每一滴汗珠，都蒸发出浓烈的灵魂气息。也许这样一种改造是可怕的，只有那些具有无限张力的心灵可以将自身当作试验地，在救赎自身的同时也为其他心灵的得救开辟了通道。

卡尔维诺最喜欢用的一个比喻是“革命”。灵魂的生存与发展需要经历腥风血雨，狂暴的运动既吞没已有的一切，也催生新的形式，当然这新的形式又会被内部酝酿的另一轮风暴所摧毁。就这样一轮又一轮，永无止境。并且不仅仅文学的写作是这样，读者的阅读也同样遵循这种方式。可以说这是一种暴风雨的文学，读者的神经必须具有一定的承受能力，他还必须具有主动在自己内心引发骚乱的本领，才能进入作者创造的、充满了动荡与颠覆的世界。革命就是主动制裁自己，用这制裁激起的反叛来摧毁内心现存的秩序，用激烈的、否定一切的形象思维来反复叩问，来证实生命的存在。小说一开篇就进入了革命的氛围，而一直到最后，读者的神经也无法松弛下来，反而越绷越紧，几近极限。你在美女的脸上看见獠牙；在宁静、明丽的海滩上发现朝你张开的陷阱；在沸腾的人群里跌入黑黝黝的深洞；在情欲高涨之际撞到尸体上……你永远处在被通缉、被追杀的逃亡路上，绝无赦免的希望。当然，也有真正的、绝对的宁静、平和、隽永。但那不是在革命之后，而是正好就在革命的进程之中。一旦革命中止，那悬崖上沉浸在永恒的遐想中的男主角也不复存在。革命既盲目又清醒。你清醒如气象台的气象观察员，掌握了宇宙间的各种力量，认识了它们之间的关系；你盲目如混战中的一个无名小卒，被身后的潮流推动着胡乱冲撞，直到整个的阴谋向你展示出它的底蕴，直到各式各样的道具向你显示出它们意想不到的用途。革命没有意义，它的意义就在你的行动中。无论在书写，在阅读，你必须集中注意力聆听来自深渊、驱动暴力的那种模糊的声音，并用你的肢体动作对那种声音做出反应，将整个阴谋推向高潮。只有这个时候，你才会发现，一场暴力革命就是一场对那看不见的自我的改造的运动；那个最高司令部，恰好是你一直在追求的自由意志。起初仿佛是落入圈套，最终才明白是主动肇事；结构奇妙，天衣无缝。

“谋杀”这个词也是在故事中使用频率很高的。人的过去的债务化身为数不清的对立面充斥于生活之中，这些幽灵会在你最意想不到的时候突然出现，窒息你的全部生活。然而人不甘心行尸走肉，要与对手决一死战，谋杀的阴谋便出现了。每一个阶段，主人公都被死神凶险的黑影所包围，他必须拼尽全力与那僵尸吸血鬼搏斗，不能有丝毫松懈。并且即使成功了，等待他的也只是新的恐怖。各种各样的角色要么化身为密探去追杀对手，要么成为逃脱对手的死因。在阴沉模糊的背景中，读者可以听到鼓点一阵紧似一阵，人可以回旋的余地越来越小。但在这个细小的范围里，亡命之徒仍然可以将属于自己的最后一点时间无限细分，弄出无穷无尽的花招来！卡尔维诺在书中借角色的口说，他要“执行一项长期的、整体的越狱计划”。这句话可以解释成：他要一辈子置身于谋杀的阴谋中，将追捕与逃脱的赌博进行到底。

镜子的作用在这部小说中是非常复杂的。主人公通常不是仅仅用镜子照自己的脸，而是从镜子里看见别人“看”自我时他脑子里的图像，此种图像就是主人公的自我。这种几近纯粹玄想、但又的的确确在不断发生的奇妙交流往往以“意会”的方式表现出来——在人物角色之间，在读者与写作者之间。如果我们被小说中的氛围所吸引，确信这种交流传达的真实性，那就是相信真的有一个独立于物质世界的精神王国每时每刻在对我们发生作用，这个王国高于一切，但每个人都可以开辟一条通道同它沟通。在弗兰奈里和马拉纳，以及柳德米拉三者之间发生的，那种天方夜谭似的关系，便是用镜子作为基本道具照出来的、最具真实性的灵魂交流关系。要说出说不出的东西，要看见看不见的东西，作家便运用了这种含糊而又精确的镜子语言，并在多重的反射中使人的视力进入到灵魂的最深处。也许这是唯一的道具，是大自然对人类的馈赠。没有镜子，人类至今处在黑暗的笼罩之中。书中杜撰了一个神秘的“小说之父”，这位老人住在山洞里，他通晓人类所有的精神活动，任何一本小说都是从他那里发源。他是人类的镜子，令人神往又令人恐惧的规律掌握者。尽管知道有这样一个存在，作家们和读者们仍然要像中了魔一样地寻找探索，从蛛丝马迹中去获取规律的信息。也许，“小说之父”那发狂的大脑里的艺术规律，只能存在于寻找的途中。你寻找，它就显现，但你绝对抓不住它。作家弗兰奈里和翻译家马拉纳，就是在这种无望的寻找中耗尽了毕生的精力。在旅程的尽头，他们把自身变成了规律的象征。而他们俩共同的读者柳德米拉，又通过对他们俩心灵的阅读，将艺术的生命继续延续。与此同时，男读者“我”又通过对柳德米拉心灵的阅读，走进充满魔力的艺术之谜。所谓规律，不就是来自每个人心灵深处那种不由自主的律动吗？这种律动经过镜子反射到我们的大脑里，使我们读者产生从事艺术活动的冲动、当一回艺术家的妄想。就这样，书中的“我”走进了自己设置的镜子王国，“我”用别出心裁的种种镜像逃脱了死神的追捕，当阴谋揭开时，“我”却再也走不出镜像的迷宫了。而这正是“我”所愿意的,“我”将自身分裂成了各种各样的镜像，“我”成了它们的总和。

卡尔维诺在小说中多次表达了写作者对于自己的作品的不满、否定和绝望、恶心。这是所有的纯文学作家在创造中的共同心态。他力图用抽去身份、抽去人称等方法来让主人公或描述者的叙述成为所谓“客观的”叙述，并且总是将自己的读者想象成某个仙女下凡似的女郎。正是这种徒劳的努力在不知不觉中提升着作品的档次，作品的永恒性就是在自我一分为二的搏斗中诞生的。纯文学作家内心的矛盾就是语言内在的矛盾，只要有作品产生，规范与反规范的斗争就不会停止，恶心的世俗与纯净的理念之间的交合也不会中断，因为彻底的“纯”作品只能是一片空白。同博尔赫斯一样，卡尔维诺理想中的作品是那种没有形成文字的、地下的作品，是诞生语言的原始山洞。那部地下作品或那个原始山洞在创作中始终呼之欲出但又被阻断在笔下，成了作家的永恒之痛。这样写出来的妥协之作，从字里行间散发出强烈的原始气息，并处处指向那永恒的境界，词语由障碍转化成媒介，在两界之间来来往往。而作者的身份也不再同作品有任何直接关系，因为作品是来自人类灵魂的共同居所——那存在了千万年的崇高伟大的理念。通过对于复杂的写作机制的探索，作者向我们揭示了纯文学的共同主题，以及这种文学在深层次上的一致性，实际上这也是在讲述纯文学形成的历史渊源。每当作家拿起笔来，那种历史就聚集在他的笔端，使得他有力量同迎面汹涌而来的物质世界对峙，创造奇迹，用混浊的词语来构建透明的大厦。

小说中还出现了一种崭新的写作者的形象，作者将其称呼为“誊写者”。实际上，誊写者大脑中的蓝本是灵魂深处涌出来的风景，这样的近乎自动的写作排除了世俗对于作品的入侵，将创作从对外界的模仿提升到从内部有条不紊地生出一个不倚不傍的世界。卡尔维诺自身的创作历程，那痛苦的摸索、突破，直至最后的飞跃的历程便是这个形象的最好的佐证。他并不是一开始就成为灵魂的“誊写者”的，他经历了由朦胧意识到清晰感悟再到自觉发挥的过程，只要看看他早期的作品就能发现这一点。这一篇《假如一位旅行者在冬夜》，可以说是他自觉创造的巅峰之作，是对于灵魂的忠实誊写。在他文学生涯的后期，这位伟大的小说家终于摆脱了一切束缚，进入了自由写作的境界。在这个境界里，艺术家直接地让自己人性中的各个部分对话，并一同登台演出，从而建立了一个异质的、纯精神的王国。在这一点上，他同卡夫卡、博尔赫斯两人是有区别的，他是一位晚熟的天才，但他的才能一点也不亚于前面那两位。有的人一旦开始写作就发现了那个另外的、深层的世界，就像鬼使神差一般被拖了进去；另外一些人则要经历长久的探索才同那个世界派来的使者“邂逅”，并因这邂逅使自己的生命力得到最大限度的爆发。卡尔维诺显然属于后者。这篇小说又可以看作是关于创作的创作，因为里面揭示的，既是人性发展的规律，也是艺术创作的规律。时至今日，这两者的一致性早就被描述过无数次了。小说中将这种新型的写作者称为“模仿家”，并指出，在现代文学艺术中，存在着一种共同的特征，使得读者对每一本这样的作品有种熟悉的感觉。这是因为它们来自同一个故乡，散发出同样的自由神秘的气息。“誊写者”誊写的是一本人类共有的地下的书，这类作家在小说中被称为最理想的作家，他们的创作则被称为“南瓜藤结南瓜”，即精神领域里的“自然现象”。而创作的冲动，则被归结为“生理属性”。但这个“生理属性”又同直接的性冲动、喜怒哀乐等迥异，它是经过了转化的能量，是肉体属性的精神化。

面具表演也是这篇小说的特征。阿尔芳西娜的人生就像一场特殊的化装舞会，她，大褂里面穿着警服；警服里面穿着夹克；夹克里面穿着有领章的军服；军服里面穿着赤裸裸的胴体“衣衫”。不论怎么剥下去，你总是见不到她的“实体”，因为这个实体是灵魂，其他一切全是衣衫，而灵魂又必须变成衣衫才能让人看见。所以描述者叹道:“这里的事物都是表里不一的，这里的人都是两面派呀……”的确，小说中的人物的意志大都不可捉摸，看不透。从各式各样的读者到作家、翻译家，再到警察档案总馆馆长，以及革命中的各派别人物，他们的行事方式全都是出尔反尔，遵循奇怪的逻辑，每个人都至少有两副面具，这两副面具又相互对立。在卡尔维诺的艺术世界里，角色的举动之所以如此奇怪，是因为他们每一个人的肢体表演都是受到内部那个精灵的牵制的，而那个看不见的精灵本身又是一个矛盾。比如那位每天深夜在灯光下阅读的警察档案总馆馆长吧，他作为人性中理性制度的维护者，捕获了那名“骗子翻译家”，并亲自对他进行审讯，似乎要为正义将他处决。但是过后，却又有意放他逃走了。此处表演的，是理性的深奥。人的理性对于欲望反叛的压制，在西方经典文学中总是采取这种到头来留下缺口的做法，为的是促使欲望更加高涨，一同演出更精彩的好戏。再比如那位行踪诡秘、到处制造虚无感的骗子翻译家马拉纳，他是一个可怕的人，每到一处就要抽去一切事物的意义。他很像一位彻底的虚无主义者。可是促使他如此热情地表演的动力却是来自于一位女郎——书中那位美丽的、心灵丰富深邃的女读者。他要通过在她心中制造空白来强调自身的真实存在，而这，同他所宣称的宗旨正好相反。他对她的异常强烈的爱一点都不虚无。人生面具表演的特征是由自我的复杂性和多面性决定的，唯有表演，能够将对自我的认识层层深入地进行下去。虽然你永远不可能“到底”，但每深入一层，你的眼界又大开一次，永远没有尽头。在这个过程中，面具挑战着人的认识欲望，反复地逼问人：你到底要什么？你对现状是否满足？

我终于读完了卡尔维诺的这部杰作。我，就如文中的“男读者”一样，现在已经将我内部的那个世界同书中的世界混淆起来了。也许是作者将我拖进了他的世界，也许是他的奇妙的讲述带出了我的世界，更可能是我们都在讲述那个人类已有的、共同的世界。讲述者无比幸福，阅读和写作令人陶醉。人类自古以来就在进行着的这种活动，还将永远进行下去，直至天荒地老也不会停止。从青年时代开始，卡尔维诺就隐约地看到他的心中有一个黑洞，有一条“通往蜘蛛巢的小路”。经过了三十年的漫长跋涉，他终于在一个无比寒冷的冬天来到了这个地方，这个阴沉沉、黑乎乎的旷野。欲望的火焰在心中燃烧，使得他通体放光。这一次，他是真真切切地看见了，他将他看见的忠实地记录下来了。这样的风景对于我的心灵的作用就像一次地震。本来，卡尔维诺的天职就是促使人的灵魂里爆发大革命，他在小说中以身试法，反复地演出了革命风暴。

# 垂直的写作与阅读

## ——《假如一位旅行者在冬夜》阅读总结

卡尔维诺的写作属于这样一种写作：它不是靠故事情节、靠表面的讲述的逻辑推动向前的；它直接切入事物的核心，在本质中进行讲述，制造危机，并一次次将危机推向对绝对性的体验的极致。《假如一位旅行者在冬夜》堪称他在这种写作上达到的最高成果。一位艺术家怕死怕到了每时每刻“担心灾祸降临”的程度，他会怎样生存呢？这种写作是他在极度绝望中拼死一搏的产物。要想撇开死的干扰活下去，他唯一可做的是进入死的意境，对死亡进行“凝视”，在凝视中习惯一切，继而将这种感觉变成生的养料，用死亡游戏来开创活下去的新前景。之所以这篇小说对于一般人来说如此晦涩，如读天书，正是由于它的纯粹性。它干净利落地切入了本质，丝毫不拖泥带水，所以人们很难根据以往的经验来对这些文字进行辨认。词还是那些词，但它们闪烁着冷漠的光芒，我们的经验同它们毫不相干，无法唤起共鸣。

由于这种写作的特殊性，它所面向的是这样的读者：与写作者有同样性质的焦虑的人。这样的读者，关心自身的灵魂得救远远胜过关心他的物质利益。从卡尔维诺个人的写作经历也可以看出，他是厌倦了表面叙事的老生常谈，将大众公认的那种“常规写作”看作自己文学生命的死亡，才一步步达到这种以自己的身体做实验的纯粹境界的。那一定是一个充满了黑暗和残忍的、十分可怕的过程。

然而作为一名读者，如果他要进入这种文学，他同样要经历一场暴风雨似的洗礼。并且，他必须事先有心理准备。因为这种文学同任何休闲无关，它是一种痛苦的操练，阅读它相当于在痛苦中玩味痛苦——一种十分有益的精神体操。首先，这种本质的文学对表面事物的排斥性，就使得读者面临无法进入的痛苦。在这个阶段，读者面对文字几乎就如同与死亡对峙，如果你败下阵来，恐怕就意味着永远的放弃。所以这样的作品在读第一遍时，应该是凝视与坚持，并将感觉充分放开，让种种印象在你的内部的深层交汇而不急于辨认。

第一阶段的阅读不应该一口气读完，而应不断停顿、反复，以等待内部的感觉逐步成形。根据读者的敏感度，以及对这种文学的熟悉度，这个过程因人而异，有的为几天，有的为很长一段时间。并且就是有了初步的进入，也不等于你就全部读懂了。读者还得让自己沉浸在正在熟悉起来的氛围中，继续开始第二遍的阅读。在第二阶段，读者应在那些“切入点”上努力深入，即抛开任何成见，脑海空空地做潜水运动，看看作者的水下世界里到底有些什么。这种运动就是垂直阅读——借助书中文字的暗示，激发自己的想象，让自己的思维在冥思中超拔。切入点是各不相同的，但一位善于感受的读者会发现这些各不相同的深入过程又具有某些共性，使得他会不断地发出这种感叹——“啊，我已经遇到过……”当你反反复复地切入，将那些风景都熟记于心之后，你的阅读就会发生一场质变。这时你将进入第三阶段的风景。

第三遍阅读才是真正的本质阅读的完成阶段。在此次的操练中，结构会逐步从脑海出现，书中的每一个细节都会与你看到的那个结构“对号入座”，并且令你生出更多、更生动的联想来。这是收获的阅读，理念得到验证的阅读。但假如你不高度集中，放开想象，你的收获就会是稀薄的。一位老练的读者在这个阶段不但要读，还要朗诵，要拿起笔来记下自己的每一点灵感，只有这样，成绩才会得到巩固。而在这样做时，还要不断地反复，将点连成片，将片连成一个整体。所以实际上，对这一类的书就不是只读三遍，而是十几遍，甚至更多。读了又读，默记于心，总有一天它会成为你的精神支柱，使你在面对世俗的恶浪而内部产生危机之时不至于垮掉。

那么，这本《假如一位旅行者在冬夜》——我称之为二十世纪最伟大的小说——究竟说了什么，使得我要向其他读者反复推荐，希望他们像读《圣经》一样来读这样的小说？确实，我认为这类“纯艺术”作品，应该成为我们现代人的《圣经》。因为这样的小说，讲述的是我们自己的心灵的故事。如果一个人成为它的读者，那就是、也只能是这个人要拯救自己，要破译自己那个黑暗、神秘而不可捉摸的心灵世界里的种种谜语。人生在世，如果你是一个情感丰富、敏锐的人，这样的谜中之谜一定早就在压迫着你，使你感到无法解脱，伤痛重重。唯有阅读，尤其是这类本质文学的阅读，会使你的内部建立起同颓废对抗的机制，使你在承受痛苦时变得强大起来。

《假如一位旅行者在冬夜》这篇用垂直方法写成的小说，处处体现出本质中的矛盾的直接展露。小说开头那个火车站的描写，一下子就将读者从表面带入深层。这个陌生的车站对于读者来说是头一次见到，他却又似乎成千上万次见过这类地方。为什么呢？因为本质的东西就正是以这样的方式出现的：你认不出它，但你感到似曾相识；你硬要辨认的话它依然排斥你，同你拉开距离；而你，继续受到它的吸引。这种情况就像那个投币电话机，人不断地投币叩问，机器永远不回答，但人仍然抵挡不了诱惑继续叩问。这个车站构成的背景就是人的生存模式，读者必须适应这样的模式才有可能将阅读继续深入。正因为是本质，它的答案就不在水平面上。读者经过再次切入，答案便会在深层自动呈现。当然，这种呈现仍然是不知不觉的，读者还是无法认出。

就在那弥漫着烟雾和水汽的小站里，矛盾以暗示的方式呈现出来了——原来本质是一个矛盾。女皮货商同前夫之间那种带有永恒性质的矛盾，正是我们人类生存本质的真切再现。读者宛如在梦中一样进入这个矛盾，听到命运的模糊的低语。就在他正要对周围的这种暗示产生感应、明白过来之时，事态的发展会急转直下。原来他必须将自身摆进去充当角色，通过矛盾的表演来获取自己的时间体验，从而再一次切入更深的本质体验——“我”的间谍活动说的就是书中的主角和实际的读者所进行的这种阅读活动。将自己摆进去进行表演，在能动的阅读中体验生存。当“我”这样表演时，“我”就同自己的过去遭遇了，这个过去其实是我的未来——局长。局长明确地告诉“我”，“我”的唯一出路在于逃离，亦即，在冥冥之中从一个矛盾向另一个未知的矛盾深入。

无论何时何地，世俗生活总是一种强权，而本质的生活深入地底，在世人眼中几乎消失。辛梅里亚就是一个代表消失了的生活的小国，这个国家在生的界限的那一边，属于死的领域，其语言则因难以发声而濒临灭亡。然而这个即将绝种的民族却有着自己的代表——一位辛梅里亚语教授。这是一位以表演本质为终生职业的教授，他的阅读是发生在此岸与彼岸之间的惊险舞蹈。他用死人的极限语言飞跃绝壁，并随时让自己的身体消失，将纯粹的时间展示给他的读者，使他们同他本人一道起舞，站出来生存。

所谓零度写作就是教授这样的表演：凝视彼岸（死），直到彼岸融进自己的身体，在自己的躯体内开辟出空间。因为人是用黑暗的肉体来进行空灵舞蹈的。读者们，随着教授起舞吧，你们的身体将发生微妙的变化。

书中的第六章讲述的是“元小说”的问题，翻译家马拉纳的终生活动都是对这种小说的追寻。或者说他要将一切好小说都变成“元小说”。而这个“元小说”，据说是由隐居的印第安老人讲述的，那位老人存在于传说中。“元小说”的追求使得马拉纳从小说里提出最基本的要素，将其普遍化，推广到所有的小说中去。这里当然是一种高度象征的说法，并且所谓小说的要素，也绝不是我们平时所说的小说的表面构造因素，而是那种深藏的、看不见的构成本质的元素。比如在这个第六章里头，一个人物是马拉纳，他是一股力，他要将每一篇作品的物质承载体抽空，使之“均一化”（即本质化）；另一个人物是老作家弗兰奈里，他为自身的肉体存在而苦恼，日复一日地操练，企图达到“纯”境界，变成柳德米拉书本上的那只蝴蝶。正是这同一个马拉纳，却在某一天告诉弗兰奈里，肉体不仅是到达彼岸的障碍，同时也是媒介，有物质才有精神。于是这两个面临相似问题的人通过向深处的切入，运动起肉体（或物质）继续行进在对于“元小说”的追寻的途中。小说创造的两大基本要素就是肉体与精神，它们之间的恩恩怨怨就是艺术家的精神历程。只有当弗兰奈里对柳德米拉的爱变得分外强烈之际，蝴蝶才会飞到他的稿纸上。

既然本质的构成要素是精神和肉体，亦即时间与空间，从身体历史的沉渣中获取时间便成了艺术家的首要事业。于是产生了那种每分每秒在追逼着自己去生存的危机感。艺术家在每一次的危机中颠覆自己的肉体的历史，改写履历，然而到头来又被更沉重的历史所镇压，然后又是更为激烈的、拼死的颠覆。

《从陡壁悬崖上探出身躯》说的就是主人公走进充满凶险的内在世界，从死亡的怪兽口中抢夺时间的历险。一个人，为了高级的生存将自己逼得如此之苦，以至于到了睁眼看见的一切都印上了死亡标记的地步，他的生命将如何延续下去呢？在这一章中，作者向我们做出了很好的示范。这样的生存的确是可怕的。你感觉到死亡向你悄悄走近，你又必须活下去；周围的一切都在酝酿灾祸，威胁着要对你实行剿灭，但你却不得不又一次介入生活，因为你抵挡不了诱惑——你的体内渴望时间的体验。那是怎样的难堪与痛苦，看那被用强力翻开的、用力抽搐的刺海胆——茨维达小姐生存的象征；还有死囚绝望地在悬崖上摸索的手；被海底岩石磨坏了的锚的弯臂；无处不在的黑色。这种种的暗示构成了“我”的命运。但是怎能不生存呢？即使是像“我”这样的一个病人？所以“我”顺理成章地被卷入了考德雷尔先生和茨维达小姐的阴谋，也许“我”本来就是这两个人构成的阴谋中的一部分，“我”的时间嵌在他们那天衣无缝的安排之中。生存是多么惨烈的一件事啊，如果人要在瞬间成为宇宙的主宰（“乐队指挥”），他就只能终生在追捕之下潜逃，并在潜逃中每时每刻不忘表演。茨维达小姐和考德雷尔先生的那种冷峻甚至冷酷的性格就是因为看透了宇宙间的这种秩序，在多年的突围和越狱活动中形成的。这两位的精神世界中是绝对排除伤感的。“我”既是旁观者也是当事者，两位生活导师的阴谋之所以得到“我”十分默契的配合，完全是由于“我”自己那说不清道不明的冲动——不冒险便是死。

如果说《从陡壁悬崖上探出身躯》还是半蒙昧地、有几分迟疑地卷入阴谋的话，到了《不怕寒风，不畏眩晕》这一章，生存的姿态就更为主动了。在密室中，人奋力挤压自己的肉体，要将时间（生之体验）从里头榨出来。那真是一种将自身往死里逼迫的操练。铁一般的意志将人体的运动变成了爬行动物的动作，以摆脱地心引力的控制，战胜那连革命也战胜不了的噩梦。生的欲望被谋杀似的手段压制到极限，然后达到最大的反弹。人自身的意志似乎是要逼自己死，操练到最后才知道这意志是绝不允许人去死，这意志要求人非活下去不可。

最最可怕的死亡演出是《在空墓穴的周围》。每一位人间的艺术家，在他那古老的家乡都有一个空墓穴等待着他，逃犯的生活因而不存在苟且。每时每刻，捉拿都在暗中进行。如果不想死，就得抗争，一场接一场的决斗构成他追求的历程。命运是不可能预先知道的，艺术家的原始本能导致他不断犯罪，当罪积累到一定程度时，命运的轮廓就在昏暗中显现。只有到了这个时候，他才会明白自己人生的使命是什么。一次次用血来赎罪，这就是他的生涯。但为什么要这样呢？还是那个时间的问题——他不想马上进墓穴，还要在人间游荡一段时间。父亲不是游荡了一辈子吗？他在咽气前想说出真理，说出终极之美，说出永恒的爱。但这种东西难道是可以用词语说得出来的吗？所以他含恨而死，将答案留给儿子用身体去破译。他曾向儿子指明方向，他告诉青年到故乡去，因为那是本质的所在地，亦即青年欲望的发源地。而那里，古老昏暗的村庄掩藏着杀机，矛盾如箭上弦。所谓命运，所谓制裁，实际上是艺术家内部的精神机制。

垂直切入的写作还有一个最大的特点，这就是充满了绝对性。有冲动就有绝对性，因为死亡意识是生的前提。昏暗的小站里总有一部无人回答的电话；谋杀者要杀死的对象往往是自己；

力求排除发声的语言；等等，这些描述毫无妥协的余地，构成绝望的单向运动。情节、表面的时空关系等通通被排除，一切都要被抽空，一切都得不到回应。这，正是这种小说区别于一般小说的地方。在没有明确时空概念，没有具体人物也没有特色事件的地方，人要干什么呢？人要说话，说那种现存语言产生之前的原始语言，说关于自身的本质的故事。这本书里头的十个小故事就是这种故事——因为说不出来而不得不采取暗示和隐喻的方式来说的故事。

人不得不生活在自己的过去之中，因为人每天都在死去。这个庞大而沉重的过去将人的每一点生机都窒息掉，使人的身体彻底麻痹。所以艺术家每时每刻的冲动都包含着谋杀自身的倾向。只有这样，他才能呼吸到自由的空气。卡尔维诺是这样形容这种行为的——时钟的指针在移动中，像断头台的刀刃一样砍出咔咔的响声。这种惊心的体验相当于在谋杀中求生，也就是不断剿灭，造成空白，又不断从空白中重建。是由于时光无法倒转，所有的生存都是一次性的，艺术家才去创造的。他要在创造中回到“过去”，因为这个过去就是他的未来，他的可能的生存。

追求语言的绝对性即是企图用语言直接说出本质，这当然是不可能的事。但人可以间接地达到这个目的。绝望的写作的努力中包含着双重性，写作者突进到作为生死界限的门槛那里，他的语言便会充满了彼岸的回声。老作家弗兰奈里的做法是：写出所有的书，即以“死人的语言”为追求目标，不断地暗示彼岸，每分每秒生活在彼岸语境之中。这种书籍的阅读也同样是双重的。

读者在阅读当中同样可以使自己的身体消失，化为纯精神，沉浸在那种伟大的语境之中。于是，读者的眼睛看见的词语成了一些激发我们内部能量的媒介，在它们的作用之下，读者内部的精神被调动起来，然后通道就出现了，而且所有的通道都通向同一个地方——词语所暗示的那个地方。所以书中说，读者是读着两本书，一本在眼前，另一本不在眼前。那本不在眼前的书承载着读者要在极限追求中达到的理想，而眼前这本书则是帮助读者实现那种追求的工具。

读完卡尔维诺这本崭新的小说之后，我想到了另一个问题，即，实际上，自古以来，那些伟大的文学家艺术家在自己作品中追求的，正是这种垂直的，关于时间、关于本质的写作。虽然有的人自觉到这一点，有的人不自觉，但只要进入到这种语境里，作家就会变得像鬼使神差一样受到牵引，奔向那冥冥之中的目的地。为什么会这样呢？因为文学艺术就是人的精神的发挥，最符合人的本能。所以人只要发动起自己的精神，余下的事就是让这场运动按你自己的本能去进行了。但最最困难的事对于写作者和读者来说，是如何发动精神，如何回到自己的本能。现代人早已面目全非，但现代人对于本能的渴望比古人更为强烈和浓缩。穿透堆积的沉渣和黑暗曲折的岩缝，到达久已荒芜的欲望之地，是一个真正的现代人的当务之急。而卡尔维诺，是一名进行这种探险的英雄。他的探险带动了世界上无数的读者，使读者在各自的领域里进行那种灵魂的革命。

这样的小说，以其涌动着的永恒的痛苦深深地打动着我们读者，它那“不自由，毋宁死”的气概在读者心灵上引起的震撼确实是空前的。艺术家浓缩的生存已成为后人的榜样，即使我们做不到像作者那样纯粹，作为他的读者，我们也在尝试着开始我们的历程。这历程，毫无疑问也会是痛苦的，因而也是自由的。自由是可怕的事，自由又是最最美好的事。我相信，在卡尔维诺的感染之下，我们读者正在战胜内心的恐惧，以他创造的这十个垂直的、充满自由精神的小故事为通道，向人类共同的故乡突进。

# 逐章解读《假如一位旅行者在冬夜》

## 第一章

理想中的读者是什么样的呢？卡尔维诺一开篇就把这个问题提出来了。也就是说，这位作家决心在这个故事中与读者建立起一种新型的关系，至于那种关系是什么样的，要在创作与阅读的进程中才会逐渐全部展示出来。第一章可以看作是关于这种令人感到陌生、不习惯的关系的暗示。

作者用第二人称“你”来称呼读者，与读者讨论读书时身体应采取的姿势；灯光的亮度；阅读时可能抱的期望；对于一本书中的意义的追求；等等。表面上，这种平等的讨论好像没有什么新东西，只不过是作者想要别出心裁地开始一篇小说。但如果仔细注意讲述人说话的语气，句子背后的暗示，就会发现这是一个圈套，这个圈套是为那些自愿进入的读者设下的，当然，它也是作者为自己设下的。它的目的，也要在后面的故事中才会显露出来。

讲述人认为，理想的阅读姿势是骑在马上，两足插在脚镫里。他还说，首要的条件是双脚离地。至于灯光，一定要调好，因为这种阅读不便打断。他还希望读者读这部作品时只抱一种希望，那就是希望避免灾难降临。综上所述，可以看出，作者心目中的理想读者是那种能够一开始阅读就将自己的世俗经验悬置，高度集中地闯入另一个世界的人。而这个人，他必定对同世俗现实有关的一切已经看透，已经心死，所以才把剩余的那点希望寄托在书籍里头。至于作品的意义，讲述人认为追求的核心应该是“新”。他所说的新，不是一时的新，而是永远的新。也就是说，读者和他自己应该选择那些具有永恒性的作品，这样的作品永远在读者心中保持“新”的感觉，并在时间的发展中不断得到解释。

如果一位读者读到这些句子时满心惶惑，觉得抓不住要领，可又隐隐约约地被吸引；如果他从它们当中辨认不出任何有助于辨认的熟悉标志而又不愿离开，这就是最好的阅读状态。就作者来说，这也是最好的创作状态。圈套就是圈套，不能让你马上意识到它。作者在此处同时也是向我们透露，要进入这个故事，往日的阅读经验即使有用，也不会直接帮助你。你必须调动自己的一切感觉，除了这以外，你还得是那种对于文学的终极意义有过体验的读者，你的脑子里有一个那样的境界，那境界到底是什么，你说不出，但只要见到它的蛛丝马迹的流露，你立刻就会被吸引，正如你被这胡言乱语似的开篇独白所吸引一样。

总之，讲述人所说的这一切，都是为了让你有个准备，使你在不知不觉地进入阴谋时合上指挥者的节拍。

卡尔维诺和博尔赫斯这样的作家喜欢将灵魂深处的事物比喻成圈套或阴谋，因为那是对于你所习惯的事物的彻底背叛。这种背叛同政变很相似，其转折往往不可预测。人一旦卷入进去，就只能放弃惯性的判断，追随事变的进程。所以又说是圈套或陷阱。阅读者和写作者同属在世俗中“心死”的人，他们愿意进入这种圈套去经历心灵的洗礼——挣脱常识，追随感觉。

## 假如一位旅行者在冬夜

第一个故事是关于人自愿历险、经历绝望的故事。事件发生的地点是在那种不知名的小镇火车站，时间不明。男主角则是身份不明的“我”。切断时间和空间，将讲述悬置的方法，大大地解放了作者的想象力，使得文字的张力发生了飞跃，每一句话都不离艺术的本质。可以感到，作者的发明并不是经过理性的思考而产生的，他只不过是跟着感觉走，不知不觉就进入到了一个陌生的世界，一个小镇，也是灵魂的入口。从叙述本身来看，又有点像一头扎进深渊——另一种永恒不变的时间。

这是一个一切都看不透的地方，周围无比黑暗，小酒吧里虽有灯光，但空气中烟雾腾腾，使人即使要看也睁不开眼，即使睁开了眼也只看到一些模糊的影子在窜动。微弱而模糊的背景里有些喃喃低语，也许可以听懂某些字句，但听不懂它们的意思。像所有这些小站一样，那里有一个电话亭，但不论男主角往里头投多少硬币，对方也不会来接电话。对这个地方“我”很熟悉，可从未来过。读到此处，作为卡尔维诺的一名读者的我也不由得想到，这个地方我也像书中的那个“我”一样很熟悉（在卡夫卡、但丁等人的作品中），但我也同样从未来过。男主角“我”手里推着一个方形旅行箱，这个箱子是一个致命的道具，它连接过去，指向未来，它是这个阴谋事件的物质基础——虽然主人公暂时摆脱了时空来到这个过渡的空白地带，但过去的一切并没真正消失，它被压缩在一个箱子里头，他不得不将它时刻带在身边。这个箱子就是卡夫卡的《美国》中卡尔从家乡带出的那个箱子的新版本。这种箱子既不能寄存，也不能丢弃，“我”必须重新找到被强行切断的联系，完成一次生命的过渡。

但是问题出现了：由于过去的那沉重的债务，现在“我”已不想再进入生活；并且“我”也不想死。“我”该怎么办呢？当男主角站在车站门口犹豫不决之时，阴谋中的逃亡已被他隐隐约约地意识到了：

> 事实上，这一点是确定了的：我要穿过这里而不留下痕迹。可是我在这里度过的每一分钟都在留下痕迹——我不同任何人讲话也留下痕迹，因为我作为一个不开口的人引人注目；我同人讲话也会留下痕迹，因为说出的每个词都会留下，之后又会带着引言的符号或不带引言符号浮现出来。也许这就是为什么作者在这个长长的段落里，往假设上面堆砌假设，却没有对话的原因。在那层厚厚的铅字下面，无人注意到我的穿过，我得以消失。[1]

这种逃亡其实也是一种突进，一种向着更深更黑领域的旋入。那么“我”为什么不愿再进入表面的生活呢？直接的原因是债务，更内在的冲动则是因为“我”要过一种本质的生活。这种生活被抽去了立足点，充满了凶险，因为赤裸裸的个人要靠“纯冲动”来维系自身的存在，即，你冲动，你才存在。而被“我”卷进去的读者和作家也面临同样的凶险。小镇车站，这个遥远的灵魂的居所就在“我”的本能的向往中出现了，与其说是上帝的安排，不如说是作者长期经营出来的奇迹。这里的酒吧里可以听到命运的喃喃低语，幽灵似的人们脸上总是同一种表情——一些本质显露的面孔。接下去发生的事揭开了谜底，但这个谜底依然是暗中发生的，如果读者注意不到，就仿佛什么也未发生过一样。

“我”首先注意到这里的人们最大的娱乐就是打赌，他们对日常生活中的琐事都要打赌。所谓打赌，就是强调事物的偶然性。但在车站这个特殊的地方，任何一件偶然的事都有它的必然的根源，并最终会实现这种必然性。所以人们打赌说皮货店女店主的前夫会到酒吧来，他就真的来了；人们还打赌说警察局长会随后而来，他后来也果然如期而来。在车站，必然性也要通过打赌来实现，如同在创作中一样。

女店主的前夫来酒吧是来看女店主的，他们之间多年来仍有着痛苦难言的牵挂，这种关系成了他俩一生中永远解不开的死结。作者在此并没有介绍他们之间关系的具体情况，因为那种介绍是题外话。作者只是要向读者显露：任何“阴谋”的产生，都是由于人的情感上那些解不开的死结导致的；人的情感冲突正是诞生这种“阴谋”艺术的母体，即，通过“阴谋”演习，来转移、释放情感。于是女店主的前夫走进了酒吧，就像一个必然性的符号。他和她之间的人生悲剧构成了酒吧氛围的基础。与此同时，“我”用“我”的从前的情感故事来同她与他的故事交叉，我们进入让“时间倒转”的讨论中。所谓时间倒转，并不是通常意义上的回忆，而是一种突进似的倒退，退回到人的深层意识，让旧矛盾在那个地方获得新形式。所以讨论一完毕，“我”就想换掉“我”手中的旧道具——旅行箱。但这个箱子却不会受意识的支配被“我”换掉，那是不符合阴谋的规则的。

接下去“我”的必然性也到来了，这就是警察局长。通过“我”与局长的对话，谜底才得以揭开：原来“我”是一名密探，打进敌方警察组织的人，此刻“我”正受到敌方的追捕，必须赶快逃命。在最后一刻，“我”体验了死神的逼近，搭上特快列车逃出了圈套——或者说，作者通过“我”身上的浓缩的时间体验又一次抓住了生命；或者说，作为卡尔维诺的小说读者，我又一次经历了一场特殊的灵魂洗礼。

这就是在那个寒冷的冬天的夜里所发生的一场灵魂深处的演出，一场凭空奋起似的搏斗，一次向命运的宣战。它的题目是《假如一位旅行者在冬夜》。

## 小结

此章演示了如何写作，也就是如何进入艺术生活的问题。从表面的身份规定中挣脱出来的“我”，斩断时间和空间的连接，坐火车来到灵魂的入口，向内观察其中那朦胧显现的、深奥的本质生活。这种写作是戏中戏似的合谋，作者身兼多职——既是读者，又是灵魂各个层次的演员。而写作的历程则是由表及里的层层揭示。

“我”在无名小镇的车站里进入对于“我”来说陌生的生活。最初“我”是作为旁观者来进入的，小站里的氛围对于“我”来说熟悉而又隔膜，但又总有某种说不出的吸引力牵制着“我”的注意力。“我”是一个不愿在世俗中生活的人，“我”愿自己成为那种随时可以消失的幽灵。在小站里待了不久，“我”就发现“我”的成为幽灵的想法破灭了。“我”记起了“我”的“任务”，也记起了“我”作为一名下级间谍的身份，也就是说，“我”必须逃避追捕。

然而在这短短的时间里，小镇生活的本质一下子就在“我”的眼前展开了。这个生活就是写作本身。人们进入这个悬置地带，以打赌（“无中生有”的营造）作为追求；主角们身上负载着生存的最大矛盾，在势不两立中延宕；“我”则处在要不要进入这种生活的犹豫之中（毕竟，那是多么温暖的回忆啊）。

于是“我”身不由己地被卷入了矛盾，开始同女主角进行那种戏中戏似的，具有神秘色彩的对话。在那种对话里，久远的、精神的记忆复活了，“我”不知不觉地向身旁这个美和温暖的化身靠拢。几乎是一瞬间，障碍就出现了，首先是手中的箱子决定了“我”不能同她交往，接着是她前夫的出现，暗示了我们之间的三角恋（过去？现在？将来？）。此时，读者将深深地感到：美是追求不到的，写作就是心在渴望中煎熬。唯一可以感到宽慰的便是，这种煎熬也是一种释放。

由于“我”的介入，命运的鼓点一下子变得紧迫了。凶神出现，“我”必须继续“我”那逃亡的旅程，否则便是灭亡。但“我”毕竟介入过了，“我”又一次看到了真实的灵魂图像。当“我”在茫茫的黑夜里旅行之际，那个温暖的、弥漫着水汽和咖啡香味的小站，那几个忧郁的模糊的人影将会出现在“我”脑海里，给“我”慰藉，也给“我”勇气——“我”渴望的不就是这种小站的体验吗？人都有一死，一次次模拟这种死里逃生的游戏显然是作者最大的爱好。小站里的一切都具有神性，在那种欲望蠢蠢欲动的氛围里人最容易想入非非，因为是创造的瞬间啊。你渴望女性之美，女主角就出现了；你说出你的预见，你预见的那个人就真的出现了。当然，逻辑的最后阶段总是死神现身，不是真的死，而是拼死逃脱的表演。

为什么纯写作永远是关于开端的写作呢？因为在这种写作的规定中，人只能在一个一个的异地小站中短暂停留。这种真空似的小站，不具备充足的供人呼吸的氧气。所以自由的境界只能体验，不能生活于其中。纯文学就是在这些异地小站中表演极限体验。即便如此，世俗中的人如果从未到过这种小站，将是多么大的遗憾啊。难道不是每个人都有“摆脱”的冲动吗？

## 第二章

作者又一次用斩断时空的手法在这一章中重新开始，为的是在读者内心引发骚乱和革命，使读者在悬置状态中奋力挣扎，从而让潜意识浮出表面，去寻找纯粹的意义。而这样写下的作品，则是直接用永恒性联系起来的作品。这种“胡乱归属”的技巧可以追溯到博尔赫斯的小说，他的《汤姆·卡斯特罗：一桩令人难以置信的骗局》所描述的便是艺术主题的统一性和无限多样性这一对矛盾。卡尔维诺则将这一点在本书中发展到了登峰造极的地步。这篇小说完全不依通常的时空逻辑发展，它遵循的是另一种隐蔽的、更为强有力的规律。如同老夫人从奥尔顿身上认出她日夜思念的儿子一样，我们读者也将从这些不相干的独立小故事中认出让我们魂牵梦萦的艺术规律。当然，这种辨认没有现成的参照物，因为规律是看不见的，它潜伏在我们心底，要靠我们用力将它生出来——正如博尔赫斯笔下那位老夫人，因为爱到极致而用纯粹的幻想将一名替身变成了她的儿子。所以卡尔维诺借书中女读者的口说：

> “我喜欢这样的小说，”她补充说，“它们立刻将我带进一个世界，在那里所有的事情都是精确、具体、特定的。当我看到事情被写成这种样子、而不是其他样子，我就会感到特别满意。哪怕这些事是在真实生活中我似乎不感兴趣的、最平庸的事也如此。”②

这就是作者的写作原则，不遵循表面的“现实”逻辑，而遵循另一种明确而清晰的、直接同永恒相连的逻辑。这位女读者（或卡尔维诺自己）希望作品清晰而准确，不说任何题外的话，死死地咬住心灵的结构。这样做需要巨大的天才，因为普通人只能偶尔灵魂出窍。从这篇小说来看，卡尔维诺确实是这方面的大师。很少有作家能像他这样，一张口就说出真理，能让作品自始至终保持对读者（当然是最好的读者）的陌生感，并在最深层次上让读者产生与作品的共鸣。这位妙不可言的女读者是引导文章中的男主角同时也引导作为卡尔维诺的读者的我进入奇境的使者。她的话总是模棱两可而又充满了诱惑，她的声音“时而清脆时而模糊”——犹如来自深渊的呼唤。但她却是一个实实在在的人，洋溢着真正的女性魅力。以第二人称“你”为代号的男主角立刻就神魂颠倒了，已经绝望的他重又燃起了生活的希望！贯穿此书的这位女主角，很像《神曲》中那位俾德丽采的现代变体，她既是一种理想，又能激起人的情感渴望。在她那暧昧而温暖的、潜移默化的影响之下，男主角的阅读眼光也在微妙地变化——变得更为开阔、更有激情，探索的欲望更强烈。《神曲》的时代已经过去了，“神性”回到了普通人的身上。她不再高不可攀，甚至随时可以同我们晤面，只要我们具备认出她的素质。

请看面对一部新作品的挑战出现的情形：

> 你找来一把锋利的裁纸刀，准备好了要穿透这本书的秘密。你果断地一刀将扉页与第一章的开头裁开。然而……
>
> 然而，正是从第一页你就发现，你手中的这本书与你昨天读的那本书毫不相干。[3]

“锋利的裁纸刀”就是读者那受过现代艺术训练的眼光；伟

大的作品给人的陌生感正是作品之所以伟大的标志之一。作为书中主角的“你”和作为读者的我是否已做好了准备呢？由此讨论进入第二个故事。

## 在马尔堡城外

第二个故事中，内在矛盾的分裂剧烈化了。仍然是潜意识深处的原始氛围。开始是比视觉更为原始的嗅觉与味觉受到周围环境刺激，使人感到惆怅、迷惘，以及朦胧的欲望的抬头。看看这些充满了暗示的描述就知道这是与现实主义迥异的。卡尔维诺讲究描述的“精确”与“鲜明”，他详尽地描写某些看似毫无意义的细节，只有当你将他的用意搞清楚了之后，你才会明白他所说的“精确”与“鲜明”所针对的，是什么样的蓝本。就比如此处，这个梦境一般的大厨房；厨房里弥漫着的种种气味；从清晨到深夜人来人往、永不宁静的场面；以及从这纷乱的背景中渐渐显出蛛丝马迹的阴谋，这一切，同作为他的读者的我心灵深处的那个蓝本也是完全符合的。所以我感到作者的确是既“精确”而又“鲜明”。这是一种高超的技巧！作者不能依仗于表层的记忆来描写，他必须从内部“生发”出种种场景。

> ……你也认识到你觉察到了这一点，因为你是一位警醒的读者。虽然你欣赏这种写作的精确性，但老实说，你从第一页起就感觉到了每一件事物都在从你的指缝间溜走。④

丧失的是什么呢？是日常思维模式的那些支撑点，所以人才会感到“一种解体的眩晕”。“你也认识到你觉察到了这一点”——那么，创造或这种特殊的阅读到底是有意识的还是无意识的呢？应该说，我们和卡尔维诺都处在“有”与“无”之间，既不是彻底无意识，也不是直接用理性开路。这正是这种文学艺术的妙处。当我开始第一遍阅读时正是这种感觉，因为心灵革命的酝酿与发动是一个过程。卡尔维诺的小说需要阅读时的反复，有时最好朗诵。而阅读的关键则是执着于感觉。此处的描述给我的感觉是挽歌与渴求——那种世俗与天堂之间的诗人的感觉，而不是人们所习惯的、表面的一刀两断和非此即彼。处在转折点上的男主角“我”即将告别以往的生活，被人带往另一个陌生的地方。开篇大段的描述所说的，就是“我”的真实处境。但这种处境必须继续辨认下去，“我”才会存在。

于是“我”认出了蓬科就是过去的“我”。现在的“我”虽即将离开，蓬科却作为过去的“我”依然占据“我”在此地的一切，成为抹不去的象征。而这正是现在的“我”最不愿意的。自古以来，诗人们最不愿看到的就是自己背后那条浓黑的影子，因为羞愧令他们无地自容。于是，当“我”检查蓬科的私人物品时，扭斗发生了。“我”要摧毁过去的一切，让蓬科落空；但蓬科是不可摧毁也不可战胜的；而“我”又非从他那里争夺“过去”，也争夺“未来”不可。在扭斗中，“我”又感觉到，这种争夺早就开始了。从前“我”同“我”的情人在灶台后面的泥炭堆上翻滚，我们相互咬啮对方之时，“我”其实是想毁掉“我”的情人，即不将她留给蓬科（旧“我”）。发生于内部的这场扭斗的感觉是很复杂的，而且具有多层次的意义。例如“我”将蓬科看作“我”的镜子，以从“镜子”里头反映出的“我”的形象为准则来调节我的动作。就连挨打时的痛感也有很多层次，而“我”击向对手的拳头也是出于要砸烂过去的“我”、使之无法辨认的冲动。当然，我的新生的渴望里头也包含了强烈的恋旧——我不愿蓬科的到来毁掉我的过去，我愿我的过去保存在我的记忆中，不加改变。在这个意义上，蓬科又代表了新“我”。他是一股可怕的力，不由分说，出奇的霸道，将我视为珍贵的一切用力践踏。而且他还带来了新的诱惑——他的情人。那个女孩是我以后要奋力去追求的。也就是说，我必须让自己成为蓬科。他就是未来的我。

“新”与“旧”的搏斗在双重或多重感觉中继续着，对于自我的认识也同时深化着。终于，“我”推开了压在身上的蓬科站了起来。这时，周围的一切都改变了。“我”成了一个新人，无法在此地再延续那些旧的关系。但是蓬科，以及与过去有关的一切都进入了“我”的体内，“旧”与“新”的血液混合在一起，“我”成了双重人。这样一种新生赋予了“我”从未有过的高超眼力和听力，所以“我”现在可以听懂蓬科的父亲和“我”爷爷的对话了。他们在议论考德雷尔先生（蓬科的父亲）的家族与另一个家族之间的无休止的械斗，考德雷尔就是为了让蓬科躲避危险将他转移到此地来的。于是在考德雷尔先生的话语后面又出现了一幅新的时间的画面，那幅画面同“我”和蓬科扭斗的画面交叉，表现出阴谋的多重性。仿佛十分清晰，但又依然朦胧。这场扭斗让人感慨万千。灵魂深处的景象就是如此，千古之谜将人的动作拉成了慢镜头——每一股力都有相反的力与之抗衡，时间的多重性使意义不断分岔，像万花筒一样变幻无穷，而又万变不离其宗。

“我”听从命运的召唤，走向门外的寒冬。在那边，有一个更大的谜等待着我。

## 小结

艺术生存就是自我分裂后各部分之间的搏斗。在第二章里，这种关系间的冲突变得激烈了，扭斗的动作具有令人眼花缭乱的多层次意味。

进入创造氛围之初，一切事物全是朦朦胧胧的，然后眼睛就开始了辨认。脱离了世俗，辨认的标准当然也就同世俗无关。KUDGIWA 厨房有点类似于前一章的那个小站，都是于朦胧中酝酿着矛盾。二者的不同在于，这一次“我”成了矛盾的对立方。“我”将在这种没有胜负的搏斗中从对方获得力量，也获得自己的新生。这种新生，也是将对方合并到自己体内的那种运动促成的。

艺术生活是不能停留的，作家必须让自身不断裂变，不断地演绎一场又一场关于人性的新戏。这就是说，进入创作境界就是处在风暴的前夕。然后搏击就开始了——它无法不开始，因为每一次创造都是新生，每一次新生则要同旧我搏斗，然后挣脱其钳制，获得独立。当然，并不是消灭了旧我，而是通过搏斗包含了它，使原有的“我”成了一个复合体。这种搏斗也是自力更生似的认识运动——通过击打的力量和痛感来加深对自我的认识。旧我是多么的令人羞愧，新我是多么的不可捉摸，令人恐惧和向往。然而在这种凶残的、痛彻骨髓的搏击中，在痛感的海洋中，“我”的目光始终凝视着远方的航标，那航标就是“我”所倾心的女性之美，她无论何时总是给“我”带来新的激情和满足。为了这种体验，“我”继续搏击。

在艺术审美的活动中，一切肉欲都已经得到了升华。所以在KUDGIWA这个地方不要谈论世俗的爱情，这里只有美的向往、美的拥有和发展。在严厉的灵魂审视中，任何托词都改变不了事物的性质。当然，人免不了要为自己辩护。“我”是谁？一个乡村的青年，有着同众人一样的卑微的个人情感和占有欲。“我”的唯一出色的品质，在于“我”要挣脱惯性的制约，扑进那个不可知的未来。即不满足于现状的品质。“我”冲动、粗野，对异性的欣赏停留在低级品位（用天堂的眼睛看），可是“我”身上涌动着无穷无尽的认识的欲望，这就决定了“我”前程无量。同时也决定了“我”必须过双重生活，形成双重人格，即粗野而又优雅，肉欲而又纯美。而那暴风雨中的航标，自始至终指引着“我”。

上一章的阴谋在这一章中开始实现了。“我”在KUDGIWA经历了阴谋的第一次搏击，“我”突围了，“我”即将进入PETKWO省的庄园，而在那个庄园里，新的阴谋正等待着“我”的卷入。“我”在卷入阴谋时身不由己，仅仅只能倾听朦胧而遥远的处所传来的鼓点声。

艺术工作者，一生都在策划阴谋，他的生活就是不断破解由自己策划的那些阴谋，所以是充满了刺激的冒险生活。

# 第三章

你的阅读是由切入这本书的有形的固体的动作引导向前的，这使你可以进入到书的无形的本质。——男读者[5]

我并不是要进行常规陈腐的、由表层故事情节引导的水平阅读，而是要用裁纸刀一般锋利的感觉切入到深层，将阅读变成向本质突进的无限过程。凡本质都是无形的，只能进入不能一劳永逸地把握它，所以“阅读就像在密林中前进”。每当读者觉得抓住了一点什么，想继续追踪时，书里面就出现空页。于是表层的时间结构消失，深层结构呈现，我同书中的男读者一同进入梦幻世界。

辛梅里亚是在强权之下隐匿的国家，故事将围绕这个谜一般的国家展开。

首先是男读者“你”急于找到柳德米拉，要同她交流信息，讨论心中的疑团。但柳躲起来了，接电话的是她姐姐罗塔里娅。罗塔里娅在电话里阐述了另外一种阅读方法。她的方法同妹妹的方法正好相反，不是从感觉出发，在感觉的河流中去摸索规律，而是脑子里先有那种说不出又把握不了的最高结构，然后自己努力从书中去辨认自己想要证实的那种结构。如果在书里的蛛丝马迹中发现了那种结构，这本书就被挑中，反之，则被她抛弃。罗塔里娅脑子里的那种结构显然是那种抽象的人性结构，这个结构必须通过书中词语的暗示而逐步地呈现出来，她的工作，就是将她感觉到的词语的深奥含义按她的方法解读出来。可以看出，罗塔里娅的阅读其实就是柳德米拉阅读的逆向表现，两种阅读既相通又互补。所以罗塔里娅先于妹妹同男读者讨论一通，然后妹妹才来接电话。这也是向男读者暗示，要摆脱迷惑、获得感觉，就要不断克服障碍，熟悉新事物，因为感觉不是想有就能有的，它受到理性的控制。双向的过程是这样的：柳德米拉用局部感觉去获取书中的深层结构；罗塔里娅则用最高理念去观照局部感觉。实际上在阅读中二者缺一不可。否则要么获得的是零散的感觉，要么获得的是未经证实的苍白的理念。而在书中，两姐妹殊途同归。

> “这又是圈套。正当我看得起劲的时候，当我想要知道蓬科和格里次维的下文的时候……”——柳德米拉[6]

一旦发现了圈套，有了那种熟悉的陌生感，就等于是发现了规律。然而书中人物之间的一切关系并不会自明，接下去仍要靠阅读来努力建立。这是这类小说的最大特征。所以柳说了上述的话之后又变得犹豫不决，似乎要表达某种无法表达的东西，某种深渊里黑暗中的感觉。她说：

> 我还是希望我读到的事物不全是现存事物——坚固得像你可以触摸它们一样。我愿意感觉到有种东西裹着它们，某种另外的、你不完全知道的东西，某种未知事物的标志……[7]

毫无疑问，这是最好的读者应该具有的感觉，即，从字里行间弥漫出来的原始气息里去找那个结构，以不确定感来检验自己的信念。

然后男读者提起了辛梅里亚这个消失的国家，并提到它的自然资源：泥炭和沥青。我读到此处眼前便出现了月光下一望无际的泥炭和沥青——死亡之国的风景。那种地方出现的第一个词语是什么样的呢？

柳德米拉不让男读者同她见面，她坚持要“不期而遇”。她要求男读者去辛梅里亚文学教授那里同她会合，于是男读者来到大学。

大学仿佛是原始的洞穴世界，所谓文明的规则在此处是不起作用的。男读者在这里遇见了“洞穴”青年伊尔内里奥。这个返祖的“原始人”，生着一双以狩猎和采野果为生的人们具有的锐利眼睛，他早就学会了在阅读的时候“使劲看那些文字，直看到它们消失为止”[8]。也就是说，伊的方法是穿透文字，让文字解体，返回产生文字之前的意境。而柳德米拉则是玩味文字里头暗示的古老含义，使原始氛围与现代表达连成一体。这两人的方法又是相通与互补的，他俩因这个而建立了密切关系。

经历了重重阻碍之后，大学洞穴中的探索仍不顺利，因为“感觉”是绝不会让人轻易获得的，男读者必须以更大的强力与执着突进。迷惑之中，他终于见到了生着“飞越绝壁的人的眼睛”的传奇似的教授。教授将他关在门外，逼问他为什么上这里来找柳德米拉。教授这句双关语其实是拷问他的灵魂，即，逼问他为什么要寻觅，寻觅什么。男读者却只能回答表层意识到的事实。接下去教授又提了一连串的问题，其实都是拷问男读者的灵魂。就这样半蒙昧半清醒，男读者追随这个怪人走进了洞穴的深层处所，那里是教授的整个精神世界。

在那个挤满了书籍的、窄小的斗室里，教授谈到了辛梅里亚的语言。他说到这种已经消失的语言是不能研究的，所以他将自己的研究室称为已经死亡的研究室。实际上，这个研究室里头是死与活之间的中间地带，教授和他的学生们在此处所从事的，是那种破除了一切禁忌的艺术活动，即他所说的“什么都干”，“为所欲为”。辛梅里亚文学虽然已被埋进坟墓，但在这块领地里头，看不见的文学却实实在在对教授和他的学生们发生着作用，使得他们（包括男读者）一到这里便感到了自由的氛围。教授的正式表演开始，他拿起一本辛梅里亚语的小说朗读起来，他的即席翻译着重对动词的详尽解释，因为动词是连接过去、现在与将来的桥梁，它就是时间，就是无以名状的精神。

辛梅里亚语就是创作者在创作的瞬间所渴望的、那种无法变成现实语言的、具有神性的语言。这种语言指向死亡，但又并不意味着死，而是一次次在极境中被激活。站在极境里的教授，是这个时代的稀有生物，我们人类因这样的人而得救。

## 从陡壁上探出身躯

“我”生活在一个危机四伏的世界上，周围的事物处处隐含着凶兆，向“我”发送警告与信号。当然“我”也清楚，所谓“事物的含义”其实也就是我内心深处的事物存在的方式。这些事物是普遍的，无处不在的，它们表明一种说不出来的必然性。“我”住所的附近有一个气象台，这个气象台对于“我”来说是一个人造的死亡监测台。

以上就是这个故事的描述者的心境。作为这个故事的读者，我立刻被这鲜明而准确的描述所吸引。

接下去描述者又向读者描述了一幅令人惊心动魄的画面：岩石上长出了一只手。这个画面实际上是经过“我”的大脑及视觉的过滤而转化出来的。它的原型是被关在古堡里的囚犯将手伸到高墙之上加了两三层铁栏杆的窗户外面的画面。“我”看到的这个画面对“我”来说有两种含义：一、人类绝境求生的象征。二、精神不灭。既然连岩石上都可以长出手来，有什么理由不相信精神的信息会永远传递下去呢？

然后“我”又走到无人的海滩上，摆成半圆的柳条椅子向“我”显示虚无的逼近，末日的风景令“我”眩晕，“我”正跌进中间地带的深渊里。带着一颗空落落的心，“我”同茨维达小姐相遇了。事情的发展完全出乎“我”的意料。正是这个不动声色、看似娇弱的茨维达小姐，在“我”的眼前上演了一场英勇惨烈的、绝境求生的戏。真是人不可貌相啊。而作为配角的气象观察员考德雷尔先生，也在剧终之际显露了他在整个事件中的作用。

一开始，“我”看见茨维达小姐在海滩上专心致志地画贝壳，“我”反复玩味这幅画面的“含义”，思考它向“我”传递的信息。贝壳完美的外形正是茨维达小姐追求形式之美的象征，在遥远的童年时代“我”也曾为之着迷，但现在，“我”关心的是事物的实质，即贝壳里头的生命实体。“我”知道这用不着追求，到时它自会显露。再说“我”的健康也阻碍着“我”立刻结识茨维达小姐，即，立刻卷入生命的阴谋。我在犹豫。

然后“我”在气象台遇见考德雷尔先生，他是来收集“气象数据”（心灵晴雨记录）的。由于“我”还处在尚未觉醒的阶段，所以没有打算加入他的工作。但是考德雷尔先生用他的言谈和行动使“我”不知不觉地卷入了他的工作，而“我”也没有推辞。“我”为什么不推辞？因为实际上，考德雷尔先生代表了“我”的真实意志，那还未被“我”意识到的开始生活的意志。大概所有的艺术家都是先有冲动，后有意识吧。并且作品的成形还要倚仗于考德雷尔先生这类阴谋家，他是人内心最为深奥的那个部分。

所以一开始记录气象，“我”的犹豫不决的性格就改变了，“我”开始同茨维达小姐谈话。而此时的茨维达小姐，已经不再画贝壳了，她正在画刺海胆，那痛苦抽搐的形象令人恶心、惨不忍睹。然而这就是生命内部的真相。茨维达小姐之所以画这种动物是因为她老梦见它，所以要借画它来摆脱它（她的行为正是所有艺术家的行为）。

不久茨维达小姐出现在探视囚犯的人群里，戴着黑面纱，样子傲慢。一切都在暗中发生，笼罩着令人费解的黑色。医生们要“我”减少接触黑暗，可“我”却在大白天看到了比黑夜更黑的黑暗，那到底意味着什么呢？读到这里，我深深感到这位描述者具有一双纯粹的诗人的眼睛。现在他已看到了死亡，这却是因为他要为生存而进行致命挣扎了。这种挣扎是由茨维达来实施的，而茨维达就是“我”的自我，“我”的内心风暴的镜子。

茨维达告诉我她要去画那些犯人。而“我”，鬼使神差般地对她说，“我”对无生命物质的外形最感兴趣。“我”说这话时想到的是关于永恒的问题。但茨维达马上从自己内心出发同意“我”的意见，她说她要画一种“四爪锚”。对于“我”来说，四爪锚所包含的信息非常复杂。有鼓励，有邀请，也有对于可能引起的伤痛的恐惧。但茨维达不容“我”犹豫。早在她画刺海胆的时候，她就已经决定了要破釜沉舟。

> “要想从容不迫地从各个角度画这种锚，”茨维达说，“我自己就应该拥有一个，这样我就可以收着，慢慢来熟悉。你觉得渔民会卖给我一个吗？”

> 为什么您不去买一个呢？我自己不敢去买，因为一个城里姑娘如果对渔民的一件粗笨的用具发生兴趣，会使人感到惊讶。——茨维达[9]

她的这些话堵死了“我”的后路。她不仅仅果决、积极、热情，身上还具有某种冷酷的气质。有时她就像一把手术刀，这正是“我”所欣赏的。于是“我”的思路紧随这个黑色幽灵到达地狱。

> 生活不是别的，只不过是串味儿。——监狱看守[10]

也就是说，生便是同死的交合。当你闻到尸体的味儿时，你便处在活跃的生的意境中。航海用品店店主的话更加加强了描述者的这种感觉，那人提到利用铁锚让囚犯越狱。而“越狱”

在描述者看来就是让心灵离开身体，过一种恐怖的生活。即我们平时所说的灵魂出窍。“我”非常害怕，但只有走下去。

考德雷尔将事情说得更严重，他似乎代表某个组织，他说他们“要执行一项长期的、整体的越狱计划”。他是站在墓地里说这话的，他所代表的庞大组织就是那些死人。（对于艺术来说，心死，才有可能破釜沉舟。）接着考又说他要离开几天，让“我”在警察局长面前否认四爪锚的事，而且要“我”不要再去气象台了（就像是故意用激将法对待描述者）。

“我”在感到绝望（为什么绝望？因为怕考德雷尔将“我”排除在“生”之外吗?）的同时，认识一下子产生了。“我”意识到:只有观察各种气象仪器（精神动向监视器），才能使我把握宇宙间的各种力量，认识它们之间的和谐关系。这个认识也向“我”预示：谜底就要揭开了。

“我”遵循自由意志一大早就去了气象台（这其实正是考德雷尔的意愿）。在那里“我”像个乐队指挥一样，以至高无上的宁静的心境主宰了大自然的风暴和动乱，“我”沉浸在和谐与幸福之中。这时，在气象台下面的棚柱之间，一名逃犯（死囚？）躲在那里，他要求“我”替他通知茨维达小姐。

“我”的完善的宇宙秩序之中出现了一道裂缝，永恒的矛盾继续着……

这个故事令人想起博尔赫斯的《曲径分岔的花园》，但表现手法迥异。在这些生活于纯精神境界的人们当中，同一个主题的表现方式是无限的。

## 小结

具有无比完美的形式的海中贝类，它们的内部是什么样的呢？内部与外部之间的关系又是什么样的呢？这一章所揭示的生命的奇迹和艺术的形式感令人震撼。

在世俗中，一名艺术家的个性总是扭曲的、阴暗的，正如小说中的“我”，也正如贝类那阴暗的内部。但艺术家的内心又绝不止扭曲和阴暗，几乎每时每刻，他都会被生活的诱惑牵扯进去，以遍体伤痕的身体做出又一次奋起，充当宇宙交响乐的指挥——或者说像贝类那样分泌出那种最高的形式之美。

世界对于具有艺术气质的人来说充满了暗示，因为世界就是人的镜子。只要人坚持不懈地观察那面镜子，他就可以从那里头看出自己命运的蛛丝马迹。就是通过这种执着的“看”（一种职业习惯），“我”渐渐地悟到了茨维达小姐和考德雷尔先生邀“我”加入的激情戏。（那不就是出自“我”自己的自由意志吗?）他们二位的决绝和不顾一切的勇气，重新唤醒了“我”体内的生之欲望。不管“我”愿意不愿意，“我”必须为自己的生存再一次搏击。当然，“我”是愿意的，“我”心底难道不是隐隐地渴望着这个吗？不然“我”为什么要去气象台，为什么要寻找茨维达小姐?

如果人能够意识到的话，他一生中的精神冒险的确类似于一连串的惊险恐怖片。是精神促使人去冒险，将人逼到悬崖上，逼出他体内的生命力来。苍白的面孔，黑色的面纱和衣服，茨维达小姐身上散发着墓穴的气息。她是从事这种冒险活动的高手，所以“我”一见之下便为她的魅力所深深吸引。在这两个人的刺激之下“我”开始主动承担生存的义务了——那就是投入戏中充当角色。什么样的角色呢？逃犯。精明、工于心计的，喷发着生命力的逃犯，从死神手中抢时间的刑事犯。戏改变了人的视野，黑色的阴影隐退，久违了的彩虹出现，宇宙间奏起交响乐。就是为了这样的瞬间，仅仅只是为了这样的瞬间，人不能消沉，人必须时刻准备着去领略生命之美!

这一章里面还传达了一个重要的观点，那就是人类的精神不会随个体的消失而消失，精神是一个“场”，她是可以传承、传递和发展的，她像岩石一样具有某种普遍性和永恒性。只要有高级动物存在的地方，就会有这种“场”。石头、锚、碉堡、墓穴等等，这些冷冰冰的事物无不传达出她的信息，激励着人们加入她那激情的运动。谁会视而不见，不为所动？你既然还活着，你的本质、你的生命的意义就在这里啊。卡尔维诺审美运动中包含的残酷之美在这神秘的篇章里得到充分的展示。她真是令人如醉如痴，也令人奋发向上的运动。为了这种幸福，人宁愿长久地徘徊在墓地，沉浸在浓黑的阴影之中长时间地冥想。艺术家，像猎狗一样追寻着死亡的气息，化腐朽为神奇!

## 第四章

教授在男读者面前表演了一次精彩的行为艺术，表演到后来，男读者、女读者都加入到了这场戏里头。

起先，他通过他那种特殊的朗读（忠于原作的“朗读”是原始的发声，是永远不需要回答的、直抵本质的表达。因为辛梅里亚语不是交流的产物）向男读者展示纯文学的阅读和写作究竟是什么样的底蕴。渐渐地他将自己变成了一条鱼，用他那自由的生命运动来把握精神，使故事中隐藏的东西活动起来、贯通起来，将世界变得流畅而透明。于是研究所、书架和教授消失了，男读者来到精神的异地。柳德米拉也不期而遇地来了，也许她一直就在这里。教授在故事中表达着物质世界的虚无，随着这种怪异的阅读，他的身躯也渐渐消失。也许他就要进入《浮士德》里面“母亲们”所在的地底。他告诉他的这两个学生，一切书籍的下文都在彼岸，辛梅里亚的语言是活人的最后语言，这种极限的语言是一道门槛，越过门槛便是死人的没有词语的语言。而活人来到这个门槛是为了倾听彼岸的事情。他那尖叫的声音在房间里回荡，人却不见了。极限阅读经常是很恐怖的。异地的风景虽然诱人，但无处不隐藏着死亡的威胁。就像进入了一个罗网，有看不见的手正在收拢那张网。这种阅读是对身心的训练，使人消除僵化，恢复应有的律动。

由于死亡恐怖的袭击，男读者和柳德米拉紧紧搂抱着躲到一个角落里，用他们的身体语言证明着活人也可以拥有没有词语的语言，至少是可以感受这种语言。

> 阅读总是这样的：有一样东西在那里——由写作构成的东西，坚固的物质性的对象。它是不可改变的。通过这件东西，我们再依照另外一件不存在的东西来衡量我们自

己。这个另外的东西属于那个非物质的看不见的世界，因为它仅仅能够被思考、被想象，因为它曾经有过，但不再存在。它过去了，丧失了，再也达不到了。在死者的土地上…… ——教授

也许，它不存在是因为它还没到存在的时候。那是某种被渴望、被害怕的，可能或不可能的事物。阅读是朝着某种东西行进，那种东西即将出现，但还没有人知道它会是什么…… ——柳德米拉[11]

当教授又一次强调虚无压倒一切时，柳德米拉激动地起来反驳了。她用青春的活力、实实在在的渴望，用她对书籍的迷恋来证实精神的存在，也就是用身体来同原则对峙。她想说的是，人是可以分裂的，词语也是可以分裂的，当她读着手中那本有形的、物质的书时，她同时也在读另一本地下的、无形的书，而这正是她一贯的阅读方式。真正的文学绝对不是要毁灭人、使人颓废的东西，真正的文学是向人传达生的意义的文学。教授赞同了她的意见，但仍然坚持说，“过去”（即辛梅里亚语）已经永远消失了，虽可以通过阅读唤起回忆，但毕竟不再存在了。这时柳德米拉就说出了她的人生信条：她是将“过去”当作“将来”来追求的，她通过阅读向可能的世界突进，而这个可能的世界本身就是辛梅里亚王国。她的每一次阅读都是为了达到这个境界的努力。在这个意义上，作品绝对是可以交流的，也只能

在交流中存在。同古人交流，同今人交流。就这样，柳德米拉作为最好的读者，通过表演完成了教授的研究。但也许，这正是教授一开始同他们进行这种特殊交流时的本意？是他在诱导着这些听众同他一道追求生命的意义？

> 我现在希望读到的是这样一本小说，在那里面，历史的故事和个人的故事一道降临，如同隐约听到的闷雷。这样的小说通过无以名状的剧变给予你活着的感觉……[12]

柳德米拉内心的进取的活力使她能立于不败之地，同教授对峙。她勇敢地将虚无感容纳在自己的精神世界里，不知疲倦地探索着未知的领域。

故事发生了转折，柳的姐姐插了进来，她告诉柳，教授朗读的故事并没完毕，下半部是由另一种已消失的语言写成的（这里涉及的是文学通过转换版本继续生存的问题）。于是另一位教授出现了，这位钦布里语教授同辛梅里亚语教授发生了争执，他们的争执实际上也是一种殊途同归，两种文学同样是为了否定世俗的价值观，提倡一种合乎人性的高尚理念。所以柳德米拉只关心此书有无下文，不管下文是用什么语言写成的。她作为优秀的阅读者，追求的是终极价值，不论版本如何变化，目标始终不变。

这样，男读者与柳就加入了柳的姐姐罗塔里娅的文学小组继续他们的阅读。钦布里语教授的故事是从辛梅里亚语的那个故事发展出来的，两种语言相互交织。这说明最具普遍性的那种文学可以获得最多样化的阅读，或者说写作与阅读都可以“各取所需”地进行。作为读者，不论你是什么样的人，不论你从事的是何种研究，只要你有渴求，你对自身的存在感到焦虑，就可以从这种阅读中得益。

罗塔里娅一开始那种出自根源的、特殊的朗读，作品固有的排斥力就消失了，“铁丝网像蛛网一样被冲开”，大家都进入到小说的意境当中。这便是教授和两位女读者在男读者面前所表演的“行为艺术”，高超的阅读扩大了男读者的眼界，同时也激发了他的创造欲望，同台演出于不知不觉中已经实现了。

## 不怕寒风，不畏眩晕

这个故事描写的是一场积极主动的灵魂革命。

年轻女人伊琳娜是描述者“我”和瓦列里安诺的偶像。这个女人头脑里有无休止的幻想，并且她对肉欲的追求也没有止境，似乎狂热地醉心于极限体验。伊琳娜会在革命的激流中看见深渊，并为那恐怖的意象所深深地陶醉。描述者刚刚认识她的时候，其表现显得浅薄又无知。“我”完全不懂“眩晕”的微妙，而伊琳娜其实在追求“眩晕”这种极限体验，深渊诱惑着她。她是那种甚至可以在空气中搞印花设计的女人。所以当她逼问“我”：“中尉，您是从前线下来的？”时，“我”只能用老生常谈回答她。她实际上问的是：“您经历过‘革命’吗？”后来她又继续问“我”：“您变了多少？”处处都是双关语，“我”却不能领会。因为“我”确实还不懂得真正的革命到底是什么，“我”

对革命的感性认识全是从外部获得的：分裂与统一啦，炮击与溃败啦，游行啦，暴风雪啦，等等。“我”虽知道这些外部现象都只是衬托“我”的心情的，但“我”内心已经有和会有些什么发生，“我”并不知道。真正将“我”卷入革命的是伊琳娜，没有这个充满活力、意志刚强的女人，“我”至今仍处在革命的外围。

伊琳娜终于将“我”带入了革命的实践之中，也可以说是“我”出于对她的爱而自愿地坠入了革命的黑洞。同“我”一起的还有瓦列里安诺，但他似乎是明白底细的。谁能不爱伊琳娜呢？在这混沌的人世间辗转，在令人心灵溃散的压力之下，谁不想回到透明的内心生活中去呢？我遵循自己的本能追随了伊琳娜，从而第一次看到了灵魂内部的残酷真相。

我们三人一道外出或待在家里，从此形影不离。活动的高潮总是在伊琳娜的房间里进行一场既是意义隐秘的、又是展示与挑衅的表演，一次秘密牺牲祭礼的仪式。在这场祭祀中伊琳娜是祭司又是亵渎者，是神灵又是牺牲品。我们三人在密室中的行为艺术表演，是卡夫卡的《美国》中布鲁娜妲与卡尔和流浪汉在密室中的表演的另一种版本。两种表演极为相似。卡夫卡的那三个角色之间的压榨与被压榨为的是达到艺术的境界；此处这种让欲望扭曲到极点的终极体验的训练，是为了让自身进入死亡境界，并在这境界里顽强地苟活。当然这同样也是艺术境界。场面是很阴森可怕的：丑陋的裸体，肮脏的性交模拟，被强制的爬行动物似的运动，汗水，呻吟，窒息……同卡尔的蒙昧相比，此处的“我”的自觉程度高得多。在“我”的心里深藏着一个秘密，这就是在这场行为艺术中查出谁是钻进革命委员会内部的、企图颠覆政权的间谍（相当于要查出冲破理性钳制的原始欲望在哪里）。“我”的使命竟要通过如此奇特的方式来完成!

伊琳娜要求的是离奇的肢体动作，排除了性欲的性交模拟，失去重力的舞蹈表演。这种向着死亡的表演，不正是艺术本质的表演吗？所以纠缠在一起（艺术自我的一分为三）的三个人配合默契，朝着死亡的境界发起冲击。在高潮过后，“我”终于实现了我的使命，破译了“我”内心的谜：原来被秘密判了死刑的间谍正是“我”自己。是“我”要颠覆制度、战胜对手！但为什么要通过这种古怪的仪式来弄清底蕴呢？这是因为本质是看不见的，只有压榨下的表演才能接近它。说到底，专制的伊琳娜不正是“我”的自由意志的体现吗？要不然她怎么会对“我”有那么大的吸引力，使得“我”如此心甘情愿地为她卖命？人性是何等的深不可测啊!

也许所有追求精神发展的人的内心都有一个伊琳娜。这个女人掌握着使精神现代化的秘密机制，她的发明创造再现了艺术家漫长痛苦的历史，同时也揭示了自由的通道——汗水，呻吟，窒息，再加上孤注一掷的决心。

## 小结

故事里似乎有两种革命——外部的和内部的。其实这两场革命就是一场，只不过在革命刚开始时“我”没有意识到它的本质，它对于“我”便显得好像是外部的。伊琳娜从一开始就知道革命是什么，而“我”，下意识里头也隐隐约约地有所感觉，所以“我”

一见她就被她吸引过去了。“外部”革命给读者的印象是：她不可抵挡；她让人看见生命中的真空，给人造成眩晕；有一小部分人在自觉或半自觉地追求革命的体验。

外部革命是内部革命的准备阶段，“我”在伊琳娜的启示下看见深渊，同死亡结盟之后，便死心塌地去追随她了。伊琳娜（还有她的助手瓦列里安诺）要使“我”懂得面对死亡的存活技巧，她在她家中精心设计了舞台，由她来导演赤裸裸的、自力更生的内部革命剧。由我们三人所表演的那种蛇形的曲线运动，为的是转化身体的和性欲的能量，也就是将肉体变精神。这样一种转化该有多么艰难。那么我们为什么一定要挖空心思来搞这种违反自然的表演呢？这是因为在当今，生存的空间已变得如此的狭小和壅塞，人要自由地释放本能几乎已不可能。可是伊琳娜这样的人依然渴望着自由，渴望着生命的发挥，而且因受到压抑而更为强烈地渴望。在艺术领域中，新事物是由渴望唤起的，所以就有了我们的奇特的表演。我们以这种极限表演释放了我们内部的能量，战胜了死亡与眩晕，于气喘吁吁之中感受自由，于暗无天日之中感受精神之光。伊琳娜，要多么异想天开就有多么异想天开的女神，“我”又怎能不听命于她？难道“我”不是因渴求而浑身颤抖吗？

在极度的压榨之中，“我”开始了紧张的思索，也就是开始进行深层意识的活动。“我”朦胧地感到“我”必须死里逃生。也许这本来就是伊琳娜压迫“我”的目的？当然是！“我”阴险地爬动，神不知鬼不觉地摸索，终于发现了谜底：是他们两个要判“我”死刑。为了什么？为了“我”一心求生的背叛举动。

那么死刑判决书意味着什么呢？他们是有意让这文件落到“我”手里的吗？如果是这样，那是否意味着“我”应该以更高超的阴谋来继续逃脱伊琳娜所代表的组织的惩罚？

密室里的这种离奇的创造活动，虽然自古以来就有，但只有到了由卡夫卡开始的现代主义阶段，才变得如此紧张、严密，就如同千钧一发似的。在一个塞满了物质的世界里，精神如同蛇一样在细小的空隙里蜿蜒爬行，拼全力争抢生存的机会。对于艺术工作者来说，停止运动意味着立即死亡，而能量只能来自对自身的压榨。你越有能量，便越能体验生命的最高境界。

## 第五章

> “眼下我最想读的小说，”柳德米拉解释说，“应当仅仅由讲述的欲望作为它的动力，一个故事接一个故事地讲，而不是努力将生活的哲学强加于你。它仅仅让你观察它本身的生长，就像一棵树，仿佛枝叶在纠缠……”[13]

柳德米拉追求的是根源性的阅读，她其实心底认为文学作品并无什么“结局”，她只想一本书接一本书地看下去，因为结局只存在于她的想象中。这个沉浸在自己感觉中的女人，不愿意书籍外的事破坏了她的美好感觉，她说她不愿意加入写书的行列，所以男读者只好自己一个人去出版社进行调查。然而柳德米拉自己也承认，在现代社会里，读书和写书的界线正在消失。

这是因为无论是读还是写都正在演化为纯粹的创造行为，这样的创造天马行空，完全不需要任何规章约束，甚至根本不在乎自身是否属于文学、是否属于小说等等，也不要多少基本功的训练（此处令人想起博尔赫斯“胡乱归属”的本领）。看来，高级精神活动平民化的时代已经来临。谁能说柳德米拉的阅读是单纯的阅读，同创造无关呢？她不是用活生生的表演完成了辛梅里亚语教授的研究吗？

出版社是书籍的密林，在这里，各种知识交叉、嫁接，作者的身份杂乱而又暧昧不清。仿佛是从传说中的历史里面走出来的、“干瘪的、驼背的小老头”卡维达尼亚在这里负责作者与有关部门的协调工作。或者说，他的工作是帮助书籍顺利地产生。在新型写作者的眼中，表层的经验世界绝不是像从陈腐观念出发的人想象的那样清清楚楚。人的感觉世界是一个万分复杂、让人眼花缭乱的世界。规律隐藏在底层，写作者感觉不到。以往的经验对于一名写作者来说也没有什么帮助，因为每一次前进都得从虚无中奋起。于是处在这种境况中的人的最大的敌人便是对自身的怀疑。在出版社里，一拨又一拨的人来找卡维达尼亚，企图从他口中得出关于他们自己的感觉的证实，以确定他们创造的价值。但卡维达尼亚毫无例外地给予他们否定的回答，让他们落入长久的惶惑之中。如果你要坚持写作，你就只好忍受。这就是卡维达尼亚向这些作者揭示的规律——求证，被驳回，再求证，永无终止。

长期在这种地方工作，卡维达尼亚深通书籍方面的秘密。他告诉男读者说，这个庞大复杂的机构并不是有条不紊的，反而经常出问题。只要一个地方出点毛病，整个出版社就要陷入没完没了的混乱。卡维达尼亚博士在此讲述的是创造机制本身的状况。纯文学的写作永无现成规律可循，等待写作者的只是一波又一波的混乱的感觉浪潮，只有在浪潮里站稳了脚跟的人，书籍才会从他手中产生。而所谓规律，就是对于感觉的捕获，敏锐者才会出奇制胜。所以当“我”硬着头皮去追究探索时，卡维达尼亚总是给“我”一些模棱两可的回答。“我”不甘心，因为“我”抱着世俗的那种信念，认为一本正式出版的书，总是有一个实实在在的作者，故事也应有线索可循的。可是“我”越追下去越感到茫然，原来一部作品完全不是起源于某一个作家的玄想，那源头万分复杂，像是张冠李戴，又像是多次转译、多人创作的混合物。总之，那源头绝不是清清楚楚的，越查下去线索越乱。“骗子”马拉纳这样说：

> 封面上作者的姓名有什么要紧的呢？让我们在思想上向前推进三千年吧，到那时，谁知道我们这个时代的书籍哪些会保存下来，谁又知道我们时代的哪些作家的名字会被记住？有些书仍旧很有名，可是会被当作无名氏的作品，就像我们今天对待吉加美士史诗那样；另外一些作家会一直很著名，但他们的著作却全然无存，就像苏格拉底的情形一样；也有可能所有幸存的作品全部归于某个独一无二的神秘的作者，例如荷马。[14]

这里涉及关于创作的两种情况：一种是如上所总结的人类精神世界的共性，思维之间的交叉与影响、嫁接、遗传的属性。

另一种更为内在，说的是一个作者的创造源头必然归结到人类共同的精神财富——那种经过无数代人积累的、古老的记忆，或者说无底的集体潜意识。其线索的追踪只能通过创造性的开掘来实现。虽然所谓线索就像一团乱麻，理也理不清，但每一个作者（或每一种感觉）确实又是一个通往幽冥的世界的点。读者（或写作者）可以从那个点进入他的地下通道，这个通道将精神的大千世界与读者（或写作者）童年时在里面读过书的鸡圈连接起来。从这个意义上来说，表层世界是无限复杂的，源头则是透明而单纯的。

那么怎样去开掘呢？写作和创造性地阅读。将这种工作坚持下去，人将战胜“眩晕”与厌世，他的眼前将会呈现隐秘的历史长河的轮廓。

## 向着黑魆魆的下边观看

这一篇的主人公“我”有一个“黑魆魆”的过去，“我”曾经是赌徒，还做过人贩子，也许血债累累。白天梦里，每时每刻，“我”都觉得有很多人要找“我”算账，“我”的过去压得“我”喘不过气来。后来“我”终于解脱了自己，逃到一个地方躲起来，同女儿一块过一种安静的生活了。然而“过去”是不会放过“我”的，好不容易被“我”摆脱的一切重又回来了，“我”又像从前一样老毛病复发。为了利益，也为了自己的性命，“我”袭击了“我”的仇人，将他杀死，并同仇人的姘头一块制造假现场，以便顺利地拿到一大笔钱。

在谋杀过程中，“我”时时刻刻感到，“过去”不但没被“我”摆脱，反而越来越沉重地压在“我”的背上，数不清的方方面面的关系将“我”缠在一个死结里头，“我”马上就要束手就擒了。死去的仇人的尸体让“我”和他的姘头伤透了脑筋，他生前毁了“我”的生活，死后还得主宰“我”的命运。而这个女人，这个从“过去”走出来的仇人的姘头，更是一个不可思议的家伙，她非常老练地帮“我”实施了谋杀，就像是为了断掉“我”的退路似的。她甚至由于谋杀变得更为兴奋，命令“我”马上帮助她达到性的高潮。多么奇异的欲望啊。然而这场性交活动对于她来说更像一种表演给死者看的仪式，或者说她在表演艺术的高潮——因谋杀“过去”而达到快感的极限。她，同样有一个不堪回首的过去，在谋杀产生的一刹那间，她的过去就同“我”的过去会合了，我们两人的生命体验攀上了同样的境界。

“我”和那姘头将仇人的尸体搬进电梯，我们往上升时，“我”又回忆起“我”的另外的过去。这个过去是由“我”妻子和女儿构成的。当初“我”在逃脱仇人之际也逃脱了妻子——一个残忍的女人，时时刻刻忘不了将“我”控制在她手心。不久前她找到了“我”，向“我”发出了恐怖的信息，而且“我”女儿也被她重新掌握了。“我”的平静已经彻底失去了，“我”必须尽快拿到那笔钱，恢复从前逃犯的生活，不然“我”就会被“我”的妻子弄得窒息而死。

电梯到达楼顶，“我”的回忆也结束了。三个与尸体很相像的男人在电梯口等待着“我”，他们是“我”的过去，也是“我”的将来。这一次，“我”将如何逃脱呢？

所谓“黑魆魆的下边”就是一个人的历史。艺术家是背负罪恶历史的、苟活的逃犯。这个故事里头有三条时间的线索在交叉:“我”的线索，仇人和仇人的姘头的线索，“我”的妻子的线索。其中“我”的线索又曾由另外两条线索发展出来。由此可以看出，追捕与迫害是永恒的，缓解是暂时的。你选择了艺术生涯，你就永世不得解脱，世俗体验变成噩梦，死的威吓成为家常便饭。但这却是最符合你的本性的一种选择，所有那些个恐怖电影，那些个荒诞表演，实际上都是你自导自演的。子弹还没有打穿脑袋，棺材盖子还没有最后落下，好戏还没落幕，你就得表演下去。越紧张，越惊险，你越能忘记向你逼近的结局。仇人既是你要逃脱的，又是你为之深深受到吸引的，是由于你内心深处那隐秘的需要，你才永远不可能摆脱他们。艺术家的本领，就是将罪恶的过去，变成阴谋的将来，并通过阴谋来改变既成事实。你永远失败，但失败中永远孕育着希望。

## 小结

当一个人睁大眼睛辨认下面那黑暗之中的东西时，他在看什么？他看见了什么？当然，他是在看自己的灵魂，他从那里头辨认出了自己命运的结构。“我”是邪恶的，“我”却又能意识到自己的邪恶，所以“我”在逃亡中总想挣脱罪恶的圈子，从此洗手不干。“我”周围的那几个人比“我”更邪恶，也更强硬。“我”自己作恶还好像是迫不得已，他们却是出自本性。其实这几个人就是“我”自己的镜子啊，他们在促使“我”意识到“我”

本性里头的邪恶呢。为什么赌场里的老虎机，追逐肉欲到死的妓女，还有“我”那无恶不作的前妻，会对“我”有不可抵御的吸引力呢？这不正好证实了“我”天生就是她（它）们一伙的吗？从“我”的行迹来看，“我”的确同这几个恶人没什么区别。唯一的区别在于“我”的内心，“我”自动被培养起来的那种宗教感。就是这种东西让“我”对自己做过的一切感到无比的羞耻，不断地痛下决心要洗手不干。这样，“我”才成了被追击的逃亡者。

可是“我”是不可能逃脱的。做过的事无法一笔勾销，种种的关系就像越勒越紧的绳索，逃亡的前方则布满了鳄鱼坑似的陷阱。“我”已经知道，一次次出逃是“我”的本性；顺从于“我”那邪恶的前妻的无止境的欲望也是“我”的本性；杀死追踪者隐约是出自“我”的本能冲动；隐居起来过一种清静的生活也是出自本能的复归的欲望。那么这一切只能说明，“我”的本性是由一种势不两立而又纠结不清的矛盾构成。啊，“我”那没完没了的心灵逃亡之旅啊。

“我”的对头永远在世界的各处搜捕“我”，他们知道，逃亡的人是不可能不留下任何痕迹的，何况是像“我”这样凶残的逃亡者，为活命什么都做得出来的家伙。也许，他们收紧圈子，露出狰狞的面孔，就是为了看“我”能跳得多高。他们对“我”的拙劣表演很会意，脸上显出了幽默的微笑——哪怕你逃到天涯海角，你还是你！是啊，“我”必须逃亡；“我”必须洗手不干；但“我”往往又必须做一些更可怕的事，因为“我”不愿意死啊！因为“我”抵御不了那种黑暗的诱惑啊！

像“我”这样的人，什么都不信，一切都只能顺从冲动，迟早是要完蛋的。注定要完蛋的“我”，又受到方方面面关系的制约，除了任其自然，将余下的日子过得更为浓缩和惊险之外，实在也别无其他选择。然而不可否认，“我”的确经历过那么多的销魂的瞬间。比如同那姘头面对僵尸的性交；比如从保险公司骗保成功；比如甩掉尾巴之后短暂的缓解；比如同前妻曾有过的共处的幸福……“我”怎能抱怨我的命运?

在人生这张阴谋之网中，“我”是一名有自我意识的恶棍。“我”已不可能再考虑用洗手不干的方法来撇清自己了，“我”只能在心的深处痛悔、懊恼，一直到死。

## 第六章

一件艺术作品的问世背后必定有种种阴谋，像这种现代艺术，主人公同他的对手或敌人的关系总是那种深层意义上的同谋关系，即，为了演绎自我意识之谜，各方都将自己发挥到极限。

“骗子翻译家”马拉纳，其内心世界充满了阴谋诡计，每时每刻处在战争的边缘。据说他是三料，甚至四料特务，他身处多重矛盾中，却能应付自如；他习惯于在枪口下阅读，以便将自己摆进去；越是处在荒芜的窒息的环境里，他那狂人似的大脑里的思维越活跃。这样一个有着无比复杂的精神生活的人，信奉的却似乎是虚无主义。他认为一切作品的作者都不存在，因为一切作品都是同一个人写的，这个人是一位住在山洞里的印第安老人，他又是荷马转世似的永生人……读者只有深入到马拉纳的内心，才会知道他的“虚无主义”究竟是怎么回事。

作家弗兰奈里陷入危机无法创作，世界因此而像要全盘崩塌。围绕他旋转的那些机制（内心机制）发生了混乱，隐居的老作家无比苦恼——由于对自身不满，由于厌世。他觉得他所构思的一切故事全是老生常谈，是前人已经说过的事，如果他再不突破，他的创作生涯就完了。这位伟大作家所经历的苦恼实际上是一切艺术工作者常经历的自我怀疑。弗兰奈里发现山中对面小别墅的阳台上有一位女郎（柳德米拉），她那美妙无比的阅读姿态令他着迷。他想，这位女郎就仿佛居住在另外一个时空之中。弗兰奈里的脑子里生出了一个新的标准，即让自己的作品达到那位女郎的境界——一个超凡脱俗到近乎无的境界。可是不论他坐在写字台前写出的是什么故事，他都觉得距离那境界甚远。于是他开始写日记，记录那位女郎的读书活动，从她的表情来分析她喜欢读什么，然后忠实地写下来。他感到自己找到了一条精神的出路。然而马拉纳的到来搅乱了他的平静。马拉纳冷酷地向这位老作家指出，他的日记并非他所梦想的“纯”境界，仍然是世俗之作，是对曾经有过的东西的“抄袭”。老作家面色铁青，精神几乎崩溃。其实马拉纳只不过是说出为他所忽视的真实，即，任何诉诸文字的文学都只能是妥协之作，哪怕日记也不例外，因为语言并不是作家发明的，语言所唤起的意象同样如此。你要写文学作品，你就必须承受同世俗交合给你带来的厌恶感，也就是“不洁”的感觉。没有任何一位作家可以做外星人。写作就是在语言的世纪沉渣中进行的暧昧营造，只有不怕脏，才会产生空灵透明。另外，艺术是一种发展着的历史，谁也不可能置身于历史之外。彻底的

“纯”作品不存在。你要做写作者，你就必须忍受妥协带来的恶心和沮丧感，还有暗无天日的幻灭感。作家虽不能成为“小说之父”那样的万能者，但作家可以站在前人的肩膀上进行别人不能替代的创造。所以，只要弗兰奈里对那位女读者（纯精神的象征）的爱不熄灭，他的作品就具有某种永恒性。达不到永恒，却总在对永恒的渴望中，这是写作者对自己的明智的定位。马拉纳是精通规律的高手，他一眼就看出弗兰奈里的问题出在哪里。似乎是，他们之间发生的事非常隐秘，近于无稽之谈。但马拉纳正是一位善于用“虚假”来表现真实的大师，他近乎粗暴地将真理揭示给了老作家。

苏丹王后是马拉纳解救的另一个人。这位“生性敏感、不甘寂寞”的女人把阅读当作自己的全部精神生活，但是她的阅读被强行中断了。精神魔术师马拉纳，按照东方文化传统的战略为夫人制造出一本又一本的小说，每一本都在最精彩的地方中止翻译，然后开始翻译另一本，并将后者镶嵌到前者中去。马拉纳知道对于王后来说，阅读既是平息内心风暴的手段，又是防止精神颓废、抑郁的良药。而他的使命就是让夫人头脑里的那根弦始终保持紧张，让“革命”不断在头脑中演习，而不是在外部爆发。他制造的书籍达到了这个目的：

> 你觉得艾尔梅斯·马拉纳仿佛是一条蛇，它将毒汁注入阅读的天堂……[15]

马拉纳的天职虽然是制造虚无的毒汁，这种毒汁却是能够使人兴奋、使人警醒的良药，它激活了已经开始萎缩的生命。男读者读了马拉纳的信件之后，便进入了他的幻想世界，他将马拉纳的女读者的样子按柳德米拉的样子去想象：

> 你已经看到柳德米拉在蚊帐里侧身而卧，在渐渐小下来的季风中，她的卷发扫在书页上。与此同时，宫廷的阴谋在沉默中磨快了刀锋。而她，一味沉湎于文字的流动中，就好像那是这个世界里唯一可能的生命活动。这里，干沙逗留在沥青层上；这里，由于能源的瓜分和国家的原因充斥着死亡风险……[16]

以上便是“骗子翻译家”马拉纳的神奇之处。他将艺术中的根本结构的问题用如此曲折而精确的想象表达出来，堪称文学史上的奇迹。但是，到底是马拉纳还是卡尔维诺在表演文学的本质呢？其实不论是苏丹王后还是作家弗兰奈里，或者情人柳德米拉，他们都可以看作马拉纳内心的镜子，他们都面临同样的危机：前两位不得不与现实、与外界发生关系，后一位则总在享受精神生活之际同巨大的空洞晤面。弗兰奈里需要克服自己的恶心感，让作品问世；苏丹王后需要用文学艺术平息自己对外界的狂暴反应；柳德米拉要倚仗青春的热血飞跃死亡的鸿沟。这三个人的形象也可以说是从马拉纳的吞噬一切的“无”中诞生出来的实实在在的“有”。马拉纳那深邃、痛苦、繁忙而又充满希望的内心啊……难道不正是他催生了一位伟大的作家的作品吗？“故事之父”的发言人在这里呢。

……在我看来，这位姑娘被孤立，被保护，被封存着。她仿佛身处遥远的月球……[17]

这是马拉纳在被劫持为人质时看到的同为人质的女读者的形象。这位在任何情况下都能阅读，并将阅读的思维延伸到月球上的女郎形象，正是马拉纳那沸腾的内心里巨大能量的源泉。为了她，马拉纳奔跑于世界各地，到处掀起灵魂的革命，到处颠覆现有的秩序，就像有使不完的精力！反复在书中出现的同一位女郎的不同形象，是每一位艺术工作者或读者心中的俾德丽采（《神曲》），是漫漫求索之路上时隐时现的灯光。读到这里，她的既虚幻又鲜明的形象已在我记忆中深深地扎下了根。

## 在缠绕的线网里

一个人坐在家中，电话铃突然响了，于是希望与绝望并存的强烈感觉从心中升起。“我”绝不能开始生活，“我”又不得不开始生活，即使这“生活”是赴死的生活，它也是“我”的压制不下去的本能。那么，“我”能够做的也就只有认识这生活了——一边行动一边认识。“我”希望将自己变成这样一种人，即，从“我”内部的时间里隔出一个空间，这个空间完全不受那急促的铃声的支配，始终独立存在。并且，这个隔出的空间甚至要渗透我的日常空间与时间。此处指的便是自由意志，这个意志并不拒绝生活，他只是贯穿人的生活，让人每时每刻不停止对自身的认识。

然而电话铃不仅仅在家中响起，它来自任何地方。起先模糊，继而清晰，然后震荡，搅乱“我”的思维，“我”不得不听它的将令，成为“我”自己的肉欲的俘虏。“我”又一次不顾一切，毫无反思地投入了世俗生活，既笨拙，又荒唐。而结果又毫无例外地证明了“我”是在自取其辱，因为“我”终究是那种事后要思来想去的人。“我”真是生不如死啊。“我”的生活由丑闻构成，这不仅仅是因为“我”懦弱、胆小、瞻前顾后，更是因为“我”自我意识太强。可是“我”这种无地自容的感觉之所以时时伴随自己，不正是因为“我”内心有那个独立的时空的领域，那个不受干扰的理念吗？不就是因为“我”在反思吗？这就是一个“艺术的人”的内心机制。你可以不断认识，你在世俗生活中仍然要备受羞辱，而且认识越深，感到的羞辱越剧烈。就像陷入了一个怪圈，每次都小心翼翼地避免灾难，却每次都被砸得体无完肤。但很显然，“我”是有能力承受这种打击的，这只要看看“我”头脑里那根顽强的、每分每秒都不松弛的逻辑之弦就明白了。艺术家的日常生活就是这种缠绕的线网，他单凭生的意志在线网中搏斗。然而由于内部有隔绝的空间存在，由于精神机制功能完好，可耻的日常生活便被赋予了意义。

## 小结

这一章通过魔术师马拉纳的精彩表演将艺术生活内部那奇异的规律揭示了出来。弗兰奈里、王妃、女读者，还有魔术师马拉纳自己，他们共同的苦恼和幸福都只在于他们要生活下去。而在艺术生活中，你必须聚精会神凝聚于“活”的念头之中，因为死神无处不在，利剑高悬头顶。于是，为了将这种高度紧张的情景演示出来，作者写下了关于电话铃声的故事。

首先，人将自己隔离，并将一部电话机放在封闭的房间里，这就意味着精神上的独立，意味着对义务的承担。这里的独立和承担同外界和社会毫无关系，而仅限于从人性从情感出发的意义上。如果每个人都像艺术家这样较真的话，就会发现这种独立与承担非常可怕，称之为煎熬也不为过。同时这也是一种对于信念的测试：你是否有密室，密室里有电话机？你是否时刻想着那个东西，并用它来衡量你自己做过的所有的事？如果你是一个有理性、能下判断的人，你迟早会采取行动的，并且从艺术境界出发来判断，你的行动总是“对”的。是的，尽管丢脸、窝囊、无地自容，你仍然活着，并在发展自己。只因为你始终在倾听那时弱时强的召唤，并将其当作生活中的头等大事！艺术不会问你做了什么，她只会问你是否屏气凝神听懂了那铃声的含义。人，即使在世俗中盲目辗转，丧失尊严，只要他不放弃倾听，他的灵魂就有活力，就能生长，反之，则成为日益干瘪的僵尸。

艺术生活并不是“不要脸”，而是在做出了不要脸的事之后能够马上意识到，并魂牵梦萦。在某种意义上可以将其看作有牵制的冲动。牵制是为了产生那种更好、更自然的冲动。当然这只是相对来说，因为任何受到牵制的冲动都不“自然”。可如果你是一个人，你有理性，你就只能有这样曲折的冲动，就像故事中的这名男子一样。而且这也是最能制约人的兽性的机制，能够不断“意识到”就会或多或少减少兽性大发而产生的悲剧。

## 第七章

男读者来到柳德米拉的家，他在这里邂逅了生着一双返祖原始人似的锐利双眼的伊尔内里奥。伊尔内里奥属于这样一种艺术家，他用已有的艺术成果来制作自己的艺术品，通过巧妙的搭配与重组，产生意想不到的震撼效果。这个不用眼睛“看”文字的青年，具有某种特异功能，一眼就能认出书籍的作用，知道可以用它们来制作什么样的艺术品。此处描写的也是文学艺术中的心灵感应，一种说不清的东西，只有新的创造才能再现的东西。伊尔内里奥正是这样做的，他用手“做”出的艺术品诉说着他对书籍的心灵感应。现代阅读也就是遵循这种方法，读者只有通过再创造才能真正读懂一本书。所以书中说：“我们需要小说触动我们内心深藏的痛苦，这是使它不至于堕落为流水线产品、保持真实的最后条件……”[18] 内心的不安导致“革命”，有革命才有创造性的阅读。将阅读的过程比喻为雕塑家伊尔内里奥用书籍做作品是非常精确的：“……一条烧焦的痕迹，仿佛从书里蹿出的火焰，在书的表面形成波纹，将一系列像多节的树皮般的平面展开。”[19]

男读者发现“信奉虚无主义”的翻译家马拉纳原来是柳德米拉过去的情人，他曾经一度在柳德米拉家的一个暗室里工作。

这个幽灵一样的男人，不断地用自己体会至深的那种虚无感来折磨他的情人，抽去柳德米拉精神上的依仗。终于，柳德米拉陷入悲惨的、无法阅读的境地，她不得不逃离马拉纳。然而马拉纳并没有消失，他深深地藏在柳德米拉的心底。不论她如何恐惧、躲避，他的幽灵始终笼罩着她。她，一个朝气蓬勃的女郎，无论是在阅读之中，还是在同人交往之际，总会蓦然发现过去的情人的身影。而她生活的宗旨，似乎就是忘记他，摆脱他。对于马拉纳来说，柳德米拉迷人的阅读时的形象是他的理想，他的全部的精神寄托，也是令他痛苦不已的源泉——因为袭来的死亡感觉甚至破坏他对恋人的美好情感。为了将爱情的体验推向极致，他决定用永久的缺席来维持他们之间的关系，并且他不时地向她发出信息，动摇她对于她自己感觉的信赖，好像时刻在她耳边说："彻底的虚构才是最大的真实。"马拉纳自己就是最大的矛盾，他要极致的体验，可这种近于死的体验只能从喷发的生命力中产生。柳德米拉就是这种生命力。

这两个对立的人物共同构成了一种互补的人格，卡尔维诺理想中的人格。没有柳德米拉，马拉纳便会变成真正的幽灵而消失；没有马拉纳，柳德米拉的追求便会失之浅薄。二者之间痛苦的爱情就是作者那痛苦的内心的写照——既要攥住生命，又时刻离不开死亡体验。只要艺术家活一天，二者之间的相互折磨就要持续一天。

这一章里头还将阅读比喻成性交。身体的阅读与书籍的阅读是非常相似的，都是通过一系列看得见的东西去探索背后那看不见的元素——隐藏在最深处所的欲望。男女伴侣之间的探索交流正如阅读者之间、读者与作品之间的沟通，词句只不过是负载信息的工具，像伴侣的种种姿态一样，这些东西是一种编码，人借助编码来阅读深层的本质性的东西。在这种过程中，当二者好像要合二为一时，其实却更为分离，各自更具独特性。所以不论是性爱还是阅读，都不是要消灭自我，反而是要让自我占领并充斥人的头脑，这是一件既充满兴趣又非常快乐的事。

> 假如谁想用图解来描绘整个事情，那么每一段情节，连同它的高潮，都需要用三维模式来描绘，也许四维。不，不如说无模式可循，因为每一种经验都不可重复。性交与阅读最相似的地方莫过于它们内部的时间与空间都是开放的，有别于可计量的时间与空间。[20]

这两种运动都是人类所能达到的最高尚的精神运动，人通过这类运动发展自我，变得更独立、更美、更有创造性。它们的特点都是在运动时采取垂直的形式，而不是水平流动的（如通俗小说靠情节推动的）形式。阅读者（或性交者）从一些点深入下去，抵达本质。

> “我喜欢的那种书，”她说，“书中所有的秘密与痛苦都经过了一个精确冷静的头脑过滤，那里没有阴影，就像棋手的大脑。”[21]

从柳德米拉的这句话和她的一贯举动来判断，她是那种具有坚强理性，并能够让自己的感觉不断深入的读者。一个人如果不具备理性，他的感觉就只能浮于表面，他探索到的东西也只是一些杂乱的闪光点，谈不上结构。艺术家的感觉都是受到一种强有力的东西的观照的，感觉本身是那样的飘忽灵动，观照的眼睛却是那样的冷静与精确。难道不是因为这个，柳德米拉才和马拉纳成为情人的吗？他们互为镜子，看见了自己的本性。

## 交叉的线网

这本书里的所有人物都是互为镜子的。这个故事讲的是人怎样通过镜子来观察自我、发展自我、认识自我。每一次“新生”都是一次由朦胧到彻悟的过程。所谓创作的原理，也是镜像变换的原理。层层深入的认识是通过镜像的繁殖与裂变来完成的。人类之所以要热衷于这种精神活动，为的是同死神对峙，甚至在适当的时机发起反攻。围剿与反围剿，埋伏与进攻，灵魂深处其实充满了这类紧张战斗。写作者将这类暗中进行的活动挪入剧情设计之中，使之变得高度自觉，然后自我不断分身变体，展示令人眼花缭乱的复杂斗争。第一着棋都既盲目又知己知彼；每一个结局都符合那个万无一失的预测；每一次转折都出乎意料又绝对合理。结果是作品获得了主动性，操纵了写作者。

> 我愿意我写下的所有一切产生这样一个印象：这是一个高度精密的装置，同时又是一系列炫目的、能反映视野之外的事物的光束。[22]

镜子的光就是发自本能的永恒之光，人天生具备营造镜像的能力。人只要坚持按本能行事，自我就会发展，认识也会深化。就像时间可以无限细分一样，空间也可以无限裂变。时空交织，写作者自身成了无限与永恒的化身。但人不是自己想按本能行事就可以做得到的，为达到目的，写作者必须投身于自己于冥冥之中设计的镜像运动，闯过一关又一关，直抵核心。当然所谓核心，仍然是由数不清的镜像构成，写作者就是它们的总和。

## 小结

一个人有可能知道自己究竟想要什么吗？作者对于这个问题的回答是一种怀疑的态度。但显然，他的怀疑并没有陷入虚无和不可知的泥淖。他在故事中明确地提出了一种机制——镜子的机制。他认为通过这种机制的采用，可以让人内部那些深层欲望一层一层地喷发出来，获得合理的形式和最好的发挥。

从有人类的那天起就有了镜像，镜像制约着人，但在更深更广的意义上，她却是解放人性的。不论一个人是多么长于思索和精于设计，在那个无底的深渊里，总有他料不到的东西冒出来。那种东西是什么？人不知道，镜子却知道。因为镜子高悬于空中，将所有的光华聚积于自身。她照见了肉眼看不到的东西，她向人提供了宇宙的整体图像。将镜像作为手段来加深认识的这个人，用镜像来操练认识技巧的这个艺术工作者，在经历了惊心动魄的精神历程之后，有一天竟发现自己成了宇宙之魂……

人为什么总是对自我没有把握，要不断怀疑自己呢？那是因为深层欲望没法预测。幸好有镜子，人就可以从镜中发现那些既古老又隐秘的、同生命相关的东西。人通过艺术实践释放出这些东西，然后认识这些东西，使人性越来越丰富，越来越升华。同时，生命的游戏也是为了对抗死亡，游戏越深入到底层，欲望的形式也越复杂阴险。我们无法预测自己的欲望，但在认识欲望的游戏中，我们一次次目睹了我们自己的心灵结构，我们看到了宇宙的最美的图像。人生在世，最高的奢望不就是这个吗?

用巨大的激情和极高的智慧来同死神争夺时间的人，他的游戏的起因却是怕死怕到了极点。而现在，既然连死神都能亲自扮演了，还有什么事情是他做不到的呢? 欲望的层次在此篇中的揭示是非常精彩的，一层一层叠上去，当最深最黑暗的那一层被揭示出来之时，冰冷的刀刃正好紧贴我们的肌肤。艾尔弗丽达洞悉了生命的意义，她用最为高超的阴谋让“我”提前到达了宇宙的中心——那是快感、眩晕和迷失的综合，但绝不是结局。下一轮的游戏正等待着我的参与。“我”是谁? “我”是“我”的阴谋的总和，“我”是“我”创造的艺术场景，“我”是宇宙!

镜像世界鬼气森森，繁忙的思维无所不达。活着，思考，冥想，编造，一轮又一轮……同天堂结缘的诗人欣然下到地狱，这里弥漫着家园的气息，熟悉的氛围里不断传来令人激动的陌生信号……

## 第八章

老作家弗兰奈里心底的那位真正的读者到底是谁？他日复一日地观察读书的女郎，真的能看见她头脑里的映象吗？如果他希望自己的作品能在她心中唤起那种无法传达给他人的、为她独有的内心幻象，那么交流到底是否发生，他本人应该是无法知道的。也就是说，一切都是他的狂想，他的原型是一位地下读者，那位读者是经过分身的他自己。然而交流的确发生过了！不仅仅他，还有她也知道。在日复一日的观察中，写作者自身正在发生变化，因为她成了他的镜子，他从那面镜子里看见了以往看不见的自己，他因此变得写不下去了。地下的读者是深层的自我，也是传媒。柳德米拉就是从这个使者那里接收到某种信息，实现同弗兰奈里的沟通的。这个“使者”同表层的、社会的弗兰奈里并无直接关系，正如同弗兰奈里心中的理想读者也并不完全是柳德米拉一样。但是那些幽灵是存在的，他们生活在深层的共同居所里，写作也好，阅读也好，都是为了同他们晤面。在弗兰奈里眼里，阅读中的柳德米拉是那样的美妙，弗兰奈里看她时就是在照镜子，这面奇妙的镜子照出了弗兰奈里心灵里头最美的部分，弗兰奈里感到自己那些鄙俗的文字完全配不上这位天仙似的女郎。所以他感叹道：“假若我不在这里，我写得多么好啊！”[23] 他为先天的镣铐而痛苦，他渴望“零度写作”，他期盼自己的文字成为女郎的眼睛与书本之间那只轻盈的蝴蝶——

一种根本不可能实现的“生命写作”。

所谓“苦闷的作家”与“多产的作家”都是弗兰奈里的化身。苦闷的作家在万丈深渊上走钢丝，永远到不了理想中的境界，沉浸在恶心与郁闷的情绪里不能自拔；多产的作家则梦想达到苦闷作家的水平，不断地写下与世俗妥协的作品，一次次突破，但仍对自己不满意……

弗兰奈里试图找到一种没有局限的语言，一种类似空白的写作，这种注定要失败的努力始终在维持着他心底对于写作的期望。可以说只要这种期望存在，躁动就不会消失，活力也与他同在。恶心与郁闷会导致他向更深处开掘。当然每深入一个层次，恶心与郁闷又会卷土重来，逼得他再继续深入。那么，他一直期望的是什么世界？当然，是可能的世界，是现在还没有（或只有某些迹象），但一写下来就会存在的那个世界。不存在的世界却存在于作家和读者的共同期待之中。在反复的操练中，弗兰奈里忽然发现自己一直是在“誊写”同一本书。这是一本什么样的书呢？弗兰奈里将这本书比喻成《罪与罚》。实际上，弗兰奈里是在誊写自己的灵魂。在对这本看不见的书的誊写中，一种新的启示产生了，这就是：新型写作是将读和写两种行为统一起来的精神活动，由于“誊写员”独立于作品之外，他就可以既当写家又当读者。此处说的是写作行为陌生化所产生的效果。文学发展到今天，“新写作”与“新阅读”均出现了此处所说的这种情况，即，作者往往是自己作品的读者；而读者也是某种程度上的创作者；沟通成了一种互动的行为。弗兰奈里就是博尔赫斯小说中的那位誊写《堂吉诃德》的梅纳德的变体。所有最优秀的艺术家都必然会要遇到这个创造中的最大矛盾，一个解不开的死结。

> 有时，我会想到文学书中的那些主题事件，那就好像想到已经存在的某件事一样：已经想过的思想啦；已经进行过的对话啦；已经发生过的故事啦；已经看见过的背景和地点啦；等等。而文学写作却应该仅仅是将那个没有被写下来的世界写出来。另一些时候，我却似乎明白了，在被写下的作品和已经存在的事物之间仅仅只能有一种补充的关系，即，作品应当是没有被写下来的那个世界的写下来了的副本。它的主题应当是这种东西——只有你将它写下来它才存在，才可能存在。不过主题的缺席，可以从存在着的那种事物的未完成的状态里被朦胧地感觉到。㉔

尽管遭到挫折，弗兰奈里仍然坚持要写那种消除一切世俗杂质（作者的身份、事物的社会性等）的纯小说。这时发生了一件怪事：他的一部作品在未经他同意的情况之下被广泛在日本翻译出版了。然而那本出版物并不是对原著的翻译，却是某个日本出版公司的伪造物。为弗兰奈里拿来这本书的人就是“骗子翻译家”马拉纳。弗兰奈里初闻此消息时感到震惊，继而陷入深思，他觉得这里头包含了一种“典雅而神秘的智慧”。马拉纳则进一步向他揭示：“文学的力量在于欺骗。”他还说，天才作家有两个特点，一是其作品可以被人模仿，二是自己可以成为大模仿家。他的理论同弗兰奈里的实践不谋而合。长久以来，弗兰奈里所做的，就是要在作品中摒除世俗，使之只留下永恒的、纯的东西，而这种永恒性与纯粹性又包含在一切真正的文学里头。所以如果有一个机构掌握了永恒与纯粹（这当然是不可能的妄想），这个机构就可以大批制造伟大的文学了。然而不可能的妄想却又可能实现，作家们只要遵循灵魂深处那位“影子作家”的指令，不断地写，写出所有的书，不知疲倦地补充、反驳、衡量、增补，那本包罗万象的书就有写成的“可能”。而现在，有人将弗兰奈里书中的永恒性在异地加以了发展，这就相当于不同的人来共同书写那部伟大的作品，使得成功的希望更大了。说到底，弗兰奈里不正是要在书籍里排除作者吗？是谁写的，是否根据原作翻译又有什么关系呢？到了现代社会，文学的这种共性已经为越来越多的人意识到了，于是“模仿”也到处发生。这样的模仿越多，社会的文明程度就越高。因为灵魂中的那个蓝本是人类共同的伟大理想，所以弗兰奈里称这种做法为“典雅而神秘的智慧”。

接下去弗兰奈里又提到《古兰经》产生的一个故事。那里头的那位文书其实就相当于现实中的艺术家。艺术家不应因其表达手段的不完美而丧失信念，因为种种“缺憾”是表达的前提。要想说出真理，只能不停地使用“曲解”的语言。并且所谓真理，只能在“说”当中存在。弗兰奈里似乎开窍了，他是否会恢复与外界的沟通呢？白蝴蝶从柳德米拉正在读的那本书上飞到了他的稿纸上。

罗塔里娅阅读的方法也是很有意思的。她是一位层次很高的现代读者，也就是说，她在读弗兰奈里的书之前已经阅读了大量的纯文学。这种阅读的经验使她看见了文学的深层结构。她成功地将自己的经验运用到每一本新书的阅读中去，屡试不爽。弗兰奈里将罗塔里娅内部接受感觉的机制比喻为“数据处理机”，而她自己则认为她的阅读是主动进攻式的阅读，即，脑子里先“有”某种朦胧之物，然后通过阅读来验证、加强。所谓数据处理机就是感觉过滤的机制，读者将文字背后同本质有关的信息抓住，进行组合，使得黑暗中隐藏的结构发出光辉。当然这个过程并不是一个机械的过程（弗兰奈里是在调侃），而是通过感觉与理性的微妙的合作来实现的。高层次的读者脑子里先“有”关于人性结构的记忆，但这种记忆绝不会自动呈现，读者也绝不能用现成的框架来把握一部新作品。只有将感觉在一本书的那些“点”上强力发挥，读者内部驱动感觉的机制才会启动，作品中的人性深层结构才会随之逐步呈现。所谓“点”，就是某些词语的组合、某些描绘在读者脑子里激起的联想。隐喻和暗示是激活现存语言生命力的法宝。是因为这，罗塔里娅才认为她的阅读是主动的、进攻式的阅读。可以想象，这种阅读将要经历多少混乱、多少困难，才能让盲目而丰富的感觉找到方向。她的阅读与柳德米拉的阅读形成互补，一个是归纳，一个是分析。

柳德米拉认为弗兰奈里的写作是“南瓜藤结南瓜”一样的、最为符合自然的写作。她来找弗兰奈里，不是为了将他同他的作品联系起来，却是为了将他同他的作品区分，将世俗中的他绝对地排除在他的作品之外——因为她一直沉浸在他作品的天堂境界里。一方面，柳德米拉认为写作纯属“生理属性”；另一方面，她又将作家的肉体彻底排除。柳德米拉的矛盾其实是艺术规律本身的矛盾，即，由肉体的欲望推动精神的升华，而精神一旦升华，就远远地离开了肉体，成为神圣不可侵犯的独立物。

> 啊不……西拉·弗兰奈里的小说是如此的有特色……好像它们早已存在，您创作它们之前就早已存在，一切细节都在那里……好像它们通过您、借助您才表现出来，因为您会写作。因为，终究必须要有能够将它们写出来的人……我希望您让我在您写作的时候观察您，看看是不是真的像那样……[25]

这是一位明察秋毫的读者，既将作者与作品分开，又将他们联系在一起。但是弗兰奈里误会了，他想用表层的、生理的自我来代替作品中的艺术自我，于是柳德米拉坚决地拒绝了他，说出了自己对于艺术的看法。在她的阐述中，弗兰奈里的肉体冲动消失了，他同她一起升华到艺术的境界。

> 柳德米拉一离开我就冲向望远镜，从那位躺椅上的青年妇女的形象里去找安慰。但是她不在了。我开始感到迷惑：她和来看我的那位是不是同一个人呢？也许我自身的问题的源头总是她，而且仅仅是她？也许有一个使我不能写作的阴谋，柳德米拉，她姐姐，还有那位翻译全卷进去了？[26]

这里也许还可以补充一点：柳德米拉毕竟不是写作者，如果她是，也许她会懂得，弗兰奈里那些高尚的小说，正是来自他的猥琐，他的不那么高尚的强烈情欲？同普通人唯一的区分只是在于他在创作中自审，并且这自审会对他的世俗行为有所制约。如果洞悉了这些，她会不会爱上这位绅士加“无赖”呢？她不是说了这样的话吗——

> “我最喜欢的小说，”柳德米拉说，“是这样的小说：它们围绕着最最昏暗、残酷、邪恶的人际关系的死结生出一种透明的幻象。”[27]

两姊妹对于文学的高超见解似乎在合谋打击弗兰奈里的写作信心，但也许这种打击是为了促使他产生更大的喷发？柳德米拉的阅读纯净得如同瑞士山间的空气；罗塔里娅却用形式逻辑的力量将感觉集结成人性的图案。她们两位向弗兰奈里树起了崭新的文学的标杆。

弗兰奈里要寻找马拉纳，柳德米拉则要躲开这位情人，两人的表现方式不一样，其实是为了同一个理想的追求。一个是在追求虚无极境中实现真理的书写；另一个是要死死执着于生命的意义。弗兰奈里战胜了自己的厌世情结，自己也情不自禁地对马拉纳那种“胡乱归属”的技巧着了迷，因为那种技巧出自伟大的智慧。虽然他对自己的“伪作”并不满意，但因为这种书都是对他心底那本“将要创作”的书的模仿，他的未来便出现了一线光明。于是弗兰奈里决定写一本用一系列开头构成的小说。既然问世的“模仿之作”离心中那本伟大的书总有差距，总不能最后完成，他便不断地重新开头，以期接近真理之书。古往今来，艺术家们不都是在这样做吗？

## 在月光照耀的落叶层上

此篇讲述的是艺术创造中感觉的复杂层次，以及感觉同理性的相互作用。桶田先生相当于创作中的理性，他不动声色地观照一切，但从不采取行动。宫木夫人是“生理属性”的承载者，描述者“我”受到她的诱惑，与她性交，但并不因此产生美感。要产生美感就要移情。于是美和情欲的化身真纪子小姐出现了，“我”一边同宫木夫人性交，一边观察，幻想着真纪子的胴体，变得欲火中烧，在多重的、复合的感觉中完成了一次交合。与此同时，桶田先生始终站在旁边观看，向“我”证实他对“我”的控制力，而这种控制实际上相当于怂恿，因为他在激发我的逆反心理。

以上描写的“事件”正是艺术创造的真实记录。当“我”蓄意去感觉美时，往往要扑空，灵感与美只能不期而至。

> 我所明白的似乎是这一点：在一大片感觉领域里某处感觉的缺席，是使我们的敏感性从时间上和空间上集中的必要条件。[28]

美同肉欲完全不同，但美又的确同生理活动密切相关。一方面，美会在性欲高涨之际突然降临，通过替身同“我”结合；另一方面，在现实的性活动中，美仍然显得遥不可及。这是“我”的痛苦，也是“我”的幸福。艺术家如果想获得真纪子小姐，他就必须承受桶田先生那冷冷的观照，运用宫木夫人这个粗俗的肉体媒介（相当于语言），并安于生活在这个三位一体（桶田、真纪子、宫木夫人）的阴谋之中。而艺术家的感觉，在创造中总是一分为三。这种感觉既粗俗又优美；既狂热又冷静；既具体又空灵；既直接又间接……那是无限的时间连续中的无限细分的空间，是一种妙不可言的复杂结合体。可望而不可即的真纪子小姐，是所有艺术家梦中的情人，由于她的存在，桶田和宫木夫人同“我”之间那种充斥着阴郁与粗俗的关系才变得有了意义。

除了创造作品之外，阅读也适合于这样来描绘。读者在作品中同那些普通的、平庸的词语、句式发生交合，心底里向往的却是文字背后那神秘的女郎。每当读者瞥见女郎的身影，阅读的激情便会高涨。而在整个过程中，一位不动声色的人立在读者背后，观照着读者的阅读运动。没有这个人，读者便会在茫茫的词汇的海洋中迷失方向。银杏树叶纷纷落下，每一片的降落运动都具有独自的时间与空间，但它们的运动都是为了一个伟大的目的，它们的归宿也相同。世界就存在于这丰富而又统一和谐的运动之中。可以说，作为一名艺术家或一名高层次的读者，三者缺一不可。

## 小结

这个故事的产生本身就是奇迹。作为一位西方作家，他对形式逻辑的运用就仿佛是与生俱来的本能。奇特的场景不是刻意想出来的，而是冥想中的再现，即，再现一个人内部本来就有的结构。

作者绝大部分作品都是关于感觉、关于理性、关于艺术创造的层次的故事，这一篇则以其细腻、空灵和透明令人久久回味。

一般来说，作家感觉，然后写作，其过程非常神秘，不知道为什么要这样或那样写，只知道冥冥之中有股推动力，还有种观照的力量来自上方。卡尔维诺是继博尔赫斯之后将这个过程逼真而生动地揭示出来的唯一的作家。这样的揭示的确可以称之为灵魂出窍，因为他看见了他自己的“写”，并且他还将他看见的异象传达给我们读者了。

在艺术活动中，人的欲望是变形地得到释放的。整个过程在常人看来不可思议，紧张，繁忙，有点阴沉，但在最后都会达到美的升华。这一活动的关键词是“分裂”。即，细分自己的感觉，用感觉的各个部分来扮演角色，让规律从中自然而然地呈现出来。这样扮演需要的是冥思的能力，相当于哲学家对宇宙的整体把握，只不过这个过程是逆向的罢了。艺术家就是从每一片落叶里感觉到宇宙的回声的那个人，促使艺术家进行创造的动力，是对美感的追求，也是回归本质的冲动，类似于生物的“趋光”运动。

由于目标是美，艺术活动就排除了直接的生理性。生理冲动的变形是向着美敞开的。那么优美的、为人所独有的变形，就好像人生来如此。可是，人难道不是生来如此吗？每个人的渴望里头，不是都有一个真纪子小姐吗？宫木夫人和桶田先生不都是在通过“我”这个媒介同他们的女儿沟通吗？镜子的产生，也是由于人类爱美的天性啊。以自己的精神维持生存的艺术工作者，总是想看见自己的“看”，看见自己的“写”，光的折射给他带来生机和愉悦，他渐渐参透了这宇宙间的玄机。

故事中“我”的心路历程也是意味深长的，一开始“我”很想反抗“我”的导师桶田先生，可是“我”又离不开他的女儿真纪子，于是“我”掉进了桶田先生编织的奇异的阴谋之网。当然，也许网不是谁编织的，它本就存在，只是没被人意识到而已。搞艺术就必然要反抗理性的表层制约，但这种反抗不是疏离，而是网中织网，是细分生命的体验，将一天当一年来活。有点阴沉的桶田先生眼里的瞳仁，正是悬挂于宇宙里的明镜。

## 第九章

人可以在相对隔绝的空间里审视灵魂，比如坐在飞机上阅读。然而人一旦降落地面，就被迫进入阴谋。在纯虚构的阴谋王国里，一切都是演戏，戏中又有戏。体验生命的演出对于艺术家来说是生死攸关的事，活一天就要演出一天。越是高手，剧情越复杂，感觉的层次越多。每一个出场的演员内心的意图都是深不可测的，每一句台词背后都有多层次的潜台词；对立的双方你死我活地搏斗，但又互为前提，相互受益。演员的倾向成了面具，面具下面还是面具，永无实体。真正的实体是什么呢？也许是“死”。可惜死无法“经历”，只能演出，这是前提。在这个前提之下，生命成了最大的矛盾。女读者具有不可动摇的铁的意志，她自投罗网，戴上镣铐，将理性判断打入深渊。这种意志却并不是要将男读者带向坟墓，正如“革命”与“反革命”之间的围剿与反围剿并不会导致矛盾的一方被消灭一样。激情越高涨，越花样百出，人物的身份越暧昧；理性扼制感觉，感觉渗入理性，谁胜谁负，永无定论。

> 身体是制服！身体是武装的民兵！身体是暴力！身体要求权力！身体处在战争中！身体宣告自己为主体！身体是目的，不是手段！身体具有含义！能进行交流！它怒吼、抗议、颠覆！[29]

女读者的这一番叫嚣说出了艺术的起源。从人这种高级生命中诞生的伟大意志演绎了艺术生存的模式。艺术是永恒的，因为生命是不朽的。灵魂中的矛盾通过对峙与交合来促使灵魂的更新。一切都是虚构，这虚构却是生命最大的真实。可是一旦虚构开始，人立刻会发现，意志是一个捉摸不透的谜，是两股殊死搏斗的力的合力，并且这两股力自身你中有我我中有你。演出者只能顺应某种模糊的召唤投身于剧情，在追逐高潮的过程中感受那严厉的观照。

那么，我到底要什么呢？我为了反抗制裁而同女主角厮混，发泄了欲望，可是这种事又好像并不完全是我要的。我和她都被事先埋伏的摄影师拍下了丑态，我要追求艺术满足的愿望也落空了——计算机出了毛病。我陷入烦恼之中。当然，到了下一次，我又会重新奋起，再次投入剧情演出——我对弄清自己的意志永远怀着巨大的兴趣。

## 在空墓穴的周围

这一篇可以看作博尔赫斯的短篇《南方》的另一种版本，它讲述的是人的原始之力向古老记忆的一次突进，或者说作者进行的一次死亡演出。

纳乔的父亲临终时要向纳乔吐露生之秘密，但这个秘密不是用语言说得出来的，父亲没能说出来就死去了。纳乔必须亲身去体验那秘密到底是什么，父亲仅仅告诉他秘密发生在纳乔所诞生的奥克达尔村。

当天空中的秃鹫飞散，黎明到来之时，少年来到奥克达尔——这个人类居住区的边缘。它包含着过去与将来的秘密，它的过去与它的将来是拧在一起的。这就是他的故乡，到处弥漫着荒芜、绝望和凶险，而在古代，人们误认为这里盛产黄金。

> 我穿过一连串的地方，但我越往里走，越觉得自己是往外走。我从一个庭院走到另一个庭院，这个大建筑物里所有的门都好像是给人离开的，而不是让人进来的。我是第一次看见这些地方，但这些地方留在我记忆中，那些记忆不是回忆而是空白，所以在这里发生的这个故事应该使人产生不辨方位的感觉。我的想象努力要重新占据这些空白，但它们仅仅呈现梦的形式，并且这些梦在出现的瞬间就被忘记了。[30]

“故乡”就是这个样子。艺术家要向内探索（回家），这种探索其实又是向外、向未来的突破。与世俗反其道而行之的时间，正是故乡的特征。在创造中，人不能偷懒，因为下一刻的每一瞬间全是空白，要依仗于人不断生出色彩和形式来充实它。终极的归宿感也是不可能的，人永远在离开，在走向未知的处所，故乡其实是无尽头的旅途。所以人，没有休息的借口。

既然记忆不能被动地复活，少年便开始了空白中的想象。起先想象中出现的是从前生活的蛛丝马迹——一床地毯，一袋种子，一个马厩等，然而这些都被暗影笼罩着，暗影里头有含糊不清的议论和歌声。想象继续往深层次切入，主体被一股神秘的力拖进去。

接下去各种感觉就出现了，先是气味，接着是形象。故乡的人们没有年龄，因为他们处在永恒的时间里。这些人请少年吃他婴儿时代的食品，对他谈起他父亲。风暴、暗无天日、杀戮、流亡，这就是他父亲，也是艺术的内涵。这个从昏暗中永远出走了的性格暴烈的青年，永远留在故乡的记忆中。少年在院子里看见了英雄发黄的照片，这位英雄是被他父亲杀死的。他还同父亲情妇的女儿相遇，并同姑娘厮混。在关键时刻姑娘的母亲赶来，搅乱了两人的好梦——此地不允许同肉欲有关的事。少年被打发去同他父亲的另一位情妇见面，她是一位夫人。夫人告诉他说他父亲是属于夜晚的赌徒，而奥克达尔的人长相都一样，这是由于血统的混淆。少年又想同夫人的女儿鬼混，女郎露出牙齿说她能要他的命。当他们正要鬼混时，夫人及时地出现了，肉欲再次被禁止——就如同在艺术体验中一样。

故乡的法则到底是什么呢? 这位叫作“纳乔”的少年在此地应该如何行事呢？这个秘密由他父亲的情人阿娜克列塔揭开了。故乡流传着一首歌，歌里头提到死尸与墓穴。多年以前，少年的父亲同阿娜克列塔通奸，阿的哥哥同通奸者决斗。流氓战胜了英雄，继而远走他乡。但是掩埋英雄的墓穴却是空的，留下了永久的谜语。故乡伟大的故事深深地打动了少年，一瞬间，他看到了英雄，也许那位英雄就是他那流氓父亲的魂灵，他萦绕于故乡昏暗的夜里，而他的肉体在人世间流浪，墓穴在家乡等待他的归来。

启蒙的瞬间是静穆的，印第安人打着火把悄悄地聚拢，围着空墓穴站成一圈。人群中走出一位青年，历史又重演了。那位青年是纳乔与之鬼混的女郎的哥哥，决斗又一次在空墓穴上展开。新的英雄与流浪者又将在故乡昏暗的天空下产生。

这便是故乡的生存法则。但历史是进化的，少年纳乔的生活中有了禁忌，他不能像他父亲一样沉溺于肉欲，他唯一能做的，只是同自己决斗，战胜自我。墓穴永远是空的，英雄的魂魄在故乡游荡。

## 小结

在这个故事里，“我”和父亲是原始之力，我们在人世间游荡，但始终记得自己的故乡——“我”是通过父亲在冥冥之中记住的。那么故乡究竟是什么样的呢？这种事没法用语言说出来，只能自己去遭遇。也就是，用青春的热血去同严酷的法则较量，以弄清故乡内部的统治结构。这也是“我”要在精神上独立的前提，父亲实际上将一切都告诉了“我”。

当“我”出发之际，阴谋就在暗中聚拢了。陡峭的河岸对面有一位青年同“我”平行地向故乡进发，他正是那个古老矛盾的对立方，“我”和他一道构成这个阴谋，他是“我”的灾星，也是“我”的救星。当“我”终于进入昏暗的故乡内部时，由于受到各种暗示的刺激，“我”兽性大发。但“我”的欲望随即便被严厉地镇压——“我”要活命就不能发泄欲望。接着“我”被引向另一个圈套，同样的情形又重演了：“我”又兽性大发，又被严厉制裁。原来故乡的暧昧诱惑是为了制裁？可制裁又像是为了引出更大的诱惑！那最大的诱惑就是那位青年，“我”将同他重演当年父亲演过的那场戏。“我”和他在我们的两位父亲当年掘下的墓穴的两边站好，开始决斗……

这一篇里用印第安人所具有的那种出世之美、那种严厉的崇高感来比喻故乡的精神气质。故乡的每个人身上都有着相同的气质，在此地，高贵与低贱已经得到完全的混合，转化成那种空灵的理念之美。这两位女性都是“我”的母亲，“我”是高贵与低贱杂交的后代。“我”的父亲，这个热血沸腾的青年，天生的赌徒，曾经在这种地方发泄欲望，然后受到内心制裁，终于成了在尘世流浪的艺术家。而“我”，因为生来就是艺术家，所以当年父亲做过的那些事“我”就不能再做了，“我”的欲望要以一种特殊的形式来释放——故乡给“我”规定的形式。这种崇高形式的具体体现，就是故乡院子里悬挂的印第安青年的肖像，空墓穴里的英雄。这种形式追求的不是死，而是大无畏地活着的勇气。啊，那一个套一个的院子，一重又一重的暗示，终于将“我”推向了极致。“我”找到了母亲，难道不是吗？慈爱而又严厉的母亲们一步一步将“我”引向真相，“我”是于冥冥之中悟到真理的。

英雄的儿子和“我”这个流浪艺术家的儿子晤面了，我们在厮杀中体验情同手足的爱，以及崇高。一个人，有这样的故乡，难道不应为之自豪吗？所有尘世的艺术家，都是这种故乡的儿子。表面上，我们各自远走他乡，而其实，我们都是朝着一个地方回归。那里常年垂挂着浓雾，英勇的兀鹰在高空盘旋。初见之下误认为她古老颓败，进入内部，才知道这里的种族永远年轻。这是一个不容忍任何苟且，只能高贵地生活的禁地。

游子归来了，是回来参加自己的洗礼的。

## 第十章

> 当然，压迫也要给人以偶尔喘息的余地。必须不时地移开目光。一会儿好像纵容，一会儿又滥用权力实行镇压。由着性子让人无法预测。[31]

警察制度即创作机制中的理性。如果创作中的艺术家绝不放过一切地追求纯粹，他就不会有任何作品产生。无论是“松”还是“紧”都是出自内在的律动，那种律动不能预测，只能紧随。所以从某种意义上来说，警察反而是被动的，他要仔细倾听囚犯的心跳和脉动，有时死死压制，有时又放任自流。那莫测的意志既反对着，又配合着囚犯的叛乱的欲望。所以档案警察局长是世界上内心最深奥的人物，他日夜高度警觉，一刻也不停止拷问与对话，并通过心中的秘密活动深入到微妙的感觉的末端，然后做出异乎寻常的决定。

> “我允许他逃跑。那是虚假的逃跑，虚假的秘密流放。他又一次消失了。我相信我认出了他的手迹，我不时地碰巧在那些材料中看到……他的品质改善了……现在，他为虚构而虚构。我们的权力对他不起作用了。幸运的是……”——局长
>
> “幸运吗？”——我
>
> “某些东西必须要老是从我们手中逃脱……为了让权力有可以实行的对象，也为了有可以让权力施展的空间。”——局长[32]

档案警察局长起先抓住了骗子翻译家，将他囚禁起来，其目的却是为了弄清他的真实意图。或者说，是为了激怒他，让他进行超级的发挥。因为局长很快就将他释放了——这使得他更加努力，将骗术进一步提高。

> 我相信精神，我相信精神在不停地与它自己进行的那种对话。当我的专注的目光在审视着这些被禁的书的书页时，我便感到这种对话实现了。警察制度是精神；我为之

效力的国家是精神；书报检查机构是精神；还有我们对其行使权力的这些文本同样是精神。精神的活力不需要依靠一位伟大的读者来展示自身，她在阴影中繁荣，在那种朦胧的联系中，即，阴谋家的秘密和警察的秘密之间的联系中生长，并使那种联系成为不朽。[33]

一次捉拿与释放的行动便是一次高级的对话的完成。局长弄清了翻译家伪造行为的根源——为了一个女人。也就是说，情欲导致创造力高涨。翻译家像疯子一样制造事端，可他并不是疯子，他不过是要在精神上得到满足罢了。局长通过囚禁他使他的境界上升得更高了。他改进了手法，达到了为伪造而伪造的极境（为艺术而艺术，活在想象之中）。当然，被放走的囚犯又一次成为局长追捕的对象……

从生命中诞生出来的精神，自古以来就同他的母体处在这种阴谋的对峙之中。所谓文学艺术的创造，就是展示这个伟大的阴谋。

主人公“你”在档案警察局长的启蒙之下看见了艺术内部的结构，也找到了自己应该扮演的角色。接着他就闪电般确定了行动的计划：抢在秘密警察之前拿到手稿，然后把书带走，自己也安全地摆脱警察。这时主人公做了一个梦，他梦见了心中的情人柳德米拉，柳德米拉在另一列火车上，她声称她找到了那本“毁灭之书”，即，证实世界的意义是世界上一切事物的毁灭的书。主人公在梦中奋力反驳她。

主人公终于找到了禁书的所有者，那人将手稿交给他，警察跳出来将那人逮捕了。这一幕再现了致命的创造瞬间——创造就是抢救，从理性杀人机器的制裁之下抢救文字。主人公通过这场精神的长途跋涉，终于加入了艺术表演。他将继续从事这种“毁灭性”的事业，同柳德米拉一道，不断地证实世界存在的意义。

## 什么样的故事在等待结尾?

结局? 这种事情难道会有什么结局吗? 然而不论什么样的演出，总得在一定的时间里头告一段落。于是作者就虚拟了一个结局。既是对以上故事的总结，也是为了表示某种不回头的决绝。

“我”出于内心深处对世俗的厌恶，将“我”赖以存在的事物通通否定、消灭了，因为这些事物令“我”恶心，令“我”无法继续生存。“我”否定它们，也就是否定“我”的肉体。那么，还要不要留下点什么东西呢？要的。“我”希望“我”那美妙的女友弗兰齐斯卡留下，“我”希望同她在这个空空荡荡的世界上共度美好时光。“我”这样想时并没有觉察到“我”自身的物质基础已消失，“我”的存在也变得可疑了。在“我”面前站着的，只有D部门（制裁机构）的官员们，这些官员们对“我”谈到将要到来的“新人们”:

> ……但我们在这里，他们总会知道的。我们代表着从前有过的东西的唯一可能的持续……他们需要我们，他们不得不向我们求助，委托我们对剩下的东西进行实际的管

理……世界将向我们希望的那样重新开始……[34]

"新人"显然是指的"死"。只有活人才能体验死，也只有活人才能"重新开始"。所谓结局，孕育的便是开始。那么结局是什么样的呢?

一切都不存在了，世界成了一张薄薄的纸，只能在上面写些抽象名词。"我"和弗兰齐斯卡站在一道深渊的两端，然后世界变成了碎片,"我"在碎片上奔跑,"我"快完蛋了,然而"我"心中的激情是多么的高涨啊！"我"喊着弗兰齐斯卡，疯狂地在碎片上跳跃,"我"马上就要跳到她的跟前!

这就是结局。绝望与希望，生的渴求与死的恐怖，无和有！只要真的死亡还未到来，只要还在思考，艺术家就只能过这样一种二重的生活。被他所决绝地否定的肉体，正是他那美丽的理想的载体。他命中注定了只能一次又一次地否定，一次又一次地新生。当他被沉渣压得要发狂之际，他知道有一件事可以解救他——弗兰齐斯卡在那虚空中的碎片上等待着同他会面。

## 小结

在最后一个关于"开端"的故事里，主人公"我"消灭了自己周围的一切世俗的存在，只留下了自己的女友——美的化身。然而，在他的荒芜的土地上，却出现了D部门的工作人员。这个D部门，其实就是他的理性机制，这个机制仍在判断，在发生作用。D部门的人说，他们在等待新人的到来。这等于说，他们在等待最后时刻的到来。等待死神那最严厉的目光审视他们所做的一切，等待一个全新的开端。

可是什么是全新的开端呢？那只能是眼下生存状况的延续。否定了自身的一切之后，人还得活下去，于是变换存在的形式，活得更为紧迫和激烈、惊险，那就如“我”和弗兰齐斯卡在深渊绝壁上跳舞。当然，即使是这样的舞蹈，也是离不开世俗的。完全可以想象被“我”消除的一切世俗存在又会逐渐地聚拢，继续对“我”发生以往发生的种种作用。就好像一切都在循环似的。可是不是已经有过深渊上的表演了吗？那就是全新的开端!

所谓开端，只能是既否认不合理的世俗存在，又全盘体认它。“我”将一切摧毁，踩在脚下，然后向着弗兰齐斯卡飞奔。但“我”仍然需要D部门的人为“我”辨别, 为“我”分析。也许,正是他们逼“我”在悬崖上跳舞? “我”每时每刻都在否定,“我”在否定的爆发中开端。“我”的爆发并不是疯子的发狂，而是由D部门观照着、监控着的自由舞蹈。是由于D部门的存在，“我”才具有了真正的独立人格，才有可能进行真正的开端。开端是行动；是无中生有；是制造矛盾、演绎矛盾；是以自身为起点，倾听生命的律动，然后自觉地解放生命力的艺术活动。这种活动不需要从外部寻找理由和动力，只需要高度的专注凝神，不断否定不断修正……

## 第十一章

经历了在艺术世界内部的长途跋涉之后，男读者来到了避风港——一家图书馆。作者在此仔细地总结了现代阅读的几大特征，然后用那篇《一千零一夜》中的故事作为精神发展模式的概括：敢于同死亡晤面的勇士，美便属于他；人生是一部读不完的侦探小说，对故事下文有着无穷的渴望的读者，其精神便进入永生境界。

注：这篇文章分别参考了中文版与英文版的《假如一位旅行者在冬夜》。中文版是译林出版社2002年版的《寒冬夜行人》，萧天佑译，吕同六、张洁主编。

注释：

①《假如一位旅行者在冬夜》第14页，由美国哈考特·布锐斯出版公司1981年出版，卡尔维诺著，威廉·维弗英译。引文由本文作者转译。以下同。

② 同上，第30页。
③ 同上，第33页。
④ 同上，第37页。
⑤ 同上，第42页。
⑥ 同上，第45页。
⑦ 同上，第46页。
⑧ 同上，第49页。
⑨ 同上，第63页。
⑩ 同上，第64页。
⑪ 同上，第72页。

⑫ 同上，第 72 页。

⑬ 同上，第 92 页。

⑭ 同上，第 101 页。

⑮ 同上，第 126 页。

⑯ 同上，第 126 页。

⑰ 同上，第 127 页。

⑱ 同上，第 128 页。

⑲ 同上，第 158 页。

⑳ 同上，第 156 页。

㉑ 同上，第 157 页。

㉒ 同上，第 165 页。

㉓ 同上，第 171 页。

㉔ 同上，第 171 页。

㉕ 同上，第 190 页。

㉖ 同上，第 192 页。

㉗ 同上，第 192 页。

㉘ 同上，第 202—203 页。

㉙ 同上，第 219 页。

㉚ 同上，第 225 页。

㉛ 同上，第 236 页。

㉜ 同上，第 240 页。

㉝ 同上，第 237 页。

㉞ 同上，第 250 页。

# 读《困难的爱》

## 一个人的留守地

### ——读《养蜂场》

住在留守地的人们是如何生活的？靠本身的营养维持自己的精神的人是如何看待世事的？这一篇里以阴沉的笔触描绘了新世纪的“亚当”的凄凉的生活。尽管主人公自述说他已经平静下来了，可他仍然是多么的念念不忘、怨恨、不甘。可以说，他所思所牵挂的，仍然是那个同他势不两立的人世间。

> 周围有一些我可以开垦的土地，但我没有去开垦。一小块菜地，蜗牛们在地里啃着莴苣，这对我来说就足够了。再外加一点阶地，可以用草耙去挖挖，种上那些紫色的、正在发芽的土豆。我只要养活自己就可以了，我没有任何东西可以同任何人分享。①

现代艺术发展到今天，所需的“材料”似乎越来越少。到后来，艺术家便只能从自己的身体里“取材”了。“我”就是这样的人。一切表层外部的怨恨，一切同世俗的纠葛都已经远去；分裂是彻底的、义无反顾的。世俗的烙印、社会的气味都会使“我”愤恨和鄙夷。“我”回归荒野，企图做一个自然人。“我”同人类拉开距离，站在荒野看他们灭亡。“我”幸灾乐祸。啊，那些顽强的、粗野的荆棘，欲望的象形文字，正在将人类的居所一一毁灭！“我”爱这些古老的、没有历史的野蜂，“我”愿永远同它们生活在一起。

> 可是你必定想知道，我有没有感到自己的孤独在压迫着自己，我有没有在某个夜晚（那些长长的昏暗的夜晚之一），头脑中没有任何明确的想法，就那样往下走，下到了人类的住所。在一个温暖的黄昏，我的确来到了围绕着下面的花园的那些墙根前。我从欧楂树上溜下来。但是当我听到女人们的笑声和孩子们的呼叫声时，我又回到了这上面。那是最后一次，现在我独自待在这上面了。②

对人的怨恨和恐惧使“我”逃到这个小小的原始家园。但真正维持“我”的思维的生长的，仍然是“那边”，即世俗。“我”不同“他们”见面，但“我”每天仍在控诉他们。因为只有他们那边有可以控诉的事物。“我”就不担心我的控诉会亵渎这个宁静单纯的家园吗？不，不担心，因为这就是艺术的交合啊。只要有艺术家，就会有这种矛盾而古怪的私密的活动。这种活动将不可调和的东西巧妙地调和到一块，使得思维灵动地活跃在世俗之中。因为“他们”，不就是“我”自己的肉体吗？

> 我知道在人与人的相互关系中只能有恐惧和惭愧。但那就是我想要的。我想在她眼里看见恐惧和惭愧，仅仅只是这个。那也是我对她做那件事的唯一的理由。相信我吧。
>
> 关于那件事任何时候都没人对我说过一个字，也不存在他们可以说的字。因为在那天晚上山谷里一个人都没有。但每天夜里，当这些小山消失在黑暗中时，在提灯的光线里，我读不懂一本旧书。我感到了城市，还有城里的人们，灯光，还有下面的音乐。我感到了你们全体指责我的声音。[③]

谋杀是暗中进行的，“我”悄无声息地杀死了“我”自己。或者说，并没有杀死，只不过是将世俗的“我”深化了。从那件事发生以来，“我”每天都要将真实的情景在脑子里回放。而这种既不由自主，又有意识的回放，其实就是作为作家的独特的忏悔。“我”没有什么可以后悔的，但“我”还是像中了魔一般对自己的行为进行一轮又一轮的分析。欲望是杀不死的，“我”通过“杀”的举动同它拉开了距离，从而有可能在精神上过一种清洁的生活。“我”在这种生活中梳理“我”的欲望的走向，将“我”自己钉在耻辱柱上。如果“我”不愿因分裂而发疯，如果“我”还想不断发展自己的精神，“我”就只能住在这个荒凉的高地上。

## 创造的机制

### ——读《荒地里的男人》

**有福者 BACICCIN——把关者或促进者**

**父亲——捕捉、剿灭欲望者**

**我——观察者**

创造地的风景是凄凉的，机制在隐秘地发挥作用。全身武装的父亲决心在海边的 EOLLA BELLA 高地剿灭那里最活跃的生灵——野兔。荒凉的景色和果敢的男人形成对照，预示着生命的暗淡前景：没有野兔逃得过那条大猎狗。

“我”来到 CALLA BELLA 荒地，在那里目睹了大自然最奇妙的景色，即光所制造的混沌初开的创世的景色，从无到有的景色。从这些风景当中，精神守护者的家园显露出来了。家园的景色同样凄凉，土地板结，枯瘦的植物要死不活。而这个家的主人，即守护者本人，躯体几乎完全消失了，只剩下一把浓密的胡须。他在守护什么呢?

“坏运气，坏运气！我不是个猎兔的人。我宁愿站在松树下面等那些鸫鸟。一个早上就可以射下五到六只。”

“那么您的晚餐就不成问题了，BACICCIN。”

“是啊，可是我全射歪了。”

“有这种事，是子弹的原因。”

“嗯，是子弹的原因。”

“他们卖的子弹不好，你要另外做。”

“是啊，我倒是自己做了，可能我做坏了。”④

这个 BACICCIN，他的工作就是不断瞄准领地里的各种生灵，然后每次瞄偏，让它们溜走。这就是他的特殊的守护。或许就因为这种守护，荒地里的动物异常灵活，敢闯禁区。他站在野兔们必经的路口，野兔们远远地看见了他的身影，反而变得更大胆了。或许他的姿态是种挑逗？或许荒地的凄凉只是表面的，内面翻滚着无穷的欲望？ BACICCIN 不动声色，他的女儿更是超凡脱俗，“我”当然无从预测那些看不见的风景。不过 BACICCIN 向“我”透露了一点儿情况：他的另一位女儿奔向了欲望之城，从此一去不复返。唯一能够推测的就是，这对父女将欲望转化成了精神的游戏，女儿夜间在原始风景里漫游，父亲白天装扮成猎手“打猎”。他们乐此不疲，CALLA BELLA 荒地生趣盎然。

“您要知道，那条母狗不断追那只野兔，一次又一次将它带回我面前，直到我打中它呢。这是什么样的一条狗啊！”

“她到哪里去了？”

“跑掉了。”⑤

父亲的狗和 BACICCIN 的狗其实有一样的禀性，那也是为什么父亲的猎狗终将同 BACICCIN 相遇，并失去目标。父亲也射偏了，是因为 BACICCIN 挡在路上吧。

此处表演的是人的理性对于欲望的“绞杀”。可以想见，经过白天的演习，到了夜晚，CALLA BELLA 会沸腾着何等激烈的原始欲望！而已经见过内面真相的父女俩，又怎么还会愿意待在世俗的城市！

最后，幻景一般的科西嘉岛屿处在存在与不存在之间。只要人们的游戏还在进行，科西嘉岛就会在干燥明净的半空呈现。但为了使游戏持续，人们还需要生命之水——雨（也许雨来自世俗）。这是有福者 BACICCIN 说的，他见多识广，深通事物的奥秘。

# 活在永生的操练之中

## ——读《乡村小道上的恐惧》

卡尔维诺的这名信使同卡夫卡的《城堡》中的信使有某种相似之处，这位名叫 BINDA 的乡村青年就像是《城堡》里的信使巴纳巴斯的变体。如同巴纳巴斯的信念是城堡一样，BINDA 的信念是同法西斯对立的“我们”的“上级”。“上级”将传送信息的任务交给了他——这个为崇高使命而生的信使。对于 BINDA 来说，送信就是一切。他以阴沉的激情投身到这种同死亡搏斗的运动中去，从未想过要退缩。因为他是 BINDA，是信使，他热爱他的工作!

这名小个子的结实的乡村青年，长年累月于黑夜里行走在山间小道上，不知疲倦地判断着，分析着，冥想着。而他的两条腿，似乎是他的狂想的调节器，总是以不变的、可信赖的节奏将他带到正确的路上。这样的两条腿上，该凝聚着何等高超的理性!

只有暂时的缓解，没有一劳永逸，永远在恐惧与幸福交替的途中。这就是作者给我们刻画出的创造者的形象。信使的欲望定格在“送信”这一行动中，他穿梭在营地之间，表情因过分的坚毅而显得麻木，身体如同弦上的箭。崇高的使命对于他来说既是崇高的又是平淡的，因为那就是由他每天的劳苦生涯构成。送信就是同自己内面的死神搏斗。在想象中，无论他的双腿多么快捷，死神总好像抢先一步。然而，即使被落后于死神的幻觉摄住，他的腿仍然不会背叛他。信使一次次战胜死神，顽强地继续他的操练。当然在途中，他有对于情人美好的躯体的想象来支撑他，给他力量。可是那是实现不了的欲望。而欲望又正因为实现不了，便在想象中登峰造极，变成了他果敢的行动。在这一篇中，欲望被死神遏制，通过反叛而挣扎，而变形，整个过程表现得非常细腻。回想一下巴纳巴斯吧，这里同样是信使的形象，身负同样的使命，具有同样坚定的信念，就连那种永恒不破的忧郁也很相似。当然，这绝不是偶然的重复，文学史就是如此在变奏中发展的。

> 他在沿途瞥见的那些东西：一棵树干空了心的栗子树啊，一块石头上的蓝色地衣啊，一个木炭坑边上的裸露的空地啊，等等，全都在他的脑子里同那些最遥远的记忆连接起来。它们有时是一只逃走的山羊；有时是一只被从窝里赶出来的臭鼬；有时是一位姑娘撩起的裙子。在这些地方发生的战争就如同他的正常生活的持续。现在，工作、玩耍、打猎，这些全都变成了战争。⑥

创造就是一个人的战争。闯入意识深处的信使认出了他在遥远的过去所熟悉的一切。从这个意义上说，他是回家了，回到童年熟悉的家。战争是如此的不由分说，将一切都卷了进去，因此我们的信使现在只有一种生活了。这种生活就是从一个营地走到另一个营地，在途中冥想，在冥想中行动，并由这行动的结果又带出更多的冥想来。这是一种自然而然的转换，这种转换既是他没料到的，也是他所欲的。这样的信使，以他的敏锐，迟早都要同战争遭遇。并且只有同战争遭遇了，创造力才会爆发出来，想象才会源源不断。从前没有战争，只有一颗渴望的心，后来战争就打响了，信使在战争中履行起他的永恒的职责，从此再也没有长久的休息……

> 战争一轮又一轮地紧紧地缠绕这些山谷进行，如同一条狗企图咬住它自己的尾巴。游击队员们同贝尔莎格里部队和法西斯民团交替在山坡上和山谷间穿行，几乎擦肩而过。为了不使双方正好迎头撞见，也为了避开对方的射击，他们以山顶为中心绕出很大的圈子。但在山坡上或山谷里，总有某个人被打死……

> 在有围捕的日子里，他的女朋友REGINA便从她的窗口挂出床单。BINDA的村子是他来来往往的旅途中的短暂的休息处……

> 游击队的小分队在马厩里围着那些烧完了一半木炭的火盆睡觉；BINDA 在黑乎乎的树林中行军。他们的获救希望寄托于他的双腿之上，因为他携带的命令是："立刻撤离山谷。黎明时全营和重机枪必须到达 PELLEGRINO 山顶。"⑦

这种浓郁得令人窒息的战争氛围，就是作家创作时的氛围。想象中的敌人在黑暗中同你擦肩而过，你必须拼全力同他们兜圈子，才能不被杀死。而信使，他的两条腿总是在同阎王赛跑。当子弹呼啸而过，当人无法防备之时，人又怎能不恐惧呢？但这恐惧没有将 BINDA 吓垮。每一次，他的可信赖的两条腿都将他带到了目的地。在那里，他可以吃到缓解饥饿的煮栗子，闻到同志们温馨的气味。

在孤独的急行军中 BINDA 有时也会回家，正如作家在暗无天日的创造氛围中有时也有缓解和欣慰，那就如远远地看到女友挂出的床单。啊，家就在眼前，他又一次死里逃生。如果在创作时一点都没有这种熟悉的"回家"的感觉，他就不能确定自己的创造为真正的创造，即从源头出发的创造。当然这种感觉也不是没有问题的。比如 BINDA，他就找不到一个可以和女友尽情欢爱的适当的地方，那些扎人的松球无时无刻不在干扰着他俩——家只是想象中的存在，落不到实处。正如艺术只能转化欲望，不会直接满足你的欲望一样。但是毕竟有家，这个家，是使一切创造活动不至于沦为虚妄的根基。

不甘坐以待毙，为生存不停地奔走的 BINDA，是与他的秘密的事业同在的。只要他的双腿还在有节奏地运动，他的生命的解放事业就在继续发展，他就不会为死亡所击倒。然而是什么在使他的双腿有节奏地运动？是他自己感觉得到、却解释不清的铁一般的意志。

> 他对他现在所到达的处所感到惊奇——他似乎这么久才走了这么一点点路。也许他慢下来了，甚至不知不觉地停下来了，但他并没有改变步伐啊。他可以肯定他的步子总是规则的、不变的。他也知道他绝不能相信在这些夜晚的使命中来访问他的那头动物，它正用看不见的、沾着唾沫的指头弄湿他的太阳穴呢。BINDA 是一个健康的小伙子，神经坚强，在每一个不测事件中表现冷静。即使他正在将那头动物像拴猴子一样挂在自己脖子上，他也要竭尽全力去行动。⑧

旅途中，死神同人是纠缠得最紧的。湿乎乎的那种东西也许早就腐蚀了一般人的意志，可 BINDA 并不是一般人，他是传递神圣使命的信使，所以他可以将怪物拴在脖子上行动。啊，恐怖的夜晚，却又是不放弃希望的夜晚！那希望，就在他的两条腿上。一般人确实很难理解艺术家怎么会迷恋这样的生活。但这里头确实有迷恋，还有种归宿感，因为只有信使的身份是艺术家最心安理得的身份。不做信使，故乡就会沦陷，爱情也会因没有寄托而苍白。到处埋藏的地雷啊，德国人的头盔啊，步枪啊，都被猫头鹰一声接一声的鸣叫唤了出来。最后是那名不可战胜的大块头纳粹头子 GUND，他无处不在，正张开他的巨掌罩下来。当然，他从未能够抓住 BINDA 一伙人。

> 为了赶开 GUND，他必须想念女友 REGINA。那么，在雪地里为她掏出一个小窝吧。但是雪已经结成了硬冰，REGINA 不能穿着薄薄的外衣坐在上面啊。她也不能坐在松树下，松针一层又一层没完没了，会扎着她，松针下面的泥土又全是蚁窝。GUND 已在头顶，他的手掌正罩下来要抓住他们的头，扼住他们的脖子，瞧，下来了……他发出一声尖叫。[9]

如果我们要再现作家在创作时的精神画面，那就是以上描绘的样子。几股力量拧在一起形成的合力催生了作品。纳粹头子，女友，还有始终不背叛他的双腿，发狂的却又是冷静的大脑，这一切，非得有超人的力量才能把握得住。BINDA 这个信使却乐此不疲，经历了一轮又一轮，越是恐怖越是兴奋。他到达了营地。

用爱，用生命的活力来同死神纠缠，是艺术家的点金术。不论是否意识到，他所创造出来的，就是他内面的自我形象。

> 他出发了。“我要去 SERPE 的营地。”他说。
>
> 他的同志们喊道：“快！ BINDA！”[10]

下一轮，是同样恐怖，甚至更为恐怖的旅程；下一轮也是希望的所在。

## 魂的形象

### ——读《BEVERA 的饥饿》

精神与肉体的分离在艺术家的身上表现得最为极端。饥饿的肉体蹂躏着内面的魂，其丑恶的表演令人吃惊。在怕死这一点上，艺术家较常人为甚，因为饥饿的折磨使得他们时刻意识到生命的宝贵。但是他们所面临的选择却是冒着死亡的危险来维持生命。是的，维持他们那怯懦的，甚至有点卑劣的生命。于是生为艺术家的个人就会产生人格的分裂——他一方面自私、怯懦地生活；一方面大无畏地去在精神领域里冒险。就如同故事中的人们和 BISMA 的两种表现一样。由此想到，一名艺术工作者，无论他对自己的肉体在世俗中的表现是何等的厌恶，他也会用精神的营养来维持自己的欲望，来重新将意义赋予欲望。这是多么奇妙的关系！

BISMA 又老又聋，似乎不食人间烟火，可是他通晓转换的秘密，他深知这一群难民要存活下去的全部希望都在他的身上。他不用看，也不用听，只要挣扎起老迈的躯体启程，便一定走在正路上。

> BISMA 已经过了八十岁，他的背像永远被压在柴捆下面那样弯着——那是他一生中从树林里拖运到市场货摊去的柴捆……（此处略去一句）他拖着身体往前挪动，他的头偏向一边，脸上没有表情。更确切地说，那是聋人常有的不信任的表情。[11]

这位洞悉了世俗中一切奥秘的老人早就不必观察了。只要人群一骚动，他就感到了他们的欲望，他不就是为这个至今还活着吗？他对欲望是不信任的，可他又相信欲望必将存活、发挥，他为了这个而启程。他和他的骡子，不论外界如何变化，始终只为这一件事活着。这似乎滑稽，却又确实悲壮。那头瘦得皮包骨头的骡子，看上去连站都很难站起来，却居然能驮起主人放到它背上的驮鞍。

如果将难民们看作一堆肉，老人和骡子则是这一堆肉的精魂。他们，这些人格低劣的怕死鬼，拥有这样一个高尚的魂。他们有点知道，又不完全知道，也许在夜半，当某个人从噩梦中惊醒时，会有一阵内疚向他袭来？人具有这样一个魂，究竟是幸运还是不幸？

> “喂！”他们高声喊叫，“你觉得你能走多远啊，就凭你

和那头骨瘦如柴的家伙？！”

“多少磅？”他问，“要多少磅？啊？”[12]

老人听不见他们的聒噪，但老人看得透他们的心。他同他们心相连。他必须通过自身的冒险来填饱他们的肚子。

爆炸没有给骡子留下任何印象。它一生中已经受了如此多的苦难，所以没有任何事还能给它留下印象。它将口鼻弯向地面朝前走，它那被眼罩限制的目光注意到了各种现象：被大炮击碎的蜗牛啦（石头上溅出彩虹色的黏液），被炸开的蚁窝啦……[13]

骡子是老人的一部分，它也是什么都不看，但什么都看见了。虽然被生活践踏得不成形状，内面的东西却完好无损。老人和骡子不畏死神，因为他和它的境界已超越了死亡（虽然只是在艺术领域中）。当他们清晰地感到来自人间的饥饿时，他们就产生了义不容辞的义务感。为什么要这样？为什么要维持卑劣的肉体的渴望？因为肉体一消失，他和它也将随之消失啊。老人和骡子在任何时候都不会忘记他们的宗旨，因此唯一的出路是将这可怕的表演付诸实施。

拿着刷子的那一位（黑色旅的成员）在被毁坏的墙上写道：“斗争就是光荣。”

拿刷子的男人写道："要么罗马，要么死亡。"[14]

敌人（死神）写下的这些预言对于老人和骡子来说意味着什么？是暗示绝望还是引诱？老人和骡子将会用行动来做出回应。

眼睛下面有块斑的青年射出一阵连发，老人和骡子一齐被射中了。但他们好像还在行进，骡子似乎用四只蹄子站立着，黑色的细腿一动不动，看上去好好的。黑色旅部队的那些人在旁观，脸上有斑的青年已经松开了手枪皮套上的枪，正在剔牙。这时老人和骡子一齐弯下了，他们好像要向前迈步一样，但却倒成了一堆。[15]

这就是他和骡子面对死神的形象（其实只是一种表演）。英勇和邪恶的对峙有点像博尔赫斯笔下的场景。这是人性之根的展露。死去的老人又将在另外一篇小说里面复活，继续这阴沉而悲壮的人生之旅。在这个世界上，这一类的作家都有一个英雄的情结，那是从久远的孩童时代就已形成了的。成年之后，无论世事多么险恶，自身的欲望总会铸成那个英雄的形象。这一点是不变的。

# 活着的不易

## ——读《三个里面有一个还没死》

从某个角度观察，艺术地存活在这世上确实是一件可怕的事。你会变成那三个十恶不赦的罪犯。也许你有申辩的理由，但杀人机制不会放过你，你必死无疑。你叩问那个机制，你一心想看破死神内面的机关，你甚至一直心存侥幸，但残忍的、痛苦的死还是降临了——一切都已经太晚，你无法改变历史。

> 他现在才记起来他没有被击中，因为他在那之前已经扑下去了。他已不记得他是否是有意这样做的，反正那已经不重要了。[16]

这名侥幸存活的罪人在深井底下经历的一切比地狱还要恐怖。“机制”不是简单地让他死，而是一次次让他抱希望，然后让他经历更可怕的打击。一个人，如果还要保持自己的作为人的体面，在那种情况下只有马上死掉。然而活的冲动是多么强大！也不知为什么要活。他的耐力变得如地下的野兽一般，他作为人类的感觉几乎全部麻木了。此时便是理性与欲望之间的张力的极致，艺术家到达这种境界时，成功就在眼前了。

> 但是这个裸体男人已经不抱希望了。他永远不能回到地面了，他也永远不能离开这口井穴的井底了。他会在那里发疯，喝人血，吃人肉，他甚至没法寻死。[17]

连死也没法死，推理当然更加没法进行。怎么办？于是他就在完全的黑暗中竭尽全力滑动身体了。这种近似本能的运动让他看到了耀眼的、如光晕一般的东西。出路终于被他找到了。

我们在创作或阅读中是否也曾像这名罪犯一样滑动过身体？如果还没有过，那就要更加用力，更加冷酷地逼迫自己。让机制启动制裁，让热血沸腾，让衣冠楚楚的人变成不顾一切的兽，然后再让高层次的人性在煎熬中复活。如果我们酷爱艺术之美，就训练自己成为这一类强有力的罪犯吧。如果我们的躯体还没有彻底僵死，就聚精会神地滑动，追寻那古老的律动吧。

# 终极体验

## ——读《布雷区》

这个人为什么要穿过布雷区？他那些紧张的推理是由怎样的激情所推动？

> “没有人知道布雷区在哪里。”老人重复说，“这个隘口是一个布雷区。”
>
> 然后他做出那个手势，就好像在他和所有其他事物之间有一块蒙尘的玻璃一样。
>
> “喂，我总不会那么不幸吧，会吗？——往那里走去，踩在地雷上？”
>
> 年轻人问道，笑了笑。那笑容使得老人产生出吃了一个生柿子的感觉。
>
> “嘿嘿。”老人然后说。仅仅一声“嘿嘿”。

此刻，年轻人努力回忆那一声“嘿嘿”的语调。因为这可以说成：“嘿嘿，你不应该这样想。”或者：“嘿嘿，你永远搞不清。”或者：“嘿嘿，完全可能啊。”但老人只是发出了一声“嘿嘿”，没有特别的语调，空洞得如他的凝视，暗淡得如同这山区……[18]

他是被迫来到这里的，但他也是自愿来的。他饥肠辘辘，食欲得不到满足。他不是来寻死的，却不知为什么渴望死亡体验。对于这样一个矛盾重重的家伙，你能说什么呢？当然只能是“嘿嘿”。他就在这既不肯定也不否定的“嘿嘿”声中迈开了脚步，答案要由他的两条腿来提供。他朝那荒凉的、草木难生也没有路的隘口迈步，隘口也是布雷区。他曾经来过这里，他隐约记得隘口是很宽大的。既然这样，就不会每一块地都有地雷，至少现在还没有，只要他谨慎……

他不期而遇地看到了隘口，他感到一种刺痛的惊讶，同时还有害怕。因为他没料到这地方开满了杜鹃花！他被花儿的海洋淹没了。这时他脑海中出现了那位老人朝空中挥动着的双手。老人说过：“就在那边。”他还看到手的阴影落在杜鹃花上面，将花儿们全部盖住了。土拨鼠催命地叫，他想逃，可是找不到回去的路了。现在他只好碰运气了。

这里是隘口，布雷区只能在这里。这个事实反而给了他某种宁静。因为这就是他一直在找的地方啊！又是那个老问题：他为什么一直在下意识地找这个地方？不知道。

如果他向前走了一步，那是因为他不能有其他举动，因为他的肌肉的运动和他的思维的进程使得他走了那一步。但是存在着那样的瞬间：他可以迈这一步，也可以迈那一步；他的思想在疑惑中，他的肌肉绷紧却找不到运动的方向。他决定不去考虑，让他的腿像机器人一样移动，看也不看地让他的脚踩在石头上。但恼人的怀疑还是折磨着他，那是对于他的意志的烦恼：是他的意志在决定他向左转还是向右转；他的脚踩在这块石头上或那块石头上。[19]

你到过隘口了吗？你是否被你内部的矛盾折磨得要发狂？这种僵持，这种硬挺会带来什么？这就叫作自由意志吗？当然，这个人是老手了，瞧，他还不忘在这个时候从口袋里掏出女友的镜子来照呢，他分明是想看见自己临终的模样嘛。真是一个古怪的家伙！他看到了什么？他看到了部分的自我——只能是部分的，要看全部，得等到地雷炸响。

后来地雷果然炸响了，当然只是在想象之中。

在怀疑中僵持，在虚无中硬挺，接下去，艺术家就会获得动力去表演如何飞越绝壁。这样的操练总是让人上瘾的。

## 鬼鬼祟祟的活动

### ——读《糕饼店的偷盗》

原欲和理性在创造中的纠缠和变形呈现十分奇异的景观。在这一场演出中，有人冲进现场去自发表演，但他始终满足不了欲望，因为欲望已经转化了；有人一直被同欲望隔开，备受煎熬；还有人摒除欲望，按既定方针行动，但途中又偷偷地同欲望达成妥协，因为人的意志要通过欲望来输送营养（不是就连作为制裁者的警察也在店里偷吃糕饼吗?）。

……那时他闻到了那种气味。他做了个深呼吸，新烤的糕点的香味飘进他的鼻孔。这种香味给他带来隐蔽的激动，遥远的温柔感觉，而不是很现实的贪婪。

……（此处略去两段）

他伸出一只手，在黑暗中努力摸索。他到了门那里，为 DRITTO 打开门。很快他就因恐怖而畏缩起来，他必须同某个动物面对面了，那也许是某个柔软的黏滑的海洋动物。他站在那里，一只手伸向空中，那只手突然变得潮湿和黏糊糊的了，像得了麻风病的手一样。手指头之间长出了某种圆圆的柔软的东西，一种赘生物，也许是肿瘤……他爆发出笑声，原来他触到了一个苹果饼，并且还抓着一团奶油和一颗裹了糖的樱桃呢。[20]

当人下到那种完全黑暗的处所之时，他所面对的是变了形的欲望。直接的满足已不可能，只能曲里拐弯地释放。于是就会有某种畏缩、恐惧，某种微微恶心的不适感觉。但那从遥远之地飘来的异香对于人的诱惑终归是不可抵御的，于是人为好奇心驱使继续探索。也许，同深层欲望相遇类似于人用手触摸自己的内脏？那并不是一种很美的感觉，只不过由此写下的文字会是美的文字。BABY 吞吃糕点所产生的感觉一点也不美好，但他出于本能还是要拼命吞吃，就像中了魔一样。并且人在进行这种鬼鬼祟祟的活动时，一定要排除外来的干扰，即排除理性的直接干扰。所以 UORA-UORA 必须时刻在外面站岗，以便警察到来时报信。就连他们自带的手电筒的电光，也是种不能忍受的干扰。你必须彻底“痴迷”，才会产生纯正的作品！当然，也会有小小的欢愉，那是当他无意中吃到了美味的夹心炸面饼时——意识跟在感觉之后，但并非创造过程中完全不能意识到你所创造的东西。

就是在那个时候，一种极度的焦虑笼罩了BABY，他担心没有时间吃完所有他想吃的；担心在尝遍各种不同的糕饼之前被迫逃跑；担心在他整个一生中，他仅仅只对这片由乳制品和蜂蜜构成的奇境拥有几分钟的占有权。他发现的糕饼越多，他的焦虑就越厉害。结果是被DRITTO的手电光照亮的商店的每一个新角落、新视野，都好像正要将他隔在外面。[21]

你手里拿着笔，你想记录那些奇异的画面，但不知为什么，你总担心跟不上它们的变化——而且也的确跟不上。啊，那种焦虑，那种悬置导致的不安，那种对于自己有限的生命的忧虑，都一齐呈现在“偷盗”这种行为里了！人必须赶在死神之前。黑暗中居然有手电光（心灵之光？），凡被电光照亮的东西，你就不能再享用了，你必须去探寻更深更黑的领域，惊喜永远伴随绝望。不要以为会有单纯的满足，其实，欲望总是变形成恶心与恐怖，香喷喷的糕饼也变成了妖怪。只有DRITTO在清醒地、有条不紊地工作，你听到他在旁边一字一句地说：“我们必须打开钱柜。”

“离开这里！看你把这里搞得乱糟糟的！”DRITTO咬牙切齿地说。尽管他是搞这种买卖的，他却对于有序的工作作风有种奇怪的敬佩。随后他也抵挡不了诱惑了，往口里塞了两块糕饼……[22]

这个内心如手电光一样敏锐清明的小偷，在整个活动中起着关键的作用。BABY 的职责是发现，他的职责是建立结构，是将那些发现变成价值。这位从不策划的策划者，多么胸有成竹，活儿干得多么漂亮！也许一流作家心里都有一位 DRITTO，一位从远古时代以来就成形了的，经过岁月的磨炼已变得无比强硬的人物。当然，他也需要吃糕饼。

> 他仍然感到一种他不知如何来满足的疯狂渴望。他没有任何办法来完全享用所有的东西。他手脚并用地趴在桌子上，桌上放着苹果饼。他愿意躺在苹果饼当中，用它们盖住自己，永远不离开它们。但是五到十分钟后事情就将过去，在他的余生里，糕饼店将永远不再同他有关系。正像当他还是个小孩子，他将鼻子在那个陈列橱窗上压得瘪瘪的时候的情景一样。[23]

在这种活动中，“满足”是不存在的。为获得满足而采取的举动激起了更大的不满足——即渴望，人就在焦虑的渴望中延宕。这种活动是制造渴望的，而不是平息渴望的。如果一个人愿意生活在渴望中，那么他或她就去读或写这种小说吧。那里面有他们永远吃不饱的糕饼，但那种糕饼永远让他们魂牵梦萦，让他们刻骨地感到此生时间已经不多了，如再不赶紧，就会同欲望永远分离……

> UORA-UORA 绝望了，他在离去前想拿些糕饼去吃。

他用他的大手拢了一小堆带坚果的杏仁蛋糕。

“你这傻瓜！要是他们捉住了你，看见你满手都是蛋糕，你怎么对他们辩解？”DRITTO 咒骂着他，“全都放下，出去！”

UORA-UORA 哭起来了。BABY 恨他，他拿起一个写着“生日快乐”的蛋糕，砸向 UORA-UORA 的脸。本来 UORA-UORA 可以毫不费力地避开，但他却将脸迎上去挨打。然后他笑了起来，因为他的脸、帽子，还有领带等等全部都被奶油蛋糕糊住了。㉔

放哨的就是放哨的，不能同欲望搅在一块，只能拉开距离，这可是个原则问题。如果丧失了警惕乱来，偷盗活动就将全盘失败。原则似乎是一清二白的，但果真如此吗？ BABY 用一个蛋糕砸碎了原则，于是欲望与理智变得我中有你、你中有我，无法区分了。而这位哨兵，很黑色幽默地笑了起来。这到底是一个怎样的原则啊？！他舔着脸上的蛋糕，完全领会了自己的职责的微妙性。

于是他们（警察们）也开始心烦意乱地吃起那些散在周围的小糕饼来。当然，他们小心翼翼地不弄乱了偷盗留下的痕迹。过了一会儿，他们狂热地寻找起证据来，寻找的同时他们也全都大吃了一顿。

BABY 在大嚼，但是其他人嚼得更响，淹没了他发出的声音……（此处略去一句）他被浇过糖的水果弄得“晕糖”

了，以致过了一会儿他才意识到通到那张门的过道无人看守。警察们后来描述说，他们看到了一只猴子，它的鼻子上糊满了奶油，从商店的上方攀缘而过，打翻了碟子和苹果饼……[25]

原来作为监视者的警察也有心烦的时候，一心烦就会不知不觉地吃糕饼。这一来就给了 BABY 机会，他不但可以继续偷吃，还可以从他们鼻子底下溜走！其实这些警察是从心底认可他的逃跑的，因为在他们眼里他变成了一只无法无天的猴子，警察们是不抓猴子的，警察们甚至欣赏猴子的表演呢！很可能他们的捕捉是虚张声势，他们就是来看把戏的。

“猴子”逃出了表演场，身上糊满了欲望的残余痕迹。他回到女友那里，舔食着，细细回味发生过的一切。

## 黑暗的心

### ——读《美元和暗娼》

涌动着欲望的艺术家的心是一颗黑暗的心，此篇描述的正是这颗大心内部的活动。人的认识力和人的灵感在这里被比成一对夫妻，相互间的分离与牵挂，各行其是与合作演绎着文学艺术的功能。这类作品的共同氛围是蒙着一层雾，幽灵般的人物在雾里游动。读者也像那些人物一样，渴望辨认，渴望发挥，但难言的压抑感使得人的大脑近乎麻木。当然也只是大脑近乎麻木，感官仍然是开放的、敏锐的。只要你停留得足够长久，大脑就会获得营养，重新发动。这世间的事物是可以认识的，认识的机制本身也不例外。一边创造一边看破自己创造的奥秘，是卡尔维诺这类作家的特点。这种奇特的内敛的活动，这种自己同自己为难似的操练，以及对这种操练的费力的辨认，作者将其称之为“困难的爱”。爱什么？爱这种操练本身，爱文学。在达到这种辨认之前，艺术家应该已经穿越了多么漫长的黑暗的通道！那通道不在别处，就在他的心里。一切都只能在暗中进行，一切都是由人工制造。然而你能说这种风景不美吗？当你读到酒店密室中的那一幕时，你的心难道没有因为那种温柔的崇高感而颤抖？这种内面异景不是更激动人心？

那确实是第欧根尼的木桶，是一颗自满自足的心。然而这颗心又是充分开放的，每一个走进它的读者，只要他或她有足够的真诚与活力，都将从这里面获取一种独特的生存的技巧。

> 在那一小块荒凉的碎石地上，为改善环境而栽种的那一两株古怪的棕榈树在风中沙沙作响，仿佛感到孤寂而闷闷不乐。小块土地的当中立着被灯光照得通明透亮的酒馆——第欧根尼的木桶。
>
> 它是由一位叫作 FELICE 的前军人得到议会批准后建立起来的，尽管也有人抗议说它破坏了地区景观的和谐。酒馆的形状像一个桶，里面有吧台和桌子。[26]

这就是艺术家的心灵居住地。它得到最高批准，它的外观与环境不和谐，内部却通明透亮。初见之下，它唤起读者凄凉的感觉，其实它又并不凄凉，因为它是“第欧根尼的木桶”啊。就在这栋建筑外面，丈夫必须同妻子分离了，因为他们要证实自己的价值（即，用里拉换美元）。判断留在故事外，灵感进入室内活动。于是 JOLANDA 见到了六位原始人模样的水兵靠在吧台上，在吧台后面，是那位大智若愚的老板 FELICE。她想要老板帮她传话，问人要不要兑换美元，老板要她“自己去问他们”。一个站在明处，一个站在暗处，对话所传递的信息却是关于创造的原则——只有行动，你才能证实自己。

> “我给你美元，”他用意大利语说，还打着手势，“你，同我上床。”[27]

水兵说出的也是真理。灵感要通过一种暧昧的交合，才会呈现出艺术的价值。这些对话全都天衣无缝，因为对话背后的写作者就正在进行这种交合。

这时丈夫进来了，他看不见妻子（因为他永远慢一步），但他听得到妻子在说话。他向明察秋毫却佯装的老板打探，老板仅仅告诉他说：“她还在那里。”

> “JOLANDA！”她丈夫叫道，他努力要从两个美国人之间挤进去。他的下巴被戳了一下，另一下戳在肚子上。他很快被推出来了，只好再次绕着那群人跳上跳下。从人墙最厚处，一个颤抖着的小声音响起：“是EMANUELE吗？”
>
> 他大声吼道：“怎么样了啊？”
>
> 她的声音变得像在打电话一样，她说：“似乎，似乎他们不要里拉……”
>
> 他努力保持平静，但开始敲柜台了。他喊道：
>
> “他们不要吗？那么你出来吧！”[28]

丈夫 EMANUELE 想知道内部的实情，但妻子一进入到“木桶”里面，就如同鱼儿进入了深水一般。他不可能清楚地看到她的活动。他们夫妻的分离是这种活动进行下去的前提。丈夫担心着妻子，开始焦急。在这个关键时刻老板递给他一杯酒，并对他做了模糊的暗示。丈夫用力进入冥想，一下子就为自己找到了出路。这个出路就是跑到街上去调集生命中的一切原始力量，即那些令人作呕的暗娼，让她们一齐来加入这个肉体的狂欢，这个精神诞生的盛宴。看来，丈夫的行动也是被逼的，起因是对于妻子的渴望。他不能直接加入“木桶”里的活动，他只能拉皮条，但他的正确导向却是事业成功的根本。啊，多么诡秘！最脏的和最纯的，最高尚的和最猥亵的。“木桶”里进行的就是这两极的交合。然而，这种交合彻底排除了世俗意义上的性。丈夫拉皮条是为了看清妻子在这个活动中的表现，他以为有了这两个妓女加入，他妻子就会出来了。但并不是这样。

EMANUELE 的妻子 JOLANDA 处在那位大块头的年轻的水兵的保护之下。他是力量的象征，他身上有着远古的神秘气息，JOLANDA 深深地为他所吸引。这是一种纯粹的、精神上的吸引力。

见不到妻子的丈夫又返回街上，去叫来更多的妓女参加这个狂欢。

所有那些女人都同他“心有灵犀一点通”，立刻放下手头的活钻入他的出租车。不久，“木桶”里的人肉狂欢变得令人眼花缭乱，妓女们丑态百出，水兵们也越来越多，他们肉壑难填。

但是狂欢之后，他们发现自己什么也没得到，更饥饿了。

然后所有的东西都在水兵们手里融化了。他们发现自己或手握一顶帽子，帽子上有一串串葡萄装饰；或拿着一个牙科用的碟子；或被一只长袜绕在脖子上；或拿着一块海绵；或拿着一件丝绸装饰物。㉙

也就是说，在这种活动里是得不到生理满足的，狂欢只不过是表演，这种活动另有所图。图的当然是高级的东西，是精神的升华。

JOLANDA 单独与大块头水兵待在小房间里头了。她在洗漱盆上方的镜子前梳头。大块头走到窗前打开窗帘，外面是黑暗的海军的区域，防波堤那里有一线光照在水面上。这时大块头开始唱美国歌了。（此处略去两句）大块头继续用嘲弄的声音唱道："神的孩子们，让我们唱哈利路亚（赞美神）！"

JOLANDA 回应道："让我们唱哈利路亚！"㉚

在赞美的歌声中，两人结合了。当然这不是肉体的结合，这种结合看不见摸不着，它发生在"第欧根尼木桶"的密室里，那密室的窗口通向海洋——人类从前的故乡。

丈夫寻找妻子碰了壁。那么，他所策划的这场活动到底有没有价值呢？他无法判断。那些出租车司机缠着他，要他付车钱，其实就是要他证实他的创造活动的价值。这时巡逻的警察们到来，他们要抓人了。水兵们排成队伍向着港口行进，警察们的那些卡车上装满了妓女。当卡车驶过时，水兵们的队伍分列两旁，由大块头水兵领唱那首赞美神的歌曲。JOLANDA 也在车上发出和声。

警察们没有逮捕丈夫 EMANUELE，因为丈夫另有任务。当他凄凉地垂头坐在凳子上时，一位美国军官过来了，那人通过老板对他说话：

“你给我姑娘，我给你美元。”

于是旧戏又将重演，丈夫同军官手挽手，唱着赞美神的歌儿，去寻找另一个地方进行通宵的狂欢！

## 渴望的心

### ——读《像狗一样睡觉》

正在创作的人就如长久得不到休息渴望用睡眠来满足的人。既然创造就是渴望本身，那么在过程中满足也就永远不会到来。这个车站候车室里面这些彻夜不眠的人们，就是正在创作的艺术工作者。首先，他们都是黑市的买卖人。这意味着，他们的工作不能有预期的收入和确定的价值；他们不能回家，永远在那些车站之间辗转，盼望着什么转机发生；他们总是只能同陌生人打交道。

在这样的地方，谈话的内容总是一致的：诉说自己的渴望。他们之间只要几个字、一句话，相互间就完全懂了，因为是同样的东西在驱使他们不断旅行。他们之间的同情那么深切。

在这样的夜晚，所有的人都在寻求温暖、柔和的氛围，因为寻求缓解是人的本能。在半睡半醒的状态中，异性的吸引力、母性的发挥等全都变了形。那的确是一个更为美好的境界，一个真爱的梦乡，人在那里头能够更为合理地释放自己的本能。

在这样的条件（灯光刺眼，地面寒冷，没有枕头）下，没有人能真正入睡，只有骚动不安的混沌状态。人们不断地被骚扰惊醒，醒来之后又继续他们的欲望诉说。关于羽毛垫子、关于洁白床单等等的诉说的确激起了温暖的遐想，艺术家愿意用这样的表演来让人性复苏，来传播爱。其实，他们自己就是那些不眠的守夜人。

为了熬过这漫漫长夜，一位香烟小贩甚至发明了轮换睡觉的新形式。这种艺术的创新使得候车室的夜生活更为丰富，更有传奇性。分段睡眠类似于卡夫卡的分段修建长城，文学史上的英雄们总是所见略同，这两种智力游戏都是理性监控之下的别出心裁的欲望游戏。

## 博爱的大心

### ——读《短暂的就寝》

老妓女 ARMANDA 隐喻了艺术工作者心中的大爱。

仍然是那个小偷和警察的故事，小偷总是被追逼的，这里的这位警察却有点忧郁，有点空虚。ARMANDA 对落魄的小偷充满慈爱，正如人在创造中青睐自己的灵感。这位小偷在深夜投向她的怀抱是最为正确的选择，因为只有这位老女人的怀抱是最安全的，那里摒弃了表层的肉欲，弥漫着深层次的博爱的氛围。就连老奸巨猾的警察头子也有可能在那里迷失。GIM 这个惯偷可不是白吃干饭的角色，多年的经验加强了他那敏锐的直觉。然而结果是出人意料的。

……她的胸部被紧紧地箍在金属丝和松紧带的盔甲里面，她的老妇人的躯体上绷着年轻女孩的礼服，她紧张地

抽动着手中的钱包。她用她的脚后跟在人行道上画圈子，突然哼起歌儿来……[31]

在腥风血雨的内心的战场上，人类之爱疲惫、衰老，被践踏成了这个样子。GIM 却总是知道，只有她那里才是可靠的，因为她是心灵世界里的母亲。她广阔无边、深不可测，她的爱将给予这世界的每一个角落。所以小偷与警察的精神寄托都在她身上，他们之间的争斗将在她这里得到暂时的化解，然后又进入更高的层次。

创造中是没有休息的。每一个角色都到这位母亲这里来寻求疼痛的缓解，寻求神经的松弛，以及温暖的抚慰。那张宽大的床只给他们提供极为短暂的欣慰感，然后又是烦恼的折磨、渴望的痛苦。母亲爱小偷，似乎也有点爱老警察，她给他们的慰藉似乎意在缓解矛盾，结果却是激化了矛盾。是不是因为看见警察上了这位母亲的床，小偷便悟到了自己的出路？那出路就是：豁出去剑走偏锋，下一回再见母亲！多么奇妙的巧合啊，每一个细节都符合着文学的规则。而老警察，只好依依不舍地离开这个温暖的女人，他知道无穷的麻烦在前方等着他和这个小偷呢。

## 抑制着的发挥

### ——读《战士的冒险》

创造中，欲望好像是盲目的，但又绝不是盲目的。欲望同理性之间的关系正如旅途中的这一对之间的关系。

有点粗野的战士坐在车厢里头，一位有品位的妇人进来了，她和他不属于同一个阶层。尽管有这种一目了然的差异，战士的欲望还是被激起来了，因为欲望是压不住的，也因为女士不知为什么竟然坐在他的身旁——一位高傲的、严厉的女士。被冲昏了头脑的战士开始挑逗这位女士，而女士始终不动声色。也就是说，战士弄不清她到底是赞同还是反感，并且他的所有的证实这一点的企图也都失败了（这里令人想起城堡与K之间的那种微妙关系）。然而从本性出发，战士只能继续挑逗；同样从本性出发，女士既不赞成他，也不反感他。她脸上的表情到底是真冷淡，还是貌似冷淡，实则引诱？奇怪的是这一点不是取决于女士，是取决于战士自身。如果他要弄清真相，他就得继续不断地冲动，用自己的行动来肇事，让事实成立。女士优越而高高在上，她是不会主动的，她在依仗于战士的主动来完成冒险？要知道从一开始就是她，而不是别人，坐在了战士的身旁，激起了战士的欲望啊。她坐在了那里，为的是让战士冲动起来，她好冒险嘛。

她又是真正严厉的，有时如同女神。正因为她这种大理石般的神态，战士的行为才频频受阻。每一轮冲动后都会有那种反省中的沮丧感、幻灭感。可是如果他不继续冲动，他就真的完蛋了。谁经得住这大理石般的审视啊。于是战士一波接一波冲动，越来越激情，越来越不顾一切。他要弄清底蕴，他要满足自己！最后他终于发疯了，发疯的瞬间也就是他同女神合二为一的瞬间。清醒过来后觉得一切是如此的不可思议。

> 列车一路尖叫着穿过原野，一排排没有尽头的葡萄藤在窗外闪过去了。整个旅途中，大雨都在不知疲倦地往窗玻璃上划出条纹。现在，雨又以新的暴力继续这种活动了。[32]

车厢里头就这样暗中进行着原始与现代交合的活动。

# 拯救濒临灭亡的灵魂

## ——读《海浴者的冒险》

这篇小说将现代文明，或我们用以表达的语言的内幕撕开了一个口子，使读者得以窥见内部的可怕真相。文明或语言发展到今天，已经同人的本性处于这样一种势不两立的对峙，这样一种你死我活的战争状态，如此文明或语言还要它干什么？

这是一篇美丽哀婉的作品，相信大多数读者都会为“夫人”身上那种单纯自然的美所打动，因为那就是艺术家心目中理想的女性美。读者同样也会为我们人类的现代文化之虚伪、空洞、腐败而感到绝望，感到愤怒。这个文化或语言已将人性扭曲到如此的程度，将人的身体看成它的死敌，用猥亵的、谴责的氛围来围攻她，就仿佛恨不得消灭她一样。那么，这文化或语言本身不就是一种走向灭亡的东西吗？但是“时尚”的人们是很难有反思的，于是艺术家或夫人便成了稀有物种，他们必须拼全力同包裹着灵魂的一切庸俗（自己的和别人的）进行生死搏斗，以维持灵魂的存活。夫人的困境就是一切要坚持人性自然发展的人们的困境。

故事很简单：一位夫人同丈夫去海滨度假，丈夫有工作先行回家，留下她一人。她酷爱海洋，不喜欢那些伪善做作的度假者，所以她独自游到比较深的地方去同海水亲近。这时发生了一件事，她的两片式游泳衣的下面部分被海水冲走了，她成了裸体。她想求救，一次又一次地打消了求救的念头。最后，在她面临死亡之际，一位朴实的当地渔民和他那可爱的儿子救了她。

陷入绝境的夫人在水中同自己的身体搏斗，终于战胜文化语言对身体的亵渎，接受自己的身体的过程，同艺术家的创作是何其一致。

> 她用并紧的双腿徒劳地扭动着身体，她企图在注视身体的同时藏起身体，使自己看不见。然而，在胸脯和大腿的棕色之间，苍白的肚子上的皮肤显露地发光。而腹部的那一块黑色和一块白色，无论是波浪的运动，还是水中飘荡着的海草都消除不了它们……（此处略去一句）每划动一次，她那白色的身体就出现在光线里，呈现出那种最能辨认的，却又是秘密的形态。她尽一切努力去改变她游泳的式样和方向；她在水中转身；她从每一种角度和光线里去观察自己；她用力扭动。然而，这个冒犯的、裸露的身体总是追随着她。她努力要从自己的身体里逃出来，就好像从另外一个人手

中逃出来一样。她，ISOTA 夫人，在这困难的关头救不了那个人，只好将她交给命运了。可是这个身体，如此的丰饶，如此的无法遮蔽，又确实曾经是她本人的荣耀，是一种自我满足的源泉。[33]

有两种对于自己的身体的解释。夫人在与自己身体的纠缠扭斗中渐渐地从第一种解释里摆脱出来，进入到了第二种解释。创作者的活动也正同这类似。创作就是破除、逃离自我的表层规定，抛弃一切习惯势力的定式，进入本体或本质。身体还是那个身体，语言还是那个语言，但由于艺术家自发进行的战争，事物的含义便走向了反面。

在未来到海洋之前，ISOTA 夫人也是个随大流的家庭妇女，也安于对自己的身体的世俗解释，这种解释导致了她在日常生活中逃避自己的身体。但在下意识里，她无时无刻不向往对于自己身体的自然的、也就是从艺术角度出发的解释。就是这种向往给她带来了灾难，她注定了要在这场灾难中来释放自己那长期被压抑的隐秘欲望，挣脱一切束缚，将对身体的认识提升到灵魂寄居地的层次上。所以这场促使她新生的战争一开始就是险恶的、绝望的。

裸体的夫人滞留在海洋，她的周围是她的陆地上的同胞，她必须向他们求救。她一轮又一轮地设想自己的裸体暴露在这些充满肉欲，却又冷酷无情粗俗不堪的人们眼前的情形，每一轮都得出了否定的结论。不，绝对不行，情愿死也不能忍受这种事。那些男人正在像饿狼一样等待她出海；那些女人则一个个都是妒忌心极重的阴谋家，她们对她这种朴实的身体一定是极为鄙视的。世界这么大，却没有供她呼吸的空气，只因为她的裸体。

> ISOTA夫人有着可爱的丰满的身材，这让她可以在冰冷的海水里长时间地游泳。她的丈夫和家里的人都对这一点感到非常惊奇，因为他们都是瘦人。可是现在，她在水里面待得太久了，太阳已被云遮住，她那光滑的皮肤上冒出了鸡皮疙瘩，她的血液也在渐渐地变得冰冷。一阵颤抖穿透她的全身，ISOTA夫人意识到自己还活着，但是正受到死亡的威胁，而她是无辜的。她的这种裸体状况就像突然在她体内生长起来了的一个东西一样。但老实说，这之前她从未将这当作一种罪孽，她只是将它当作一种焦虑的纯真感觉，一种她同他人之间的秘密的友爱的纽带。那正如她在这个世界上的生命之根与血肉。而与此相反，那些人，那些小船上的精明的男人们，还有那些太阳伞下的无畏的女人们，他们不接受她的裸体。他们暗示这是一种犯罪，他们在责备她。但是只有他们才是有罪的！她不愿代他们受惩罚。她扭动着，紧紧地握着那个浮标，她的牙齿在打战，眼泪从她的双颊流下。[34]

扼杀人的“文明”就这样占了上风，夫人感到生活在这样一个冷酷的世界里，生命已经完全失去了意义，她决绝地选择了死亡。实际上，她的选择既是绝望的放弃，也是一次漂亮的冲刺。这就正如写作。转折点在最后终于出现了。最终，不是

“现代文明”打败了人性，而是人的艺术本能战胜了陈腐的观念，直觉战胜了语言，促使语言发生了新的进化。

渔夫和他的小儿子是那么的清新、质朴、纯美，又是那么的体贴和敏感，艺术的世界不就是为了这样的人而存在的吗？也就是因为有这样的人存在，ISOTA 夫人的生命重新获得了意义，她终于完完全全地接受了自己那充满自然之美的身体，并为之自豪。

这是一位女性的冒险。

这也是一次成功的创作。

现代文明在很大程度上依仗于艺术家们的创造而向前发展。

# 到过天堂之后

## ——读《职员的冒险》

艺术活动是一种改变人塑造人的活动。往往，人在初次从事了这种奇妙的活动之后，他自己，以及他周围的一切都会发生改变，即使他想退回去过从前那种安逸的日子也不可能了。到底发生了什么呢?

起先他很愉快，有种新生的感觉，他沉浸在回味之中。不久他就发现，他不能分心想别的事，他一直在想着那件事，那件极乐的、最最美好的事。他还发现，他不能同人谈论，周围的氛围太不适合他流露内心的情绪。接下去他遇到了过去的老朋友。他本想用轻佻的、开玩笑的口气炫耀自己的艳遇，但始终开不了口；后来他又想诚恳地同老朋友谈论这件事，但老朋友已经消失了，没有给他机会。他怀着懊恼和遗憾来到办公室，他想一边工作一边回味。可是情绪一下子变坏了——没有了那件事，日常的工作变得多么的不能忍受！昨夜的爱又一次在心中涌动、高涨，没有那件事，他就没法专注于日常工作了。他多么沮丧，多么绝望！

> 他在回办公室的时候这样想道，这个秘密必定会在每一个瞬间贯穿他所说、所做以及所经历的每一件事。但他却又被焦虑所折磨着，因为他担心自己再也无法重新体验他所经历过的那件事，担心无法用表述、用暗示来重现他所达到过的那种丰满感觉，词语当然更无能为力，就连想也没法想。[35]

日常生活一下子失去了价值，而另一个世界又还没有建立起来，怎么能不焦虑？前面还有漫长的灰色的人生，一切都是可预见的、乏味的。出路在哪里？也许他会经过挣扎之后重返，也许从此与那种生活绝缘?

## 层层深入的探索

### ——读《摄影师的冒险》

从摄影师的角度来说，也许所有艺术摄影的宗旨是达到真实。但真实深藏于表层事物之下，并且变幻不定，于是对她的捕捉成了摄影师消除不了的痛苦与惶惑。有这样一位摄影者，从一开始就对人们习惯了的老套的摄影术不满，这种不满导致他投身变革，走上了一条布满荆棘的小路。

> 当他们将孩子带到世界上来之后，父母的最初本能之一就是将孩子拍摄下来。已知生长速度之快，就有必要经常拍摄这个孩子。没有任何事物比一个六个多月的婴儿身上的一切更为瞬息即逝，更为难以记住。很快那些特征就消失了，为八个月的他所取代了……[36]

审美是来自生命的冲动，也是伴随着生命的发展的。人生活在这世上就总想在大自然里划下自己的痕迹，这种冲动可以达到入魔的地步。作为清醒的旁观者的摄影师从这种倾向里看出了人的本性，他自己便跃跃欲试了。他是极为理性的，他将摄影当实验，一边实验一边分析，那其实也是他对自己的自我的分析。什么是瞬间的真实与美？感觉到了的就是美的吗？美是一个认识过程还是静止不变的？在摄影时应安于现成的解释还是应不断探索可能性？这些都是摄影师不断对自己提出的问题，也是他向常规现实进行的挑战。他的进一步的深入的提问是：受到拍摄者身份眼光等表层因素限制而摄下的照片，是否也是表面的非真实的？如果要达到真实，应该如何克服表层自我的干扰？于是他对抢拍特写镜头这种初级的表演冲动进行分析，领悟到其局限，并决心来实验更高层次的、返回古典的方法了。但他的方法又并不是单纯的返古。这种方法的特征是“凝视”和“表演”。

> 他让她坐在宽大的扶手椅里，他的头从相机后的黑布下面伸了出来，那块布也是同相机一块买来的。这部相机是那些盒式相机中的一种，后壁是玻璃。在那上面形象反映出来，幽灵般的、有点混浊，被剥去了所有时间与空间的联系，就好像已经印在胶版上了一样。对于 ANTONINO 来说，这是他从未见过的一个 BICE。[37]

道具和氛围都要求模特表演，这种表演是崭露本质的，而本质就是一个人的可能性。于是开始了双方配合的实验。然而一开始他失败了。因为他的捕捉和她的表演太受意识支配了，这样做的结果和从前拍特写镜头没多大区别。他改变了方法，决心“凝视”，也就是将模特的外形认真地拍下来，以便她自行显现出深层的本质的含义。但这里头仍然有很大的困惑，因为他拍摄对方的时候脑海里有一个模式，这个模式由回忆构成，他的操作遵循这个模式，所以他拍下的东西并不是当下的真实，只不过是回忆。

看来他和他的模特必须入魔，才能用自发表演捕捉永恒与真实。于是表演变成了这样：既是预谋的又是即兴的；既是自觉的又是自发的；既是受专横理性监控的又是不顾一切地反叛着的。双方构成了尖锐的矛盾，矛盾的演绎给人以非真实的、梦的感觉，但那正好是艺术的真实。

> ANTONINO 想道，那就像一个梦一样。他从盖住他的布罩的下方的黑暗里凝视着那位不可能存在的网球手——她被渗入这个玻璃长方形上面。那是从记忆深处浮出的存在物，展开着，被认出，然后转化成某种没有料到的东西，某种即使是在转化发生之前也是令人恐怖的东西——因为那时你没法料到它会转化成什么。这一切就像一场梦。[38]

他要拍摄梦境，那里头的一切都是开放的，他需要他的模特表演某种庄严的事物——皇后的气派，不受时间与身份限制的女性的本质，其实也就是生命的本质。BICE 领悟了他的意图，她自然而然地让裙衫滑到了脚下，女神般的躯体凸现出来。摄影师得到了他所需要的，他拍了一张又一张，沉浸在抓住了本质的狂喜之中。

这种活动一旦开始便停止不下来了。ANTONINO疯狂地拍摄那位成了他爱人的女模特，他企图穷尽她的可能性，也就是在绝对的意义上将生活变成艺术。这样的企图当然会失败。爱人离开了他，他在孤独中开始拍摄女神的缺失：装满了烟蒂的烟灰缸，墙壁上的潮湿印迹，等等。最后，他开始拍摄纯粹的光和影的变化，拍摄房间里一个空空的角落。他愿意就那样不停地拍到死。

然而他又发现了新大陆，这就是拍摄新闻传真照片。传真照片的拍摄本身是记录事物本质的活动，那些照片记下的是特殊的瞬间。而他的活动，则是要将这些特殊的瞬间用作素材重新生产出来，变成普遍性的事物，变成纯粹的艺术。

> 他对自己提问道：这是否意味着只有特殊的瞬间才有意义呢？新闻摄影师是礼拜日摄影师的真正的对手吗？他们的世界是相互排斥的呢，还是一个赋予另一个意义的？[39]

他要做的，是用更高层次的、理性与冲动相结合的艺术活动，来再现新闻摄影师（自发的）和礼拜日摄影师（理性控制的）的成果，将其统一，将其提升，他的活动接近行为艺术，似乎胡拼乱凑，其实又严密地遵循规律。就这样，他将最具体的素材转化成了具有高度抽象性的艺术品。这样的作品既探讨时间上的瞬息万变，也探讨空间上的无限深入。

要将所有这些企图放进一张照片里头，他就必须拥有非凡的技艺。但只有到那时他才会放弃摄影。已穷尽每一种可能性，在兜了一圈回到原地的时刻，他认识到了，拍摄照片是他剩下的唯一出路。或者说，这是他一直在朦胧中寻找的真实的道路。[40]

于是摄影师以拍摄照片为终生事业了，正如卡尔维诺以描写文学创作活动本身为终生事业一样。那是永远描写不完的活动，因为文学就是人性，谁也无法预料你的欲望会如何从深渊里冒头，在下一瞬间又会如何表演。你只能像摄影师一样运动起你的肢体，边做边领悟，将你的图案、你的规律一步步做出来，使之登峰造极。

## 激情创造发生在故事开端之前

### ——读《旅行者的冒险》

由于厌倦了老套的故事，厌倦了那种传统的思维定式，卡尔维诺的全部创造都描述着故事开端之前的境界。因为他觉得只有那种境界才有挣脱了束缚的自由激情。这一篇细腻地描写了一位严肃的艺术工作者如何“开始”的过程，即，他去同情人相会时乘坐列车的过程。

> 所有的事物都似乎在鼓励着他，如火车站的橡胶走道一样向他的步伐输送着弹力。甚至那些障碍也似乎成了他的快乐：比如在时间紧急的情况下，在最后关窗的那个售票窗口前的等待呀；兑开一张大钞票的困难呀；报刊亭里没有零钱找呀；等等。因为他很乐于面对它们，克服它们。[41]

人一旦“上路”，生活中的一切便都有了意义。因为他所做的一切，都是为了朝着妙不可言的CINZIA飞奔！又因为处在爱的氛围里，他的生活便由无爱的生活转变成了有爱的生活，或者说他将生活转化成了对于爱的想象。那是多么热烈，多么别出心裁，又多么幸福的煎熬啊。也许本质的生活不是在他到达罗马之后，却正是在到达之前的这一段时间？所谓爱的能力，不就是感觉和想象的能力吗?

想象和做梦需要孤独的环境，于是他尽全力去获得这样一个环境，可是到头来，他发现自己没法做到真正的孤独，只能迁就，只能同环境达成妥协，在这种努力中去保持自己精神的独立。这其实就是一个自由人可能做到的将自身从环境中分离出来的操练。你不断地操练，在操练中去感受同美的结合。

> 座位上那磨光了的长毛绒；周围隐含的灰尘的嫌疑；垫子上褪色的织物；老式的车厢；等等，这一切都给他一种悲哀的感觉。此外还有令人不安的前景，那就是和衣而睡，以及在不是自己的铺上触到那些生疏的用品的担忧。但他立刻就回想起了他这趟旅行的原因，于是又一次跟上了那种自然的节奏，那种欢乐的轻盈的冲动，像大海又像风。他只需在自己内部寻求它——闭上眼，用手紧握那枚电话硬币，肮脏的感觉就被战胜了。只有他自己独自存在，面对着他的旅途的冒险。[42]

他战无不胜，因为他可以从内部生长出一切，将环境转化，在自己的周围制造出一个新世界，一个充满了意义，由爱作为核心的环境。所以从环境中分离也就是同环境结合成一体，孤独也就是为了最终的沟通。只因目的是爱，是善，旅途便充满了美好的想象。

离目的地越近，主人公就变得越真诚了。出发时的那种拘泥于形式、那种对于外部仪表的注意渐渐地被他抛到了脑后，对于真实的渴望促使他进入梦境似的超脱境界。

> 他的腿感到冷，他将裤脚的翻边塞进短袜里头，但他还是冷。他用外套裹住他的腿，可他的胃部和肩头仍然感到冷。他将温控器调到“热”那一档，重新让自己裹在外套里头。虽然他在身体下面摸得到那些丑陋的皱折，但他假装没有注意到它们，此刻他乐意为了眼下的舒适放弃一切了。对周围的人的善意驱使着他也善待自己……[43]

后来他终于感觉不到那些外在的、表面的对于自我的界定了。他形状难看地缩在外套里，流着口涎，头发乱兮兮，眼屎巴巴。但他坦然地微笑着，内心明亮而热烈。对于艺术境界的追求可以使一个普通人变得多么高尚、沉着，多么充满智慧和善良！列车上发生的是一场洗礼，人只要去追求，就可以过上自己想过的生活。

# 生活，还是艺术?

## ——读《读者的冒险》

一般来说，为了维护自己的创造，艺术家在与现实对抗的同时不得不缩小自己生活的圈子，有些如高更那样的极端者则干脆退出了原来的社会。艺术生活（阅读、观看、创作等）作为人的本质的生活，同表层的社会生活当然是对立的，她往往是对于社会生活的批判。可是，真正热爱艺术的人都不应该是耽于空想的人，因为艺术是会提高人的生活的质量的——既包括精神生活的质量，也包括社会生活、家庭生活的质量。

艺术与日常生活是一个矛盾，也是同一个事物不可分离的两个方面。艺术赋予生活意义，生活赋予艺术血肉。在这一篇中，主人公 AMEDEO 进入了这个远古以来就存在的矛盾，经历了一场将生活纳入艺术的冒险。AMEDEO 是一个沉浸在文学世界里的人，他的艺术的气质使得他经常在社会生活中碰壁。这种挫折使得他更加沉醉于文学，更加愿意减少同外界的联系。可是他从天性上说并不是一个封闭的人，不如说正好相反，他对事物充满了兴趣（包括最麻烦的事物——女人）。这一场艳遇描绘的就是他如何在生活和艺术之间达成妥协，使自己的感觉和生活更为丰满的过程。

> 他从观察那位晒黑了的女士的形体所得到的快乐，并没有损害他的阅读的快乐，而是嵌进了阅读的正常过程内。那是种附带的、额外的快乐，但不应因为它是额外的就要丢弃，因为可以毫不费力地享受它。所以此刻，他确信他能继续阅读而不会因诱惑离开书本。[44]

不知不觉地，无法摆脱的现实终于潜入了他的精神世界。他果真从心底想要摆脱现实吗？这一点是很难下判断的。他在矛盾中按心的律动行事。如果发生了，他做了，那就是合理的吧。结果他发现，现实是可以出现在艺术感受当中的，而且因为有了这个潜入进来的现实，他的热情更高、更丰满了，他的感官也变得更加敏锐。界线正在模糊。当然出于理性，他仍然在让界线显现，仍然在排斥现实、压抑肉体的愿望。他认为纯精神的享受是最高的享受。

> 确实，他所遵循的行为的规则阻止了他，使他不能满足自己对于水母的自然的好奇心。他看见水母在那边，它似乎有超大的体积，色彩也是奇妙的，似乎在粉红与紫罗

兰色之间变幻。再说，他这种对于海洋动物的好奇心绝不是无足轻重的，是同他的阅读的热情的性质连在一起的。不管怎样，眼下，他对自己正在读的那一页的注意力已经松懈了，那是一个长长的描述的段落。如果仅为了保护自己不陷入与那位女人谈话的危险，他竟然也去压制自己的自发的、完全合理的冲动（比如凑近看看那只水母来消遣几分钟），这就太荒谬了。[45]

什么是纯精神呢？精神是依仗肉体的冲动来存在、来发展的啊。人如果丧失了世俗的好奇心，不再运用自己的感觉，他所具有的那个独立的世界也会渐渐消亡。没有物质基础的想象难以存在，也难以发展。作为一个艺术的人，AMEDEO 的最大的好奇心便是对于生命的好奇心，所以当他见到水母这种充满生命隐喻的动物时，他又怎能不动心呢？于是好奇心的冲动挣脱了理性的克制，他向岸边走去，去探索另一种生命的秘密。这种秘密是同他从书本中读到的秘密平行发展着的，也就是说，只要他还在探索艺术，他的生活就会变成艺术的生活。他不可能同生活绝缘，也不可能不同生活达成妥协，因为那都是违反他所探索的艺术的本质的。

他现在在书中发现了远为丰满和具体的与现实的联系。那里头的一切都具有一种意义，一种重要性，一种节奏。AMEDEO 感到自己处于完美的境地之中：印好的书页向他展开了真实的生活，深奥而令人激动的生活……[46]

他刚一走向生活他的阅读就改变了，多么神奇的转化！意义、重要性、节奏等等，这些都是生活本身赋予艺术作品的啊。当然是那种有自我意识的生活，正如同这篇作品中描写的那样。有了自我意识，人还得释放自己的本能，生命之树才会常青。如果因为受挫便从此不再生活了，那么即便是再好的艺术也帮不了你。

> AMEDEO越来越频繁地凝视着岸上，在那个地方，他那本书的彩色封面立起来了。他想，除了他将书签插在书页间留在那边的那个故事之外，不可能再有其他另外的故事和期望了，所有其他事全是空空的间隔。[47]

他在海里嬉戏，但内心批判的声音却在否定自己的欲望。确实，欲望离开了精神寄托便只是虚无。他必须挂念着他的书籍，时刻不忘那另一个世界，只有如此，欲望才有意义，才能延续。为了使世俗欲望同精神吻合，他只能以这种方式奔忙于两极之间。

> 他清楚地明白他们现在已经走得太远了，在他和这位晒成棕色皮肤的女士之间，一种紧张关系已经建立，他不能再中断这种关系了。他也明白了，他自己是首先不希望中断它的人。因为不管怎样，他也不能回到他的阅读的单独的紧张状态中去了，那种紧张是发自内心深处的、私密的。

相反，他倒是可以努力使这种外部的紧张的进程与那内部的紧张进程平行，这样，他就既不必放弃女士，也不必放弃那本书了。[48]

经历了漫长的犹豫、反省和悔恨的折磨，他终于看清了自身在宇宙间的位置，以及他可以做、想要做的工作。那就是，同世俗事物进行闪电般的交媾，从而提升自己的精神。那种交媾不但不会腐蚀自己的意志，反而是种有益的催化剂，会使自己更加成熟。当然，即使是在闪电般的交合的瞬间，他也是反省的，头脑清醒的。他的这个特点，同时是他痛苦也是他幸福的原因。

艺术就是让人既不能一味纵欲，也不能完全绝欲的魔术。

## 灵魂再生的魔术

### ——读《近视眼的冒险》

在这个缺乏生气、令人厌倦的世界上，从事艺术活动就像给近视眼戴上眼镜一样，会让他的人生发生奇妙的转化。这种转化也是令人困惑的。人必须在转化当中重新学习如何生活，也就是如何过艺术的生活。AMILCARE 的心路历程向读者展示了这种转化。

> ……这副眼镜是一个面具，遮住了他的半边脸。但是在眼镜的后面，他感到他还是像他自己的。毫无疑问，他是一个东西，眼镜是另一个东西，完全是分开的……[49]

他希望做他自己，也就是保持他熟悉了的社会的、家庭的等等身份。但艺术活动恰好是取消人的那些身份的——所有的人一律平等。人一旦参与到这种活动中来，他就在某种程度上成了单纯的“人”，这种转化一开始令主人公很不舒服，因为这不符合他一贯思考问题的方式。

也许是下意识里要重新找回自己，他回到了他的故乡——已经被他淡忘，快要丢在脑后的出生地。戴上眼镜看故乡，故乡以崭新的面貌出现在他眼前，他发现自己区分辨别的能力大大提高了，他还发现了事物的新的意义。但是也有他没料到的变化，这就是城市里交通拥挤，人流不断，这使得他无法真正“回到”故乡——他不能同熟人寒暄交流，甚至没有把握是否认出了他们。而他们呢，好像也不认识他。这真是一件令人沮丧的事。在自己的故乡被人冷落，相当于仍然没有身份。看来他兴冲冲地出发，到这里来找安慰、来怀旧是一个错误。这里没有世俗中的那种安慰，也没有世俗中的那种怀旧。这里有什么呢？

> 他突然明白了，他是为了ISA MARIA BIETTI而回来的。就像从前那次，他也是为了她才离开V城，并且这么多年来一直待在外面。他生活中的每件事，这个世界上的每件事，都是因为她而发生，而存在。现在他终于又看见她了，他们的眼睛相遇，但ISA MARIA BIETTI没有认出他来。[50]

这里有痛苦和困惑，有情感的死结，他是回来找这个的，他找到了。这种重返是幸运还是不幸？从事艺术的人必然会返回他们从前的情感经历，但因为这种返回同时也是向新的陌生的领域的突进，因此所遭遇的事物就全都陌生化了。你释放了情感，但却是从完全不同的渠道释放的。青春不再，但人可以在从事艺术活动中又一次焕发出活力。

> 城市只不过向远处延伸了一点点。像从前一样，有一条长凳，有一条沟，有蟋蟀。AMILCARE 坐了下来。夜里，整个景色中只剩下了一些很大的一条条的阴影。在这里，无论他戴上还是取下眼镜，确实没有什么区别了。AMILCARE 认识到，也许他的新眼镜所带来的激动人心的感觉是他生命中最后的感觉了。现在这种感觉过去了。[51]

他在探索中到达了，这里是生与死之间的交界地，一切该发生的都在这之前发生过了，他完成了一次冒险，达到了真正的升华的境界。当然，这并不意味着他会停留在这个明暗相交的地方，这种地方是不能停留的。很快，他又将启程，向着未知的远方前行，开始新的冒险旅行，那里头会有更多陌生的或似曾相识的面孔，更多的痛苦与迷惑。

注释：

①《困难的爱》第 31 页，由美国哈考特•布锐斯出版公司 1983 年出版，卡尔维诺著，阿奇博尔德•柯乐洪、佩吉•赖特、威廉•维弗英译。引文由本文作者转译。以下同。

② 同上，第 34 页。

③ 同上，第 35 页。

④ 同上，第 57 页。

⑤ 同上，第 60 页。

⑥ 同上，第 72 页。

⑦ 同上，第 72—73 页。

⑧ 同上，第 74—75 页。

⑨ 同上，第 76—77 页。

⑩ 同上，第 79 页。

⑪ 同上，第 81 页。

⑫ 同上，第 81 页。

⑬ 同上，第 82 页。

⑭ 同上，第 85 页。

⑮ 同上，第 86 页。

⑯ 同上，第 105 页。

⑰ 同上，第 108 页。

⑱ 同上，第 122—123 页。

⑲ 同上，第 127 页。

⑳ 同上，第 133 页。

㉑ 同上，第 134 页。

㉒ 同上，第 135 页。

㉓ 同上，第 136 页。

㉔ 同上，第 138 页。

㉕ 同上，第 139 页。

㉖ 同上，第 142 页。

㉗ 同上，第 143 页。

㉘ 同上，第 144 页。

㉙ 同上，第 152 页。

㉚ 同上，第 152 页。

㉛ 同上，第 176 页。

㉜ 同上，第 196 页。

㉝ 同上，第 200 页。

㉞ 同上，第 206 页。

㉟ 同上，第 218 页。

㊱ 同上，第 222 页。

㊲ 同上，第 227—228 页。

㊳ 同上，第 230 页。

㊴ 同上，第 234 页。

㊵ 同上，第 235 页。

㊶ 同上，第 236—237 页。

㊷ 同上，第 239 页。

㊸ 同上，第 250 页。

㊹ 同上，第 261—262 页。

㊺ 同上，第 263 页。

㊻ 同上，第 263 页。

㊼ 同上，第 266 页。

㊽ 同上，第 268 页。

㊾ 同上，第 276 页。

㊿ 同上，第 280 页。

51 同上，第 282 页。

**图书在版编目（CIP）数据**

辉煌的裂变 ：卡尔维诺的艺术生存 / 残雪著. —
长沙 ：湖南文艺出版社，2019.10
（残雪作品典藏版）
ISBN 978-7-5404-8437-8

Ⅰ. ①辉… Ⅱ. ①残… Ⅲ. ①卡尔维诺(Calvino,
Italo 1923-1985)—文学评论—文集 Ⅳ. ①I546.065-53

中国版本图书馆CIP数据核字(2017)第331334号

**辉煌的裂变：卡尔维诺的艺术生存**
HUIHUANG DE LIEBIAN:KAERWEINUO DE YISHU SHENGCUN
残雪　著

出 版 人：曾赛丰
责任编辑：陈小真　张文爽
责任校对：彭　进
装帧设计：弘毅麦田
湖南文艺出版社出版、发行
（湖南省长沙市东二环一段508号　　邮编：410014）
网址：www.hnwy.net
湖南省新华书店经销
长沙超峰印刷有限公司印刷

2019年10月第1版第1次印刷
开本：880 mm×1230 mm　　1/32
印张：12.75
字数：271 千字
印数：1—8 000
书号：ISBN 978-7-5404-8437-8
定价：65.00元

本社邮购电话：0731-85983015
若有印装质量问题，请直接与本社出版科联系调换